KB270896

스페인·중남미 현대시의 이해

로르까에서 네루다까지

민용태 지음

①

창비

책머리에

스페인과 중남미 시를 하나로 묶을 수가 있을까. 현대시라는 시대적 속성 하나로 이들 다양한 시를 함께 바라보는 시각은 먼 곳에서만 가능하다. 여기는 동양, 동양 중에서도 극동, 극동 중에서도 한국이다.

스페인어 시가 있다. 그것은 16세기 스페인 대제국 시대의 시다. 뽀르뚜갈을 비롯 이베리아 반도와 이딸리아의 밀라노, 네덜란드 등 유럽의 여러 나라들이 스페인 대제국의 속국이거나 문화적으로 스페인어 문학의 헤게모니 속에서 자랐던 시절의 시. 그때는 중남미는 물론 멕시꼬, 캘리포니아의 많은 지역이 스페인이었다. 그뿐인가, 필리핀을 비롯 동남아시아의 많은 지역도 스페인이었다. 그 시대의 세계 시는 스페인어 시거나 유사 스페인어 시풍이었다. 근대문학의 출발을 르네쌍스로 본다면 오늘날 서구 시는 그 모태를 스페인어 시에 두고 있다고 말할 수 있다. 그만큼 스페인 제국은 영토에 해가 지지 않는 대제국이었고 영향력도 컸다. 국력에 덩달아 문학도 '황금기'를 산다. 세르반떼스로부터 근대소설이 시작되고 로뻬 데 베가로부터 오늘과 같은 '신연극'이 발돋움한 것도 그 때문이다.

다마소 알론소 같은 시인이며 학자는 20세기 스페인 문학, 특히 스페인어 시를 제2의 '황금기'로 부른다. 우선 노벨상만 해도 10개에 육박한다. 시인으로는 가브리엘라 미스뜨랄, 알레익산드레, 빠블로 네루다, 옥따비오 빠스 등이 있다. 시인이면서 소설가였던 아스뚜리아스나 까밀로 호세 셀라를 합치면 스페인어 시는 가히 세계 현대시를 대표한다고 할 수 있다. 이 말은 물론 위대한 프랑스 문학, 독일문학, 영미문학의 중요성을 격하하려는 의도가 아니다. 다만 우리나라에 너무 지나칠 만큼 과장되어 알려져 있는 이들 문학의 현주소 속에 부당하게 잊혀지고 있는 스페인어 문학의 위치를 재인식시키자는 뜻이다.

우리의 외국문학 수용은 이상하리만큼 식민지적 근성을 못 벗어나고 있다. 외국문학은 선진문학을 뜻하는 것이 되고, 영미문학이나 그들을 통하여 들어오는 문예사조는 그대로 공인된다. 그 구체적 예가 '모더니즘'이니 '포스트모더니즘'이니 하는 생경한 술어들이다. 유럽에서는 '모더니즘'이란 용어보다는 '아방가르드'가 낯익다. '포스트모더니즘'보다는 '누보 로망'이나 중남미의 '마술적 사실주의'가 구체적이다. 아니면 세베로 사르두이나 중남미 학자들이 주장하듯 '신바로끄주의'라고 하든지…… 그러나 우리 문학은 그런 다양성은 상관 않는다. 미국에서 들어온 '포스트모더니즘'이라는 말 하나면 족하다.

우리는 우리 스스로가 모두 기독교 문화권에 속하며 스스로가 백인이라고 착각하고 있는 것 같다. 우리 사회의 도덕, 문화 가치도 기독교나 서구 백인 중심적 사고면 그대로 받아들인다. 콜럼버스가 신대륙을 발견한다. 그전에 중국인이 건너갔고 황인종인 인디언이 버젓이 살고 있었다는 사실은 생각지도 않는다. 마젤란이 필리핀을 발견한다. 발견? 사람이 이미 발견하여 버젓이 살고 있는데 발견은 무슨 발견? 황인종은 사람이 아니다. 자연이다. 그저 발견만 하면 된다. 이런 기독교인, 백인 중심적 세계관과 문화관을 생각없이 배워 익히고 있는 황인종들. 그중에도 오늘 우리 한민

족의 후예들. 우리는 우리가 있어서 남의 문화를 받아들이고 있는
건지 '동방예의지국'으로 계속 조용히 스스로 침략만 당하고 있는
건지 알 수 없다.

이야기가 자꾸 멀어지고 있다. 아무리 멀어져도 내 발은 이 땅에
있고 내 글은 스페인·중남미 현대시를 이해시키기 위한 데 있다.
노스롭도 요즘 『동서양의 만남』이라는 책에서 이미 백인, 기독교
중심적 문화관을 탈피해 멕시꼬 문화를 다시 조명하고 있다. 금세
기초부터 서구는 이미 긴 세월을 지배해온 자신들의 문화가 석양에
이르렀음을 예감한다. 그들은 같은 서구 내에서 인디언 문화, 흑
인 문화 등 유색인종 문화에 눈을 돌린다. 그러나 그보다 우리가
이런 헤게모니권의 문화 밖에 관심을 둬야 하는 이유는 백인, 기독
교 문화가 이미 우리에게 너무 잘 알려져 있기 때문이다.

내가 이제 '스페인·중남미 현대시의 개척자들'을 책으로 만듦은
외국문학도, 특히 스페인어 시를 전공하는 사람으로서 이 나라 시
인인 내가 내 땅에 기여할 최소한의 빚갚음이란 뜻이 크다. 한국의
외국문학은 한국 문화를 위해 존재한다. 우리는 우리 주체성 위에
남의 문화를 받아들여야 옳다. 우리는 먼저 우리와 유사한 서구 문
화를 찾고 동질성을 회복하는 게 중요하다. 남을 남으로 볼 때 그
남도 나를 남으로 본다. 동질성의 회복 위에서 이제 우리 하나하나
가 얼마나 다른가를 살펴야 한다. 지구촌 시대의 문턱에서 우리는
우리가 서로 얼마나 닮았으며 얼마나 다른가를 되새겨보아야 한
다.

그런 의미에서 스페인과 중남미 시는 우리를 바라보는 좋은 창이
된다. 첫째, 인종적·문화적으로 황인종 혹은 백인 문화 속의 황
인종적 특성을 가지고 있다. 둘째, 반만년 역사는 아니지만 우리
역사에 버금가는 긴 역사의 자양 속에 영근 서정들을 가지고 있다.
셋째, 그들 스스로가 이미 동양 문화와의 유사성을 발견하고 동양

시가를 많이 모방하고 있다. 넷째, 오늘 서구 시의 가장 실험적 시어 개발을 고전화시킨 모범생들이다.

이 책을 만들면서 내 머리 속에 스쳐간 이 많은 생각들 외에도 특히 꼭 이 책을 써야 할 또다른 숨겨진 이유가 있다.

내가 청계천 고서점에서 아무거나 스페인어 책이라서 산 시집이 『스무 편의 사랑의 시와 한 편의 절망의 노래』(*Veinte poemas de amor y una canción desesperada*)였고 떠듬떠듬 스페인어로 읽은 첫 시가 「여자의 육체」였다. 흙과 여자의 육체가 하나의 이미지로 짜릿하고 깊은 곡괭이질이 돋보이는 시였다. 내가 시를 잘 못 쓴 건 사실 내 앞의 많은 시인들이 내 시를 도둑질해갔기 때문이다. 꼭 내가 쓰고 싶었던 작품만 이들이 먼저 베껴다 놓고 내 약을 올렸다. 소월의 「진달래꽃」「산유화」가 그렇고 청마의 「깃발」, 미당의 「국화 옆에서」나 「자화상」의 목쉰 화음이 내 목소리였다. 청록파, 그중에서도 특히 조지훈과 박목월이 제일 많이 내 시를 훔쳐갔다. 김영랑·박용철·정지용도 내 고등학교 시절의 원수들이다.

그 뒤 김춘수의 「꽃」, 김수영의 「달나라의 장난」, 전영경의 「여기 쓰레기를 버리지 마시오」도 상당히 내 작품을 많이 표절한 시들이다. 그러나 나는 치사한 사람이 아니다. 일일이 내 작품을 표절해간 사람들의 이름이나 제목을 조목조목 대가며 청문회에 올릴 생각은 없다. 이제 원한도 어지간히 잊었고 나도 내 살 궁리를 해야 되는 처지라서 웃는 얼굴로 이들을 대하기로 한다.

대학시절부터 특히 내 시를 도둑질해간 무리들이 지금 내가 따지고 싶은 스페인과 중남미의 시인들이다. 초창기에는 설마했었다. 나는 대학까지만 해도 지독한 국수주의자, 한국적 정서, 한국 시의 옹호자로 코 큰 놈들 시는 별거 아닐 거라 억지로라도 믿었다. 최소한 정은 안 갈 거라는 예감 같은 거. 그런데 그게 아니었다. 무섭게 예쁜 것들이 그쪽에도 많았다. 많은 정도가 아니었다. 이것들은 내 시 정도가 아니라 내 간을 빼갔다.

지금 내가 낸 시집은 스페인어로 낸 시집과 우리말 시집이 각각 네 권이다. 그러나 한 10여년 전까지만 해도 우리말 창작은 전연 안할 정도로 스페인·중남미 시에 미쳐 있었다. 이들이 그토록 내 시를 많이 훔쳐갔고 간까지 빼갔기 때문이다. 요즘 시뿐이 아니다. 17세기 스페인 께베도의 시는 기절할 정도로 내 시를 닮았다. "시간이 하루를 갉아먹는다"라고 했을 때 나는 '아뿔싸, 또 한 구절 도둑맞았구나!' 원통했다. 나도 질 리가 없다. 그 시구를 다시 도둑질해와서 내 시에 이렇게 바꿨다! "시계 속에 새앙쥐가 들어/초를 까먹고 있다."

이제 내 원한이 사무쳐 이 아름다운 도적들을 청문회에 부치려고 한다. 나의 고발은 격식과 두서가 없을 수 있다. 연구논문이나 고발장처럼 증거나 탐색으로 일관하지는 않을 작정이다. 다만 어찌하여 이들 작품이 같은 한국인인 나의 간을 빼갔는가를 사랑과 한으로 되새김질할 생각이다.

나의 가장 큰 목적은 이들 시를 우리말로 되돌려받는 일이다. 원작품에 최대한 충실하면서 사정없이 우리말로 재창작하기도 할 것이다. 스페인어로 좋은 시는 우리말로 옮겨도 좋은 시여야 옳다. 이것이 번역자의 최소한도의 예의다. '모든 사람은 나를 닮았다.' 번역에서 이국 취미(exoticism)는 금물이다. 같이 자며 달을 보면 모두가 보름달이다. 한국 달, 외국 달이 따로 없다.

그러나 민족과 전통, 환경이 다르기 때문에 시의 향기가 제대로 살아나기가 어려움을 안다. 시 번역 뒤에 해설을 붙이는 것은 바로 이 때문이다. 첫째는 번역으로 살릴 수 없었던 나의 역부족에 대한 변명 겸, 독자에게 스스로 더 나은 우리말 창작의 재미를 드려야 옳지 않겠는가. 번역이나 읽기는 독자의 창작인 데가 너무 많다. 거창하게 '간텍스트'(intertextuality)론을 펴지 않아도 모든 창작은 있던 것 되쓰기 혹은 '풀어쓰기'이다. 걱정할 것 없다. 둘째는 이들 시가 반주가 없으면 싱거울 수 있다. 각 시의 정서, 이미지의 다면성, 다채성을 반주삼아 흥을 돋울 작정이다.

하나 나의 숨겨놓은 야심은 우리 시 표현의 확장, 개혁, 실험의 무대로 이 글을 이끌어갈 것이다. 외국어로는 충분히 표현력이 있어도 우리말로 옮겨놓으면 향기가 죽어버리는 표현이 얼마든지 있다. 우리말의 문학어 개발이 비교적 늦었기 때문인지 (신시나 시조의 시발점을 생각한다면) 스페인어 시 표현은 이미지의 복합성, 다의미의 가능성이 내 느낌으로는 우리말을 앞선다. 앞선다는 말이 거슬린다면 여하튼 다르다. 다른 데가 많다. 우리는 이런 표현을 우리말로 시화시켜 우리말의 시어 개발을 꾸준히 생각해나가야 할 것이다.

'간텍스트 문학' 즉 포스트모더니즘의 선조는 보르헤스이다. 사실 포스트모더니즘의 모델은 많은 부분이 스페인·중남미 문학에 있다. 포스트모더니즘이 중요한가 중요하지 않은가는 문제가 되지 않는다. 다만 그것이 어떤 다른 형식의 문학에 대한 사고와 표현의 구현이라는 점은 부정할 나위가 없다. 어쩌면 그것은 보수와 정체성에 절어 있는 우리 문학에 또다른 신선한 창일 수 있다.

여기의 글은 『현대시학』에 연재했던 것들이다. 연재는 지금도 계속하고 있다. 나의 이 조그만 노력과 애정이 우리 시를 위해 우리스러운 푸르름으로 되피어나길 바란다.

1994년 12월

민 용 태

차　례

□ 책머리에 ──────────────────── 3

제1장　페데리꼬 가르시아 로르까 ──────── 11

제2장　세사르 바예호 ───────────── 37

제3장　라몬 로뻬스 벨라르데 ───────── 80

제4장　올리베리오 히론도 ────────── 100

제5장　헤라르도 디에고 ───────────118

제6장　마리아노 브룰 ──────────── 137

제7장　비센떼 우이도브로 ────────── 154

제8장　호세 후안 따블라다 ───────── 171

제9장　호르헤 루이스 보르헤스 ─────── 190

제10장　빠블로 네루다 ─────────── 239

제 1 장
페데리꼬 가르시아 로르까
(스페인, 1898~1936)

기사의 노래

꼬르도바.
멀고 고적한 그곳.

말은 검은 조랑말, 달은 휘둥그래 크기만 하고
배낭에는 올리브 열매 몇낱.
길은 알아도, 영원히
난 꼬르도바에 가진 못하리.

광야로, 바람 속으로,
말은 검은 조랑말, 달은 시뻘건 핏빛.
꼬르도바 첨탑 위에서
나를 지켜보고 있는 죽음.

아 멀고 먼 길이여 !
아 용감한 나의 조랑말 !
아 꼬르도바, 꼬르도바에 도착하기 전

죽음이 나를 기다린다네 !

꼬르도바.
멀고 고적한 그곳.

로르까(Federico García Lorca)의 가장 많이 알려진 시다. 벌써 우리말로 번역한 것이 몇번째인지 모른다. 스페인 현대 시인 중에서 세계에 가장 많이 알려진 사람이 로르까라면 그의 작품 중 제일 많이 애송되는 시가 이 「기사의 노래」다. 몇번이고 번역했지만 앞서 나의 큰소리와는 달리 이 번역 또한 명백한 실패다.

실패가 어쩔 수 없었다면 그 변명은 이렇다. 시어 중에서 가장 옮기기 어려운 부분은 그 음악성이다. 원시의 말소리, 그 말소리를 통한 리듬감, 그 리듬감이 자아내는 상징성이 말을 바꿀 때 이미 전달 불가능해진다. 음악이 세계성을 가진 언어를 가지고 있다지만 상징주의 때부터 끝없이 추구해온 시어의 소리상징성은 문학 표현 중에서 가장 번역이 불가능하다.

로르까의 「기사의 노래」는 사실 그 원시의 리듬이 지친 조랑말의 말발자국 소리를 반추하고 있다는 게 정평이다. 특히 후렴 부분, "꼬르도바. /멀고 고적한 그곳."(Córdoba./Lejana y sola.)이 그렇다. 그 "Córdoba"에 이어 연결되는 말소리의 악센트가 우리 소리로 하면 "터러럭, 터억, 터억……" 같은 여운을 낸다. 우리말은 이미 긴 소리, 짧은 소리도 잊혀지고 있는 실정이어서 맛을 살리기가 어렵다. 다만 '꼬르도바'에서 '꼬'를 된소리로 짚어 서운함을 메워보려 했지만 나나 아는 헛소리다. "멀고 고적한 그곳"에서 'ㄱ', 즉 그 딱딱한 자음을 몇번 반복해서 시구의 고독한 정취를 살려보려고 했다는 것이 눈에 뜨일지……

원시는 18세기의 이야기를 소재로 하고 있음을 밝힌다. 로르까가 로르까다운 시체 (詩體)를 형성한 것으로 보통 『시집』(*Libro de poemas*, 1921년), 『노래집』(*Canciones*, 1927년) 이후 『집시 타령조』(*Romancero gitano*, 1928년)를 꼽는다. 여기서 'Romancero'를 타령조로 옮긴 것은 로르까가 바탕을 두고 있는 안달루시아 집시의 애환의 노래가 우리의 판소리나 타령에 가깝다고 보았기 때문이다. 이 '타령조'라는 말은 김춘수님이 썼던 타령의 현대적 풀이의 뜻이어서 로르까의 시집 의도와 맞다. 원래 'Romancero'는 중세 '민요 모음'이라는 말에서 기원한 것이지만.

  시의 이야기는 이렇다. 18세기 안달루시아에는 산적이 많았다. 안달루시아로 가는 길은 험한 산길이 많았다. 특히 꼬르도바에 도착하기 전 '시에르라 모레나'라는 산길은 이런 산적떼의 소굴이기도 했다. 그래서 꼬르도바를 간다면 늘 중간에서 변을 당하기 일쑤였다고 한다. 이런 이야기에서 착상을 한 로르까는 그 비극성을 상징화시킨다. 한 나그네가 말을 타고 꼬르도바를 향해 간다. 중세의 찬란한 아랍 문화의 성지 꼬르도바, 예술과 사랑과 꿈이 사는 도시 꼬르도바를 찾아 나그네가 밤길을 간다. 꼬르도바는 동시에 시인의 고향이라고 해도 좋다. 고향을 찾아가는 나그네의 발길은 무겁기만 하다. 언제 어디서 산적이 나타나 칼을 휘두를지 모르기 때문이다. 말 옆구리에 찬 배낭에는 안달루시아 서민들의 가난한 음식 올리브나 좀 담고 터덜거리며 혼자 가는 밤길은 무섭기만 하다. 혼자 가는 밤길의 휘둥그레 크기만 한 달은 공포를 더해준다. 다시 보니 달은 시뻘건 핏빛이다. 비극을 예감하게 하는 징조, 나그네는 고향에 무사히 다다르지 못할 것을 안다. 다다르기 전에 죽음을 만날 것을 안다. 그래서 꼬르도바는 더욱 멀게만 느껴진다. 꼬르도바는 영원히 고적한, 이루어지지 못할 꿈과 행복의 고향으로 남아 있다.

  삶에서 행복을 원하지 않는 사람이 있으랴. 진짜 좋은 대통령이 되고 싶은 꿈이 누구에겐들 없었으랴. 그보다, 너에게 영원한 꽃이 되고 싶었던 나의 마음이 없었으랴. 꼬르도바·화순·청풍 등 차라리 이들 기하학적인 숫자가 내 고향의 이름이다. 사람들은 '아 올림픽…… 아 대한민국……' 하면 핏대를 올린다. '대한민국'이나 '조선인민공화국'이나 '스페인'이나 '까딸루냐'나 핏대나 모두 내 고향이거나 아니다다. 조국통일보다 네가 사는 그 발 밑의 땅, 혹은 네 몸이 국토다. 조국통일이 아니라 네 몸이 끝내는 죽는다. 무슨 꿈? 무슨 사랑? 꼬르도바는 늘 멀기만 하다.

「기사의 노래」(이 시는 『속죄양』 이후 절필을 선언한 민재식 시인의 훌륭한 번역으로 신구문화사에서 펴낸 『세계 전후문학 전집』에 실려 있다)는 가령 김소월의 「산유화」처럼 진짜 평범한 시가 너와 나의 가슴인 것을 웅변한다.

오역과 무식의 횡포가 가장 심한 작품은 「악몽의 로맨스」(Romancero sonámbulo)이다. 번역에서 졸역은 용서받는다. 첫째 '졸역'의 뜻처럼 잘못한 번역이 예술적으로 새로운 미학의 산출을 가능케 한 경우, 둘째 진짜 너무 좋아서 자기 마음대로 시화시킨 경우이다. 예를 들어 김춘수는 마차도(Antonio Machado) 시의 '수업중이다'라는 시구를 '목장이다'로 번역한 일이 있다. 아니다. 아무렇게나 번역이 되는 것은 아니다. 참다운 교육자는 침묵이 마지막 교육임을 안다. 시를 모르는 사람들은 사람들을 지겹게 하지도 않고 권위의 힘을 빌리거나, 위대한 외국 시인의 옷을 입혀 로르까를 오역하지도 않는다. 로르까는 38세에 죽었으니 한국 시인들이 생각하는 것처럼 중견시인, 계관시인도 아니다. 그런데 왜 이 나라 무식한 독자들을 계몽한답시고 갖은 폼을 다 재며 로르까를 점잖게 오역하고 있는가. 내가 사랑하는 시의 원뜻과 가능한 우리말 옮김은 이렇다!

악몽의 로맨스

파랗게 사랑해 파랗게.
파란 바람. 파란 잎가지.
바다에는 배
산에는 말.
허리에 어둠을 두르고
베란다에서 꿈꾸는 여인,
그 파란 살결, 파란 머리칼,
차가운 은빛 눈동자.
파랗게 사랑해 파랗게.
집시의 시뻘건 달이
세상사를 예언하지만
차마 달을 바라볼 수 없는 그녀.

파랗게 사랑해 파랗게.
성에가 만든 커다란 별 모양이
어둠의 물고기를 몰고
여명의 길을 연다.
무화과나무가 줄질을 하듯
바람에 나뭇가지를 드르럭거리고,
산은 살쾡이처럼
가시나무 끝을 곤두세운다.
누가 오는 걸까? 어디로……?
그녀는 베란다에서 기다리고
그 파란 살결, 파란 머리칼,
꿈에도 무서운 악몽의 바다.

──성님, 저의 말과 성님 집을

바꿨으면 좋겠네요,
제 말안장 대신에 성님 집 거울 하나,
제 칼 대신에 이불 하나만 주셔요.
성님, '염소 재' 너머에서부터
제가 피를 많이 쏟고 오느만요.

——내가 할 수만 있다면, 젊은 친구야,
당장이라도 그렇게 하지.
하지만 이제 나도 내가 아니고
내 집도 이제 내 집이 아닐세.

——성님, 저도 죽을 때는
점잖게 잠자리에서 죽고 싶네요.
침대는 되도록이면 쇠침대
이불은 네덜란드 최고급 이불.
보시지요, 이 가슴에서부터 목구멍까지
찢어진 상처를?
——검붉은 삼백 송이 장미꽃이
자네 하얀 셔츠에 피었구면.
피가 스며들어
허리에는 온통 피비린내뿐.
하지만 이제 나도 내가 아니고
내 집도 이미 내 집이 아닐세.

——하지만 저 좀 올라가게 해주세요
저 높은 베란다까지만요!
저 좀 올라가게, 올라가게 해주세요
저 파란 베란다까지요.
달이 있는 베란다 난간에

물소리가 메아리치네요.

마침내 두 친구는 올라갔지
그 높은 베란다 있는 곳까지.
핏자국이 좀 남았지.
눈물자국이 좀 남았지.
지붕 위에서는
양철 가로등이 떨렸지.
그 수천 수정 빛살인지 북소리인지
새벽을 찢고 있었지.

파랗게 사랑해 파랗게.
파란 바람. 파란 잎가지.
두 친구는 올라갔지.
긴 바람이 입에
씁쓸하고 야릇한 입맛을 남겼지.
박하냄새 같기도 하고 여뀌풀냄새 같기도 한.
──성님! 어디 있습니꺼!
어디 그 불쌍한 성님 딸이 있습니꺼, 예?
──얼마나 자네를 기다렸겠나,
그 상큼한 얼굴, 그 검은 머리칼이
이 파란 베란다에서!

웅덩이의 표면에
집시 아가씨가 떠돌고 있었지.
파란 살결, 파란 머리칼,
차가운 은빛 눈동자,
달빛 한 줄기 고드름이 되어
그녀를 물위에 떠받고 있는데

밤은 그녀를 에워싸고
자그만 안방 마루처럼 아늑하게 감쌌지.
술취한 민병대 몇명이
쾅쾅 대문을 두들겼어,
파랗게 사랑해 파랗게.
파란 바람. 파란 잎가지.
바다에는 배
산에는 말.

「악몽의 로맨스」와 로르까의 신타령조 이야기 신학

앞서 번역한 「악몽의 로맨스」는 우리의 민중시가 그토록 본뜨고 싶어했던 이야기체의 시적인 묘가 뛰어난 작품이다. 우리 시에서 발라드를 본뜬 '담시'라는 것이 씌어졌지만 로르까의 '신타령조'(내가 붙인 별칭)와는 사뭇 다르다. 우리의 현대 담시가 재치와 맛을 곁들여 담담하게 이야기를 엮어가는 경우(예를 들어 미당의 「자화상」처럼)라면 로르까의 '신타령조'는 이야기시 중 시적 긴장감이 감도는 가장 드라마틱한 이야기의 패턴을 주축으로 상징성과 암시성을 강화시키는 것이 특징이다.

「악몽의 로맨스」에서 먼저 이야기 처리의 시화기법을 보자. 첫 연에 불행을 예감케 하는 "차가운 은빛 눈동자"의 여인이 보인다. 다음 연에 여명을 뚫고 달려오는 비극의 주인공 출현이 공포스러운 이미지로 묘사된다. 총을 맞고 온 집시 청년이 아가씨가 사는 집 '성님'에게 간청을 한다. 이제 떠돌이 생활 그만 하게 자기 말, 안장, 칼 대신에 집과 거울과 이불로 바꿔주면 어떻겠느냐고 애걸한다. 상체가 피투성이가 된 청년은 이제 따뜻한 집안에서 쉬고 싶다. 그러나 '성님'의 대답은 절망적이다. 애인이 기다리는 베란다로 올라간다. 애인은 평생을 기다림에 지쳐 베란다 위 물웅덩이에 빠져 자살한 뒤…… 그를 추격해오던 술취한 민병대 몇명이 대문을 두들기는 소리.

이야기가 소설과 함께 개개의 사실의 구체적 묘사에 역점을 둔다면, 로르까의 이야기는 우선 개별적 구체성이 없다. 우리가 알 수 있는 것은 어느 집시 청년, 즉 칼질, 도둑질, 거지 짓을 하며 떠돌아다니던 집시 특유의 삶의 패턴을 모델로 삼았다는 정도이다. 거기 그 청년이 돌아와 아들 낳고 딸 낳고 평범한 행복의 가정을 꾸미기를 염원하던 그 많은 집시 여인 중의 한 사람이 있다. 안달루시아 여인의 한의 한 전형이다. 시대성이 있다면 로르까를 잡아죽인 '민병대', 프랑꼬(Francisco Franco)를 내란에서 승리로 이끈 잔인한 정예부대의 출현뿐이다.

소설 특유의 사실성의 결여는 곳곳에서 발견된다. 두번째 연의 "성에가 만든 커다란 별 모양이/어둠의 물고기를 몰고/여명의 길을 연다"라는 표현은 동이 터오는 새벽길에 민병대에게 쫓겨 달려오는 한 집시 청년의 긴박한 상황을 짐작하기에는 묘사가 너무 이미지화되어 있다. 한마디로 이 시구는 세 겹의 연상이 병진하고 있다. 하나는 어둠이 걷히기 시작하는 새벽길의 싸늘한 풍경, 둘째는 성에, 얼음 혹은 차가운 샛별과 그것에 쫓기는, 죽어가는 물고기의 숙명이 비친다. 그 세번째가 앞서 이야기한 내용을 짐작하게 하는 여운이다. 이들 복잡한 이미지는 불행을 예감한 사물들의 촉각을 곤두세운 표정들이 뒷받침한다.

대화는 사실성과 상징성이 하나가 되어 있다. 집·거울·이불…… 집과 이불이 죽어가는 집시 청년의 최후 안식의 절규라면 '거울'은? 그렇다. 행동만이 전부인 집시의 삶에는 따로 거울 볼 새가 없다. 거울은 신혼의 행복의 상징이며 또 그 행복을 되새기며 음미할 수 있는 안정된 삶의 지표다. "나도 내가 아니고…"는 식민지 시대의 우리의 삶에도 흔한 소외의 언어다.

　로르까의 이야기 처리는 우리가 흔히 소설에서 알고 싶어하던 자초지종이 모두 생략되어 있다. 왜 둘은 헤어지게 되었는가. 청년은 무슨 죄를 지었기에 쫓기는 몸이 되었는가. 기다리던 처녀는 구체적으로 어떤 처지에서 자살을 할 수밖에 없었던가. 천년을 기다릴 것 같던 여인의 죽음은 단순히 지친 것이나 자포자기로 보기에는 앞뒤가 안 맞다.

　로르까는 이야기의 특성인 시간성을 공간성, 혹은 영상 중심으로 바꾸는 데 성공한 예다. 이야기는 항상 처음에서 끝으로 전개되지만 사람의 경험적 시간은 항상 현재라는 공간에서 이루어진다. 오늘에서 어제를 기억하고 내일을 예감하고 그 냄새와 맛을 체험한다. 데리다(Jacque Derrida)식으로 이야기하면 그 현재도 생각이나 말인 이상 항상 '있던 것'의 풀어쓰기지만 그냥 상식적으로 현재의 공간이라고 하면 이해하기 쉬울 것이다. 로르까의 '로맨스' 혹은 이야기의 특징은 과거에 있었던 사실을 이야기하는 것 같으면서도 모두가 현재의 시간인 감각적 이미지로 점철되어 있다는 것이다.

이야기 전개를 위한 이미지의 사용과 통일성

　로르까 시의 이미지성은 뛰어나다. 특히 『집시 타령조』에 속하는 이야기체 시들은 이미지 처리의 구조적 특징상 다른 시인 혹은 로르까 자신의 다른 시풍과 다르다. 이미지가 우선 시각적 영상과 감정, 감각, 정서의 융합으로 본다면 비교적 짧은 계열의 서정시들은 한 시의 모든 이미지의 통일성, 유기적 조직성이 보이게 마련이다. 르네 웰렉(René Welek)의 구분처럼 시어 중 상징이 가장 오래

된 문학 전통의 소산이고 은유가 그 다음, 이미지가 가장 새로운 창조적 수사법의 예라면 이미지가 많은 시는 자칫 은유나 상징이 갖는 의미성을 희석화시킬 가능성이 있다. 유치환의 「깃발」이 외국어로 번역도 쉽고 번역해서 성공도가 높은 것은 시가 갖는 이미지가 곧잘 통일성을 이루며 상징적 의미로 탈바꿈하기 때문이다. 내 생각에 특수 모더니스트 시나 포스트모던 시의 경우를 제외하고는 이미지가 결국 의미를 산출하는 방향, 즉 상징성(상징은 일반적으로 의미를 갖는다)으로 통합된다. 말하자면 한 시 속의 다양한 이미지들은 결국 은유적 해석을 거쳐 끝내 상징적 의미 산출로 귀납된다는 이야기이다. 물론 한 시가 갖는 의미성의 농도와 그 모호성에 따라 정도의 차이는 천차만별이지만.

로르까의 이야기체 시의 이미지의 특징은 그 유기적 통일성이 잘 눈에 뜨이지 않는다. 예를 들어 총에 맞은 청년을 추격해오는 민병대의 이미지 뒤에 공포를 예감케 하는 "무화과나무가 줄질을 하듯/바람에 나뭇가지가 드르럭거리고," 그 삭막하고 소름끼치는 감각으로 같은 연의 다른 이미지("산은 살쾡이처럼/가시나무 끝을 곤두 세운다.")와 환유적 연대성은 같지만 마지막 연, 물에 뜬 여인의 시체를 비추는 달의 장면을 "달빛 한 줄기 고드름이 되어/그녀를 물위에 떠받고 있는데"와는 연결이 되지 않는다. 물론 크게 보면 이들 모두가 공포와 비극의 현장의 밤풍경이라는 점에서 통일성은 있다. 그러나 우리가 바라는 더욱 유기적이고 가까운 통일성, 즉 하나의 감정이나 의미로 쉽게 엮어질 수 있는 연상성은 약하다.

나는 로르까의 이야기체 혹은 타령조 시의 이미지의 이런 특징을 앞서 말한 이야기로 보았을 때의 생략 내지 파격보다는 또다른 방향에서, 이제는 시적 표현(이 경우 이미지 사용)이 이야기 중심, 즉 시간적 전개의 감각과 감정의 활성화를 위해 동원된 경우로 본다. 사실 「악몽의 로맨스」는 총 맞은 청년의 도착에서부터 애인의 죽음의 장면 그리고 민병대의 들이닥침까지 착실한 시간적 전개를 하고 있다. 이 각 장면에 동원된 이미지는 밤풍경이라는 공간적 유기성 혹은 통일성보다는 사건이 전개되어나가는 상황의 감각·감정을 예시하거나 돕는 역할을 하고 있다. 특히 애인을 보러 지붕 위로 올라갈 때의 양철 가로등의 떨림을 "그 수천 수정 빛살인지 북소리인지/새벽을 찢고 있었지." 같은 표현은 어떤 순수한 연인의 죽음을 예감케 하는 가장 비극적 이미지이지만 막상 전작품의 레이 모티프로 작용하는 "파랗게 사랑해 파랗게./파란 바람. 파란 잎가지./바다에는 배 산에는 말."과는 얼른 이미지의 통일이 안된다.

한마디로 로르까 시의 이미지는 대단히 참신한만큼 통일적 연상이나 상징적 의미 표출의 입장에서 볼 때 대단히 산만하다. 때때로 로르까는 "내가 쓴 메타포나 이미지가 무슨 뜻인지 모른다"고 발뺌한 일이 있다. 그는 쉬르리얼리즘(초현실주의)의 영향인지 그만큼 자유롭게 시어를 썼다. 그러나 각개 이미지의 통일성으로 볼 때 산만하던 것이 두 가지 연결 고리에 의해서 강력한 응집력을 갖는다. 그 하나가 다루는 주제의 비극성이다. 나중에 「이그나시오 산체스 메히아스의 죽음을 애도하며」(Llanto por Ignacio Sánchez Mejías, 1934년)에서도 보겠지만 사랑과 죽음, 그 드라마틱한 비극성은 모든 시어를 용광로 속에 집어넣은 쇠붙이처럼 한 쇳물, 눈물로 녹여 내고 만다. 「악몽의 로맨스」의 모든 이미지는 우선 비극의 예감, 공포 그리고 안주, 안식, 행복으로 도피하려는 열념에서 하나가 된다. 또다른 응집력을 위한 접착제로 사용하고 있는 것은 후렴이나 레이 모티프에 상당하는 "파랗게 사랑해 파랗게"의 반복이다. 이는 로르까의 수사기법의 특징 중 하나로 언뜻 보기에 가장 이해가 안 가는 음악 한 소절을 계속 반복함으로써 모든 시어를 한 방향으로 끌고 가는 방법이다.

로르까의 창조적 시어의 비밀

이것이 전통적 반복 혹은 후렴 사용과 다른 것은 「악몽의 로맨스」에서 보듯 거의 가사에 가까운 시어 "파랗게 사랑해 파랗게"를 반복함으로써 한 시 내에서만 통하는 새로운 상징적 언어를 창출해내는 데 있다. 영랑이 "모란이 피기까지는…"을 반복하거나 소월이 "예전엔 미처 몰랐어요"를 반복하면 우리는 그 말의 관습적 의미가 반복을 따라 정감화되어가는 것을 느낀다. 반복의 정도에 따라 정감이 강화된다. 내용이 설득력이 약할 때 이런 반복은 오히려 귀찮고 졸렬한 유행가풍이 되기도 한다. 로르까의 시어 장치는 글자 그대로 지금 갓 구워낸 신조어여서 아무리 반복해도 아리송한 신비성까지 제시한다.

낭만주의 이후 갈수록 우리는 창조적 시어병(詩語病)의 악화일로에 있다. 그러나 한 사회가 만들어내는 신조어나 코미디가 만드는 유행어나 메커니즘은 같다. 즉 끝없는 반복을 통해 한 기호와 한 의미를 관습화시키면 이미 언어다. 다만 한 시대와 대중 앞에 매스컴을 통해 얼마나 많이 반복하느냐, 거기에 시청자가 얼마나 재미를 느끼느냐, 호응하느냐에 따라 성공도는 다르다. 시는 산문에 비해 원래 반복을 일삼는다. 그것이 외재율이건 내재율이건 시가 리듬을 뿌리로 하고 있다는 소리와 같다. 리듬은 반복이다. 말을 바꾸면 시 속에서 어떤 이상한 말이건 새롭게 의미화될 가능성이 있다. 더군다나 후렴처럼 반복 중의 반복의 메커니즘인데야 말해서 무엇하랴.

로르까는 이런 시어의 비밀을 알았다. 실제 생활 속에서도 그는 새말 만들기 장난을 일삼았다고 한다. '문' 대신에 '뿌삐'라고 부르기도 하고 문을 열고 닫을 때마다 '어이 뿌삐 닫어', '어이 뿌삐를 열고 나가야지' 한다든지, 좀더 시어에 가깝게 '창'을 '하늘'로 부르기도 하고 '어디 하늘 좀 열어주겠어?' 한다든지, '빌어먹을, 하늘을 부숴버릴까?' 하면 연상이 재미있어진다. 로르까의 시어가 대단히 창조적이고 난해한 건 바로 그가 이런 비밀에 정통했기 때문이다. 난해하다는 것은 시어를 이해하는 데 너무 전통적인 의미에 집착할 때 오는 답답함일 뿐이다. 좋은 시에 의미없는 말은 없다. 말은 한 방이나 한 시에 같이 놔두면 서로 이끌고 당기고 별짓을 다 하다가 마침내는 아들이나 딸 혹은 의미를 산출하게 되어 있다.

로르까가 「악몽의 로맨스」에 사용한 마약은 원어로 보아야 확실해진다. 소위 '소리상징 기법'이라고 하는데 스페인어를 몰라도 이해할 수 있으니 걱정할 것 없다. 원시와 번역을 실으면 문제의 후렴은 이렇다.

파랗게 사랑해 파랗게.
파란 바람. 파란 잎가지.
바다에는 배
산에는 말.

Verde que te quiero verde.
verde viento. Verdes ramas.
El barco sobre la mar
y el caballo en la montaña.

위 구절에서 문제가 되는 시어는 '파란'(verde)이라는 말이다. 원시에는 'verde'라는 말이 완전히 비문법적으로 씌어 있다. 원문으로 "파랗게 사랑해 파랗게."라고 한 부분은 '파랑 너를 사랑해 파

랗게’라고 번역해도 좋고, ‘파랑이라는 이름의 여인이여, 너를 사
랑해 파랗게’라고 해도 좋다. “파란 바람. 파란 잎가지.”는 이미지
가 통한다. 파란 이파리 사이로 부는 바람은 파랄 수 있다. 그런데
“바다에는 배/산에는 말.”과 파랑은 무슨 연상관계인가. 비밀은
의미가 통하는 몇마디 말, 즉 ‘사랑해’와 바다에는 배, 산에는 말
이 있는 ‘산에 가야 범을 잡고 바다에 가야 고기를 잡지’ 같은 말이
내포하는 제자리·안정·평안의 염원을 시사하는 데 있다.

　비밀은 여기서 끝나지 않는다. 내가 밑줄친 모음들이 반복하고
있는 것을 보라. 이 모음들은 우선 모두가 악센트가 있다. 가장 부
각되는 소리다. 즉 ‘e’ 소리가 끝없이 반추되고 있다. 악센트가 있
는 ‘e’ 외에도 ‘verde’라는 소리의 반복에서 오는 ‘e’, 그외에도 많
은 ‘e’의 되풀이가 있다. 그 다음 반복이 있는 게 ‘a’ 소리다. 역시
악센트가 있다. 이들 소리가 갖는 상징적 의미는 우리말에 제일 많
이 발달되어 있다. 우선 ‘a 아’는 밝은 소리 ‘e 에’보다는 낮은 데
서 소리나기 때문에 안정감이 있다. 그 대신 ‘e 에’는 그 소리나는
위치가 ‘아’ 소리보다는 떠 있다. 불안정하다. ‘사랑해’ 하는 말처
럼 이루지 못한 것에 대한 갈구가 비친다. ‘사랑해’ 하는 말과 ‘에’
라는 모음의 합주는 갈구와 염원이다. 무엇을? 바다에는 배가 있
고 산에는 말이 한가하게 노니는 평화와 안정이 있는, 우리가 ‘하
하하……’ 하고 웃을 때 느끼는 편안함이 있다.

　소리와 의미의 합주가 이 시구의 아름다움이다. 그것은 음악이
면서 의미요 상징이다. 떠돌이 삶에 총까지 맞고 지칠 대로 지친
집시 청년이 갈구하는 것은 바로 안정이며 편안하고 행복한 애인과
함께 하는 삶이다. 그 염원이 레이 모티프로 온 시구 사이를 메아
리치고 있다. 로르까가 비문법을 사용하면서까지 완전 음악적 패
턴으로 상징화시킨 이 후렴은 절구다. 아직 스페인 문학계에서 상
징적 미궁이 밝혀지지 않은 채 그대로 애송되고 있는 이유는 잘 알

수 없는 소리의 마력에 있다. 소리의 반복은 우선 의미 이전에 재미를 유발시킨다. 어린아이들의 놀이나 노래도 의미없는 소리 반복인 것을 보아도 알 수 있다. 새도 짐승도 자연도 노래할 때는 절구가 있다. 반복이 있다. 리듬 혹은 반복의 재미는 말이 갖는 원뜻을 잠들게 하고 농도 짙은 감정의 파문으로 우리를 이끈다.

베를레느(Paul Verlaine), 상징주의가 미쳐 있었던 소리상징은 마침내 프랑스의 전위문학 '글자시'(letrisme) 운동에 이른다. 의미의 최소 단위 단어를 파괴하고 글자, 소리만으로 된 시를 꿈꾼다. 언어학에서 행동주의(behaviorism), 특히 싸피어(Sapir) 등 몇몇 언어학자들은 알파벳의 글자마다 색깔과 의미를 부여한다. 그러나 구조주의와 '신비평'(new criticism)은 이를 소위 '딩동뎅 이론'으로 일축하고 만다. 반론의 예로 가장 유명한 것이 'I like Ike'다. 그 말에 'ai'라는 소리가 반복되는 게 무슨 상징의 묘가 있느냐의 반박이다. 아니다. 그러나 잊어버린 게 있다. 아이크가 대통령이 되는데 구호로서는 더이상 좋은 말이 없었다는 사실이다. 반복은 재미있다. 그것이 다다. 그러나 시어로써 연상을 확장시켜 표현미를 더할 수 있으면 금상첨화다.

소리상징의 미학은 이미 야콥슨(Roman Jakobson)이 다시 관심을 기울였고 나도 기회 있으면 새로운 언어학 이론 혹은 시표현의 방법론으로 밝혀볼 작정이다.

용광로 속의 시어들

이미 「이그나시오 산체스 메히아스의 죽음을 애도하며」를 언급했다. 여기 번역한 모든 시들이 그렇지만 다 벌써 몇번씩 번역했던 작품들이다. 그때마다 새롭게 옮긴다. 독자 또한 삶과 감동이 변한다. 한 작품을 읽는 감동인들 어찌 항상 같을 수가 있으랴.

긴 시란 없다. 이는 바쇼뿐만 아니라 에드거 앨런 포(Edgar Allan Poe), 상징주의 시인들이 한 말이다. 시적 긴장감 또한 모든 극치감처럼 길 수 없다. 산 정상이 길 수 없듯이, 다만 백낙천의 「장한가」(7언 120행)나 서구의 장시들이 있는 것은 이야기와 사설(소설적 요소)이 시화되는 특수 상황이기 때문이다. 이것은 특히 나처럼 성질이 급하고 에로티즘에 맛들인 독자에겐 특히 그렇게 느껴진다. 바쇼오처럼 선불교적·불립문자(不立文字)적 관조나 절정감에 길들여진 시인에게도 시는 늘 짧게 느껴진다. 다만 정력이 쇠잔해서 긴장(?)을 길게 버티는 것 같은 시를 쓸 수는 있어도 그게 어디 말이 체 말이겠는가. 선불교의 깨달음의 순간이 '지금, 여기!'이듯이 시는 역시 언어와 비언어, 인간과 신 사이의 수평선에 작열하는 태양이거나 그 물빛이다.

그러나 로르까를 읽으면 이런 편견은 사라진다. 이미 타령조 시체의 이야기의 시화과정을 설명했다. 이상한 건 「이그나시오 산체스 메히아스의 죽음을 애도하며」는 별다른 이야기도 없는데 길다. 이 시를 쓸 때 로르까의 나이는 36세, 그 나이의 정력이 아직 팔팔해서였을까? 이 시는 대단히 길어도 대단히 뜨겁다. 통곡이 핏물로 펄펄 끓고 있다. 죽은 투우사와 동성연애 관계였다는 이야기도 있다. 역시 제3의 성은 용광로인가 보다.

투우장에서의 죽음

오후 5시에.
오후 정각 5시였다.
한 아이 하얀 천을 가져왔다
오후 5시에.

하얀 가마니 들것이 미리 준비되었다
오후 5시에.
그뿐. 모두 죽음이었다. 오직 죽음뿐
오후 5시에.

바람이 목화송이를 앗아가버렸다
오후 5시에.
그 오랜 녹이 유리알과 니켈의 씨앗을 뿌렸다
오후 5시에.
그리고 이제 싸우는 것은 비둘기와 표범
오후 5시에.
그리고 하나의 고독한 뿔 끝, 고독한 하나의 허벅지
오후 5시에.
안달루시아 한과 그 긴 같은 멜로디가 다시 시작되었다
오후 5시에.
비상가루로 만든 종과 연기
오후 5시에.
그리고 홀로 심장을 치켜든 투우 하나!
오후 5시에.
하얀 눈이 땀을 흘렸다, 흘러흘러 다다른
오후 5시,
투우장이 클로로포름으로 뒤덮였다
오후 5시,
죽음은 아픈 상처에 알을 깠다
오후 5시에.
오후 5시에.
오후 5시 정각에.
바퀴 달린 관 하나가 침대였다
오후 5시에.

그의 귀에 들리는 뼈다귀와 피리 소리
오후 5시에.
투우는 벌써 그의 이마에서 울고 있었다
오후 5시에.
방은 죽음의 마지막 신음소리로 물들었다
오후 5시에.
멀리서 벌써 세포가 죽어가는 소리
오후 5시에.
파란 오금을 타고 울리는 백합빛 나팔소리
오후 5시에.
상처는 태양처럼 불탔다
오후 5시에.
그리고 사람들은 모든 창문을 부쉈다
오후 5시에.
오후 5시에.
아, 무서운 오후 다섯시 !
모든 시계의 시간은 오후 다섯시였다 !
모든 오후와 어둠은 다섯시였다 !

　로르까의 시는 어렵다. 민요시인·인기시인으로 알려진 로르까
의 시는 사실 지금 이 시처럼 어렵다. 어렵다고 하는 것은 이미지
와 이미지의 연결이 쉽지 않다는 말이다. 로르까가 "바람이 목화송
이를 앗아가버렸다"라고 할 때 우리는 어느 자연스럽고 순연한 목
숨이 날아간 것을 상상한다. 그러나 다음 "오랜 녹이 유리알과 니
켈의 씨앗을 뿌렸다"할 때 충격적이다. 자연의 이미지에 쇳소리가 겹
쳤기 때문이다. 이때 우리는 곧바로 투우장의 반짝이는 모래알,
이제는 니켈처럼 비인간적 금속성으로, 죽음의 감각으로 잔인하게

육박하는 비정의 현실을 본다. 목화송이가 날아간 자리에 싹터오른(싹틀 수 없는) 모래밭의 비정…… 그것은 투우사의 숙명이며 모래밭의 오랜 녹이다. 거기 이제 운명 직전에 놓인 이그나시오의 상황이 '비둘기와 표범의 싸움'으로 묘사된다. 우선 순수한 이그나시오의 숨결 혹은 비둘기가 표범을 무찌를 수 없다. 죽음에 맞설 순 없다. 애초에 투우와의 싸움 자체가 불가능의 상황을 예술화한 것. 이그나시오는 죽기 전에 이미 죽기로 되어 있었는지 모른다.

이 시가 어려운 것은 최소한 3개 이상의 상상의 복선이 함께 진행되고 있기 때문이다. 첫째, "하얀 가마니 들것" 같은 사실적 묘사들. 둘째 "목화송이" 같은 이그나시오의 순수와 용기, 죽음에 임박한 상황의 이미지적 묘사. 셋째, 그 죽음을 해석하는 한의 전통적 맥락에서 보는 "오랜 녹"이니 "바퀴 달린 관" 같은 상징성 짙은 시구들이다. 각기 다른 이런 이미지들은 두서없이 시의 비극적 긴장감 속에서 뒤얽혀 울부짖고 있다. 이들 산만하기까지 한 독창적 의미들의 난무가 시화되는 것은 작품 전체가 갖는 비극성 그리고 그 감정을 반추하는 "오후 5시에"라는 후렴의 곡소리이다.

흔히 동일 시구의 반복은 유치하다, 유행가에 "서울, 서울, 서울……"을 읊어대도 감동은 없다. 겨우 박자와 멜로디로 그 의미 없음을 커버할 뿐. 그러나 아주 평범한 이야기로, 모든 말의 반복은 그 말의 관념성을 죽이고 감성화 내지 강화한다. 그것이 "오후 5시에"처럼 전연 감정적일 수 없는 숫자, 혹은 투우 시작하는 시간의 객관적이기까지 한 표현일 때 묘한 뉘앙스를 가지고 시화된다. 그 일반적 시간이 단 하나의 시간, 주관적 시간, 어떤 죽음의 비극성을 단 하나의 아픔으로 되풀이하는 독창적 이미지가 된다. 용광로의 쇳물 끓는 소리 같은 반추음에 서로 다른 각종의 이미지들이 함께 끓는다. 원래는 냄비나 낫, 컴퓨터 껍데기 같은 서로 다른 쇠붙이들이 비극성의 용광로 속에서는 한 통곡이 된다.

용광로 속의 연관이 없는 각종의 시어들은 이렇게 해서 필연적인 연관성을 가지며 우리의 상상을 자극한다. "하얀 눈이 땀을 흘렸다"라든지, "파란 오금을 타고 울리는 백합빛 나팔소리" 같은 무서우리만큼 창조스러운 이미지들이 빛을 발한다. 그것은 투우사의 순수성, 그 불가능한 비극성의 용광로 속이기 때문에 더욱 그렇다. 여기서 우리는 로르까의 극치감의 시학의 비법을 본다.

이것이 앞의 시보다는 어렵지 않지만 한층 설득력을 가진 감동으로 우리를 사로잡는 다음 시에서는 더욱 확실해진다.

쏟아진 피

보고 싶지 않다고 하라 !

달더러 오라고 하라,
보고 싶지 않다고 하라, 피를
이그나시오 산체스의 모래 위에 뿌린 피를

보고 싶지 않다고 하라 !

달은 휘영청 밝기만 하고,
구름은 말을 타고 고요만 하고
꿈꾸듯 고요한 잿빛 광장
울타리에 머문 수양버들, 수양버들.
보고 싶지 않다고 하라 !
나의 기억이 불타고 있다 하라.
자스민꽃더러 오라고 하라
그 작은 하얀 빛까지

보고 싶지 않다고 하라 !

오랜 세월의 암소가
그 길고 슬픈 혀를 드리웠다
모래 위에 흘린
피의 주뎅이 위에,
그리고 기산도 농장의 수컷
투우, 반은 죽음, 반은 바위가
한스러운 세상, 그 무거운 땅을
그 긴 세월처럼 울부짖었을 뿐.
아니다.
보고 싶지 않다고 하라 !

〔중략〕
아니다.
보고 싶지 않다고 하라 !
세상에 어느 성스러운 잔이 있어 이 슬픔을 담으랴.
세상에 어느 제비가 있어 그 물을 마시랴,
세상에 어느 찬 서리가 있어 그 뜨거움을 식히랴,
세상에 어느 노래, 어느 수선꽃 홍수가,
세상에 어느 수정빛 맑음이
이 핏빛을 흐리랴.
아니다.
보고 싶지 않다고 하라!!

나는 이미 『에로티즘 시학』(고려원 1990, 41~48면)에서 구조주의 시학을 비판하고 시어의 전개는 구조가 아니라 흐름, 즉 시간적 속성을 지녔으며 시어의 '낯설게 하기'는 일반 언어로부터의 이탈(deviation)이 아니라 전기 흐름 같은 '저항'에 가깝다고 주장했다.

크리스마스 트리에 전구를 많이 빛나게 하기 위해서는 그만큼 전류가 많이 흘러야 한다. 하나의 시가 로르까의 경우처럼 많은 전구, 많은 저항, 많은 비약적 이미지를 장착하기 위해서는 그만큼 비극성의 농도가 강해야 한다.

로르까처럼 밀도 높고 난해한 은유나 이미지가 어지럽게 빛나고 있는 시는 내용의 물줄기, 그 용암의 열도가 그 저항을 이겨낼 만큼 높아야 한다. 그 반대로 작품이 내용으로 하고 있는 목소리의 힘이 약할 때는 많은 이미지의 사용이 감동이나 설득력을 잃은 채 겉돌게 마련이다.

위에 든 로르까의 시는 자칫 열띤 웅변처럼 겉돌기 쉬운 감정의 복받침과 반복을 비약된 이미지로 거스르고 빛을 발하게 한다. 로르까의 이미지는 따라서 깊고 찬연하다. 그 아픔이 마디마디 뼈에 사무친다. "세상에 어느 노래, 어느 수선꽃 홍수가, /세상에 어느 수정빛 맑음이/이 핏빛을 흐리랴. /아니다. /보고 싶지 않다고 하라!!"

비극성은 아리스토텔레스와 함께 좋은 문학의 속살이다

우리 모두에게 사는 것은 중요하다. 모두 살고 싶고 잘살고 싶다. 그러나 한편으로 모든 사는 것은 죽는다. 우리는 그것을 알고 있다. 살고 있는 너와 나는 또한 언제고 죽는다는 것을 알고 있는 실체다. 우리가 구태여 구태의연하게 실존주의자가 되지 않는다고 할지라도 이런 역설적 느낌은 가능하다.

이런 느낌은 특히 글을 쓰는 사람의 특징이다. 쓴다는 것은 흔적 남기기 작업이다. 모든 쓰기는 일종의 유서다. 쓴 것은 쓴 시간 뒤에 남는다. 심지어 너와 나의 죽음 뒤에도 남을 수 있다. 그래서

글쓰기는 죽음이나 죽음의 그림자가 많다. 슬픔이니 이별이니 쓸쓸함이니가 문학이다. 쓰지 않고 노래로 불러도 영동교에는 비가 오고 "비가 오면 생각나는 그 사람"이라고 해야 노래 같다.

아리스토텔레스(Aristoteles)는 『시학』에서 비극이 희극보다 우수한 문학 장르라고 했다. 역사의 아이러니로 그 책에서 희극을 다룬 부분이 잘려나가고 움베르또 에꼬(Umberto Eco)로 하여금 탐정소설 스타일의 『장미의 이름』을 쓰게 했다. 그러나 인생의 환희의 비서(秘書)는 결국 살인을 유발시킨, 죽음으로 이르는 지름길을 가르쳐준 책이었다. 희극이나 웃음은 죽음이 할애한 가장 자비스러운 삶의 몸짓이다.

때로 우리는 생각한다. 그리고 글을 쓴다. 쓴다. 죽는다. 그럴 때 우리는 깊이 성실하다. 그래서 깊은 작품은 늘 비극성을 지닌다. 로르까가, 아니면 모든 낭만주의자가 33세 정도에 삶을 마감한 것은 쓰기에 너무 온몸을 바쳤기 때문이다. 너무 깊은 정감(격정), 깊은 사고에 침잠한 나머지 천수를 다하지 못했기 때문이다. 생각이나 이성은 숨쉬기와는 다르다. 이 숨쉬기의 첫 길은 우주에서 왔고 또한 우주로 돌아갈 것이다.

그러나 우리는 글을 쓴다, 내가 이 글을 쓰고 있듯이. 그래서 모든 글의 내용은 원래 비극이다. 숨쉬기가 아니다. 글은 호흡이 없다, 대리 호흡이 있을 뿐. 그래서 모든 대리 호흡은 참 호흡이지 못해서 슬픈 데가 있다. 가장 웃기는 희극이어도 깊은 데에 이르면 숨이 막힌다. 그 웃기는 주인공도 죽고 웃었던 사람도 죽고 만다. 그래서 가장 쉬운 신파극과 가장 깊은 글은 늘 비극성을 지닌다.

로르까 문학의 성공 비결은 우리의 한에 가까운 비극성에 있다. 연극 「피의 결혼」 「예르마」 등도 모두 사랑은 죽음에 이르는 병임을 가르친다. 가르친다기보다 그것이 생명성의 숲이고 풍경이고 아픔이다. 숲과 골짜기에 물이 흐르고 폭포가 있듯이 지극한 생명의 숲에는 핏물이 고인다. 생명이나 사랑은 그 자체가 죽음의 알을 품고 있다.

로르까의 시는 어디를 뒤져도 죽음이 묻어난다. 로르까에게 자연사는 없다. 자연사? 있을 수 없다. 모든 사랑하는 사람의 죽음은 항상 뜻밖이다(옥따비오 빠스). 죽음은 항상 사고다. 100살에 죽어도 나의 죽음은 너무 빨리 왔다. 나와 나를 사랑하는 사람들에게 죽음은 항상 불가능에 가까운 사고다. 비록 날 때부터 예고된 것이지만, 로르까는 이 죽음이라는 사고를 가장 꽃 같은 나이에 핏빛으로 처리한 시인이다. 그 스스로의 죽음이 바로 그러했듯이. 1936년 가장 뜨거운 8월 19일, 그의 서른여덟 개의 여름이 한꺼번에 총살당한다.

아! 외마디 비명소리 바람소리 속에
사이프러스 그늘을 드리운다.
(나를 이 벌판에서 홀로 울게 내버려다오.)
세상의 모든 것은 다 부서지고 말았다.
남은 것은 침묵.
(나를 이 벌판에서 홀로 울게 내버려다오.)
빛을 잃은 지평선을
타오르는 불길이 물어뜯는다.
(제발, 나를
이 벌판 속에 홀로
홀로 울게 내버려다오.)

죽기 10년 전에 쓴 「아!」라는 시를 보면 시인은 그리스인들의 말대로 '예언자'다. 로르까는 이외에도 자신의 죽음을 예언한 시들이 많다. 벌써 10년 전 자신이 민병대 정보원에 의해 총살당할 걸

알았다.

　　나는 이제 죽으러 가는 몸.
　　성모를 기억하라.

　　아, 페데리꼬 가르시아
　　이젠 정보원을 불러라!

──「안또니오 깜보리노」에서

　로르까의 죽음에 대해서는 아직도 밝혀지지 않은 것들이 많다. 이미 많은 책들이 나왔지만 스페인 내란의 소용돌이 속에서 좌익으로 몰려 죽은 것은 확실하다(더욱 자세한 이야기를 원하면 나의 책 『서·중남미 문학론』, 전예원 1989, 138~53면을 보라).

　죽은 로르까가 슬픈 게 아니라 시인들이 슬프다. 모든 시인은 죽음과 대결한다. 죽음을 테마로 써서가 아니다. 쓰기 때문이다. 소설도 쓴다. 그러나 소설은 리바이벌이다. 죽을 때 제일 슬픈 사람은 소설가다. 자기가 누구라고 이야기하려면 열 권의 책을 보여줘야 되니까. 시인은 죽을 때 '아!' 하나면 로르까 정도의 시인은 된다.

제 2 장
세사르 바예호
(뻬루, 1892~1938)

세사르 바예호(César Vallejo)는 로르까와 동시대인이며, 세계적인 중남미 시인인 네루다(Pablo Neruda)에 앞선 시인이다. 아방가르드에 속하는 그의 시어 개혁은 스페인어 시의 시표현의 지평선을 최대로 넓혔다. 로르까처럼 유명했고 로르까보다 불운했던 감옥생활, 그리고 그 여파로 비명에 간 뻬루의 시인 바예호는 이상하게도 우리나라에만 많이 알려져 있지 않다.

바예호는 초기 시집 『검은 사자들』(*Heraldos Negros*, 1918년)에서부터 이미 인생의 드라마틱한 비극성을 예감한 시인으로 떠올랐다. 애초부터 가난과 불운에 찌든 환경 속에서 삶이 싹튼 까닭에 그의 눈에는 일찍부터 불행의 그림자가 드리워져 있었다. 실존주의 냄새를 실감케 하는 「검은 사자들」이라는 시는 그가 이미 시어 사용에서 예사 시인이 아님을 입증한다.

검은 사자들

살다 보면 정말 지독한 비운도 있어…… 정말 모를 일!
무슨 신의 증오로부터 오는 벌 같은 재난들; 그런 일을 당하면

마치 지금까지의 세상 모든 고통이
웅덩이가 되어 마음에 고이는 듯한…… 정말 알 수 없는……

많지 않지만, 있다, 그런 일들이…… 가장 굳센
등줄기, 가장 맹렬한 삶의 얼굴에, 깊은 곡괭이자국을 긋고 가는,
어쩌면 식인종 야만인들의 야생마 같은
아니면 죽음이 보내는 검은 사자 같은……

영혼의 십자가와 그리스도가 한꺼번에 무너지는
운명이 저주하는 어떤 귀한 믿음의 깊은 추락,
그런 피투성이 재난은, 금방 다 익은 빵이
꺼내면서 다 타지듯 찍찍거리는 소리가 난다.

그럴 때 사람은…… 그 가난하고, 불쌍한 사람은
비로소 눈을 돌린다, 등뒤에서 누가 등을 치기라도 하듯.
뒤돌아보는 그 미친 눈길. 거기에는 지금까지 살아왔음이
죄악의 웅덩이처럼 눈길에 멍울져 고인다.

살다 보면 정말 지독한 비운도 있어…… 정말 모를 일 !

이 시에 주요 이미지로 등장하는 "지금까지의 세상 모든 고통이 웅덩이가 되어 마음에 고이는" 등의 표현은 통곡보다 뼈에 사무친다. "금방 다 익은 빵이 꺼내면서 다 타지듯 찍찍거리는 소리"는 또 얼마나 일상적이고 실감나는 안타까움의 이미지 처리인가. 바예호는 이처럼 비운 같은 추상적 실체를 가장 구체적 감각 이미지로 육박시키는 설득력을 갖는다.

시인은 불행해야 하는지도 모른다. 시적 내용으로서 비극의 우월성을 아리스토텔레스의 비극론을 끌어대어 생각해봤다. 산다는

것의 깊은 의미는 항상 죽음이거나 비극성이다. 깊은 시가 항상 비극의 냄새가 짙음은 삶의 깊은 체온이 항상 죽음 쪽으로 향하기 때문이다. 생에 대한 의욕이 강할수록 죽음에 대한 공포 또한 강하다. 가장 생명적인 시는 항상 비극적이다.

바예호의 시적 내용은 이렇게 인생에 대한 강한 비극성이 뿌리를 이루면서 어떤 잃어버린 순수, 사랑, 인간성의 세계 혹은 어린 시절에 대한 애절한 절망과 향수를 지닌다. 잃어버린 낙원에 대한 향수는 그것이 기독교적이건 맑스주의의 원시공산사회에 대한 염원이건 가장 인간적인 향취이다. 중남미 문학에서 페데리꼬 오니스(Federico de Onís)가 '포스트모더니즘'이라고 이미 이름붙인 바예호 시대의 시는 같은 목가적 서정을 노래한다 해도 벌써 도회적 삶의 이미지와 일상성이 두드러진다. 바예호의 아름다운 서정시 「초원의 사랑의 죽음」(Idilio Muerto)을 읽어보자.

초원의 사랑의 죽음

지금쯤 무얼 하고 있을까, 안데스 산맥의 나의 다정한 친구
앵두와 갈대의 여인 리따는;
지금 나는 이 비잔티움 문화에 질식되어 죽어가는데
내 피는 붉은 꼬냑처럼 내 속에서 취해 졸고 있는데.

어디 있을까, 그녀의 그 손길은, 그 다소곳한 자태로
오늘 같은 하오면 다가올 새날을 하얗게 다리미질하던 그녀;
지금 이 빗줄기 속에서 나는
세상 살맛이 없어지는데.

그녀의 그 플란넬 치마는 어떻게 되었을까; 그녀의 그 자그만
소망들; 그 걸음걸이;

내 고장 5월의 그 사탕수수맛, 그녀의 향취.

문설주에 기대고 지금쯤 어느 하늘을 보고 있겠지,
그러다 마침내 떨면서 한마디할 거야; "오매, 참말로 추운 거……"
그때 지붕에 들새 한 마리 찾아와 울겠지.

우리의 귀에 따스하게 와닿는 이 시의 서정어린 목소리는 우리 시가 청록파를 중심으로 이루어낸 상징적 시학에 익숙해 있기 때문이다. 특히 이 시의 마지막 연은 우리 시의 여운의 미학을 효과적으로 보여준다. 박목월의 「윤사월」의 "산지기 외딴집/눈먼 처녀사//문설주에 귀 대이고/엿듣고 있다"를 연상시킨다. 목월의 봄이 오는 소리를 듣는 산지기 소녀나 이 시에서 세월이 흘러가는 소리와 느낌을 추위로 체험하는 소녀는 그 상징적 기법이 같다. 다만 이 시에서의 추위는 영원히 잃어버린 초원의 사랑을 몸으로 느끼는 예감이 영랑의 "오—매, 단풍들것네"처럼 직설적 회화체로 묘를 더하고 있는 것이 좋다. 그때 물론 '들새'까지 지붕에 와서 그 사탕수수 냄새 나는 사랑의 죽음을 곡하겠지.

상징은 은유처럼 비논리·비관습적 표현이 눈에 띄게 드러나지 않아서 우리 구미에 맞는다. 은유로 '철마' 즉 '철의 말'처럼 말도 아닌 표현으로 의미를 만드는 게 아니라 "들새 한 마리 찾아와 울겠지"처럼 자연스러운 풍경 묘사 같은 내숭으로 상징적 의미를 불러일으키는 법이 은근과 여운을 좋아하는 한국인 구미에 '최고'다. 상징은 다른 수사법과 달리 처음부터 비논리·비관습성을 전제로 하지 않는 매력이 있다. 마지막 연은 그냥 사실대로의 묘사라고 해도 흠잡을 데 없다. 그러나 그 짙은 여운이 우리를 그대로 지나치게 내버려두지 않는다. 되새겨보면 우리가 이야기한 상징적 의미가 새록새록 솟아난다.

　그러나 문명과 도시의 감각을 반추하는 구절들은 소재와 수사법이 이미 상징주의가 아니다. 갑자기 "비잔티움 문화에 질식되어 죽어가는" 나는 누군가. 원시는 '비잔티움'만 나온다. '문화'라는 소리는 내가 붙인 말이다. 비잔티움이 나를 질식시킨다는 표현은 쉽게 이해되지 않는다. 그것은 한 고유명사가 갖는 특징적 연상을 상징으로 끌어온 경우다. 비잔티움은 기원전 7세기부터 찬란한 문화를 꽃피운 곳이다. 특히 로마 말기 동로마 제국의 수도로 콘스탄티노플이라는 도시국가 대명사를 가진 땅이다. 거기에서 '도시문화의 전형'이라는 상징이 탄생한다. 거기에 "다가올 새날을 하얗게 다리미질하던" 등의 사실적 표현의 상징화는 참신하다.

　그밖에도 "앵두와 갈대의 여인"이나 "내 고장 5월의 그 사탕수수맛, 그녀의 향취"는 환유의 적절한 활용으로 맛을 돋운다. 환유는 그리스 시에서부터 많이 써온 기법이다. 아리스토텔레스 『시학』에 의하면 "전체를 부분으로, 부분을 전체로 표현하는" 수사법이다. 묘사 소재를 선택한 결과에서 오는 자연스러운 전통적인 수사법일 수 있지만 바예호의 "앵두와 갈대의 여인"처럼 횡포가 가해지면 어리둥절하다. 소녀가 사는 곳에 어찌 갈대와 앵두만 있었으랴. 숲도 있고 개구리도 있었겠지. 그런데 그녀를 생각하면 앵두와 갈대밖에는 생각이 안 난다. 이런 것을 기억의 경제성, 혹은 기억의 순화작용이라고 한다. 그녀의 똥누던 장면은 잊혀지고 전봇대 아래서 밤늦도록 나를 기다리던 그 애처로운 모습만 기억에 남는다. 그때 그녀는 '전봇대의 여인'이 된다. 문제는 그렇게 표현하고부터 벌어진다. '전봇대'라는 말이 전봇대처럼 큰 것을 특별히 좋아하던 나의 기억이 빚어낸 말인가 아니면 그녀의 멀쑥한 키를 생각한 표현인가. 그래서 시인은 환유를 쓸 때도 그 연상 범주를 고른다. "앵두와 갈대의 여인"은 바람에 휘어질 듯 가는 허리의 여인, 앵두 같은 입술의 여인이다. "내 고장 5월의 그 사탕수수맛" 여인도 맛과 환경이 너무 구체적인만큼 그녀의 특수한 매력이 되살아난다.

범상치 않던 세사르 바예호의 시학은 『쓰달픔』(*Trilce*, 1922년. 원래 trilce라는 말은 스페인어에 없다. 바예호가 triste〔슬픈〕와 dulce〔달콤한〕라는 말을 억지로 붙여 만든 신조어다. 나는 '쓰라림' '슬픔'과 '달콤' '고달픔'의 말의 연상을 업고 '쓰달픔'이라는 신조어로 번역한다. 다소 비극성 쪽으로 기울어진 느낌이지만 그게 바예호의 시세계에 더 맞다)이라는 시집을 내면서 완전히 새로운 전위시 시학으로 탈바꿈한다. 전위시 시학은 다른 말로 형식주의 시학의 모태다. 미래주의 시학에서 영향을 받아 볼셰비끼 혁명 전후에 형식주의 시학이 발돋움했다면 우리가 전위시 시학이라고 하는 것은 바로 시법의 미궁을 가장 많이 밝혀낸 형식주의 혹은 나중에 구조주의 시학이라고 하는 모델에 관한 이야기가 된다.

바예호의 『쓰달픔』은 중남미 시뿐만 아니라 세계 전위시, 영미 문학식으로 말하면 모더니스트 시의 선구적 시집이다. 우리가 오늘날 포스트모더니즘 시라고 생각하는 실체는 바예호의 『쓰달픔』의 수준을 못 넘는다. 바예호는 그만큼 이 시집에서 획기적인 개혁을 시도하고 성공시킨다. 따라서 지금부터 우리는 바예호의 시법을 맛보면서 오늘의 시어 개혁의 첨단적 면들을 살펴보기로 한다.

일상 말투의 상징화

현대시는 상징주의로부터 지금까지 비시적(非詩的)이라고 했던 모든 전통적 터부로부터 시를 해방시키는 길을 걸어왔다. 시적인 소재라고 생각했던 아름다운 것들로부터 추한 것, 속된 것, 쓸모 없는 것이 데까당과 함께 보들레르의 『악의 꽃』까지 침범한다. 창녀가 어떻게 뮤즈가 될 수 있었으랴. 장 꼬앙이 『시어의 구조』에서 말한 것을 따르면, 지금까지 시적이라고 생각했던 것들은 시가 사용하는 말이나 사물 자체를 잘 골라야 된다는 편견에 사로잡혀 있었으나, 상징주의가 등장하고부터는 말이나 사물이 시적이냐 비시적이냐가 아니라 다른 말과 어떤 관계——옘슬레프(Hjelmslev)의 용어로 '본질'이나 또는 '형태'——이냐에 따라 미학이 결정된다는 생각을 하게 되었다는 것이다.

간단하게 이야기하면 이제부터 '시적인 소재'라는 말은 사라진다. 모든 소재, 모든 말은 그것이 시 속에 어떻게 적절하게 용해되었느냐에 따라 시적이기도 하고 비시적이기도 하다는 것이다. 아방가르드가 가져온 많은 개혁 중 두드러진 것은 미래주의의 문명적 사물, 예를 들면 비행기·담배·스포츠맨·테니스 따위가 시적인 소재일 수 있다는 가능성을 개척한 것이다. 다음은 바예호에서 보듯 문학에서 정통화된 시어가 아니라 일상어가 시적일 수 있다는 시표현의 새로운 가능성의 개발이다.

르네쌍스부터 시적인 소재라면 으레 자연이나 목동, 귀부인 따위였던 것이 도시적 풍물로 바뀐 것도 아방가르드의 개혁의 한 면이다. 바예호의 시가 도시적 이미지를 즐겨 쓰고 있다는 것은 이미 밝힌 바와 같다. 그러나 『쓰달픔』부터는 그전의 고답파나 상징주의까지 비교적 터부시해왔던 속어·비어·일상 말투를 사용하여 다양한 시표현의 묘를 얻고 있다.

일상어가 이미지로 쓰였느냐, 정서적 은유로 쓰였느냐, 상징으로 쓰였느냐는 시에 따라 효과와 농도가 다르다. 이들 세 가지 대표적인 수사법의 차이는 아무리 르네 웰렉(René Welek)이 자세한 구분을 시도했다 할지라도 불분명하다. 우선 나는 모든 시표현이 늘 이 세 가지 측면을 가질 수 있다고 본다. 예를 들면 '장미'는 오래전부터 사랑이나 아름다움의 상징으로 가장 많이 쓰였지만 '검은 장미' 혹은 '쓰레기통의 장미'라고 할 때는 은유로 쓰인 것이다. 동시에 '검은 장미' 같은 표현은 적으나마 그 색깔 때문에 이미지성을 갖는다. 형식주의가 이런 전통적 수사학의 구분을 저버린 것은 그 한계성의 모호함 때문이다.

오늘 모든 수사학이 일치하고 있듯 시어가 모호성 혹은 다의미의 산출 기능에서 일상어와 다르다면 이는 모든 시어가 이미지성, 은유성, 궁극에는 상징성을 갖게 된다는 것을 뜻한다. 많은 서구 시인들처럼 시에서 의미없는 시가 있을 수 없다는 생각을 고집한다면 그 말은 곧 모든 시는 상징이다라는 말로 귀결된다. 상징은 항상 어떤 의미를 향하고 있기 때문이다.

시의 내용적 측면으로 스페인의 구조주의 시학의 대가 다마소 알론소(Dámaso Alonso)는 그의 『스페인 시』(*Poesía Española*)에서 세 가지를 구분한다. 우리가 흔히 서정시·지성시·이미지시 따위로 구분하듯 시어의 의미는 감정·정서적 측면, 관념적 측면, 이미지와 상상을 넓혀주는 측면, 이 세 가지가 있다고 말한다. 다마소 알론소의 구분을 우리의 수사적 용어로 대치하면, 시는 이미지를 주로 하는 시, 감정·정서적 의미를 주로 하는 은유시, 특히 감정적 은유(affective metaphor)시, 그리고 관념을 내용으로 하는 상징시가 있다고 할 수 있다. 다만 이들 구분은 임시적이고 시에 따라 각각 농도의 차이가 있을 뿐 꼭 집어 상징시라고 상징적 표현만 나오는 시라는 뜻은 아니다.

시어에 대한 강의는 이만 하고 바예호의 '일상 말투의 시학'으로 넘어가자. 그는 이상하고 다양한 시 의미를 독창적으로 제시하기 위해 남달리 구어체의 말을 일상에서 따온다. 『쓰달픔』의 일반적인 말투가 구어체다. 거기에 어린 시절의 기억에서 따온 낯익은 말들이 상징을 이룬다.

시 28

난 지금 혼자 점심을 먹었다, 혼자서
어머니도, "좀 먹어라"도, "어서 들어"도 물도 없이
아버지도, 옥수수빵을 놓고 식사 전 기도하는 풍성한 예식도
왜 아버지가 늦느냐는 소리도, 그 모습도
아버지의 그 굵직한 음성도, 아무것도 없이.

내가 어떻게 식사를 했으랴. 어떻게 그 먼 음식들을,
자기 집이 모두 없어지고, 어머니라는 말도 입에서 안 나올 때
어떻게 그 먼 것들을, 어떻게
그 아무것도 없는 것을 먹을 수 있었으랴.

한 좋은 친구의 식탁에서 난 점심을 먹었다
금방 세상에서 돌아온 그의 아버지와 함께,
그 점잖은 백발과 함께, 그 백자에서 나는 소리 같은
들릴 듯 말듯 조용한 말소리를 들으며
홀아비가 다 된 입념들로부터 비실비실 새어나오는 소리를 들으며
나이프와 포크가 거침없이 즐겁게 딸랑대는 식탁,
자, 자기 집처럼 편히 생각하라. 아 그 맛!
이 식탁의 칼질이
내 온 혓바닥에 아파왔다.

이런 식탁의 점잖은 식사, 거기 과시되는
내부의 사랑 대신 외부의 사랑은
입에 들어가는 것마다 흙이 된다,
                어머니가 쏟아주지 않는 음식은
넘기기가 어려워 배탈이 난다; 사탕은
소태다, 커피는 장례식 향유,

> 자기 살던 집이 모두 없어졌을 때,
> 어머니의 "어서 들어"가
> 다시는 무덤에서 나오지 않을 때,
> 어두운 부엌 속엔 바닥난 사랑.

번역이 무척 어려운 시다. 이렇게 옮겨놓고 보니 너무 평범하다. 그러나 원시는 어투의 맛과 은유가 훨씬 까다롭다. 예를 들어 이빨이 다 빠진 입모양을 '홀아비가 다 된 입념들'이라고 번역한 것은 원시엔 그냥 '홀아비 입념'이다. 우리말은 서로 같이 있어본 일이 없는 말에 강력한 접착제를 사용해 붙이면 잘 붙질 않는다. 그만큼 비약적 상상이 어렵다. 서양어에 비해 우리말이 훨씬 말랑말랑하다. 애초부터 정감에 익숙한 언어라고 할까. 어떻든 서양어로는 비약이 심한 표현도 우리말로 옮기면 오히려 자연스러워지거나, 반대로 범상한 표현도 시적으로 들릴 때가 있다.

이 시는 감각이 뛰어나다. 사랑을 입맛으로 느끼게 한다. 어머니가 주지 않는 음식의 쓸쓸함, 낯섦이 피부로 느껴진다. 점잖고 세련되고 예절바른 소리, 그 입에 발린 말은 우리를 더욱 쓸쓸하게 한다. 그래서 시인은 "이 식탁의 칼질이/내 온 혓바닥에 아파왔다"라고 말한다. 이 구절은 원시는 "내게는 칼들이 아팠다"라고 해야 할 표현을 쓰고 있다. "내 온 혀에 칼들이 아팠다"라고 번역하면 어딘가 어색하다. 그래서 아쉬운 대로 위처럼 옮긴 것이다.

식사를 소재로 했다는 것부터가 일상성이다. 날마다 하는 식사가 무슨 이야깃거리가 되랴. 그러나 도시생활 속에 타성화되어가는 식사, 교제, 그 맛없음과 위선은 문득 우리를 외롭게 한다. 어머니의 "어서 들어", "자, 더 먹어" 하던 소리와는 그 깊은 따스함이 다르기 때문이다. 여기서 어느 특정한 어머니가 특정한 경우에

사용한 '어서 들어'라는 말은 참사랑을 상징하는 영양가있는 상징
으로 변한다. 원시에는 "어서 들어"의 경우 따옴표도 없다. '장미'
라고 할 때의 상징성처럼 그냥 말 전체가 말할 때의 그 느낌과 모
습까지 안고 상징성을 띤다. 이밖에도 이 시의 서술어가 거의 전부
일상어다. "난 지금 혼자 점심을 먹었다"가 어디 시적인가. 또 "내
가 어떻게 식사를 했으랴. 어떻게 그 먼 음식들을," 할 때의 표현
도 너무 쉽다. 그러나 "그 먼 음식"에서 '먼'이라는 말 하나 때문에
이 구절이 갑자기 상징화된다. 이미 어머니가 주시던 음식, 지금
은 없는, 영원히 멀리 있는 음식이 된다. 이미 불가능한 사랑의 거
리감, 그것이다. 사랑하는 것은 모두 멀리 있는데, 아무도 아무것
도 없는데 그 없는 것을 어떻게 식사하라는 말인가.

　로르까의 경우에서도 이야기했지만 상징성 창출의 비밀은 반복
이다. 문학 전통 속에서 반복되어온 말은 사용할 때도 쉽게 상징이
되지만 현대시가 찾는 독창적 상징은 시 안에서 낯선 표현이라도
반복할 때 의미가 꿈틀거린다. 문학 전통에서 벗어난 것들이 이런
일상어들이다. 그래서 어떤 구체적 상황을 연상시키는 말을 끌어
와 반복할 때 가끔 신선한 은유나 상징이 이룩됨을 본다.

　바예호의 모성에 대한 향수는 유별나다. 그의 순수의 고향은 어
린 시절이고 참스러운 사랑의 보금자리는 어머니에게 있다. 잃어
버린 모성에 대한 갈구는 바예호의 많은 시의 주제가 된다. 이와같
은 내용과 일상어 사용의 또다른 예 하나를 더 보자.

　　시 3

어른들은
몇시에 올까?
산띠아고 성당 눈먼 시계는 여섯시를 치는데

날도 벌써 아주 어두운데.

어머니는 안 늦겠다고 했는데.

아게디따, 나띠바, 미겔,
그리로 가선 안돼요, 그리로는
어머니에 대한 기억이 금방 콧소리를 내며 지나가고
고요하기만 한 닭장 쪽을 보면
걱정은 두 배로 더해가고, 그리로는
아직도 잠자리를 찾고 있는 암탉들이
후닥닥 놀랐다.
그래도 여기 그냥 있는 게 나아.
어머니는 안 늦겠다고 했어.

걱정하지 말자구. 배들이나 보고
놀자구, 내 것이 최고로 예뻐!
배들 가지고 하루 종일 잘 놀자구,
싸움하지 말구, 물론 그래야지;
우물에 사탕으로 만든 배들도
이제 내일 놀 양으로 내버려두었다.

이렇게 기다리자구, 말 잘 듣고, 그냥
할일없이, 항상 앞서가는 어른들이
돌아오길, 돌아와서 미안하다고 하길 기다리며,
우리 어린것들은 항상 이렇게 집에 놓아두지만
우리도 어딘가
                  떠날 줄 모르는 줄 아는가

아게디따, 나띠바, 미겔?

어둠 속에 나는 더듬더듬 그들을 찾는다.
날 혼자 내버려두고 간 건 아니겠지,
그러다 나만 혼자 여기 갇힌 꼴 되는 건.

우리 모두 어린 시절에 한번은 겪었던 어머니 기다리기다. 바예호는 무리없이 자연스럽게 어린 기억을 더듬어간다. 아이 셋을 집에 놀게 하고 여느 때처럼 '오늘은 안 늦을게' 하면서 나간 어머니는 밤늦어도 돌아오지 않는다. 어른이 되어도 돌아오지 않는다. 산다는 건 어둠 속을 더듬어나가기다. 세월이 앗아가버린 건 어머니나 행복만이 아니라 같이 기다리던 친구들까지 가고 없다. 나만 혼자 영원히 돌아오지 않을 어머니를 기다리는 기다림 속에 갇힌 노예다.

마지막 연의 드라마틱한 비약이 일상성을 갑자기 높은 상징으로 이끈다. 너무도 자연스러운 말투와 묘사 때문에 우리는 그냥 어린 시절의 하나의 삽화로 믿는다. 그러나 그 조용함 속에서 어른이 된 시인의 인생론이 번뜩인다. 치기어린 아이들의 말투로 빚은 이 시는 마지막 연을 통해 전부 상징화한다. 나날이 살아가는 것이 종이배 놀음, 사탕발림의 행복이 된다. 그러나 그것은 어머니가 돌아오는 것 같은 더욱 큰 행복을 기다리는 심심풀이에 불과하다. "우리도 어딘가/떠날 줄 모르는 줄 아는가"라는 구절이 눈물겹다. 우리 다 저 세상으로 떠날 수는 있다. 그러나 거기 어머니가 있을까. 행복에 대한 기다림을 저버리면 무슨 다른 뾰족한 수가 있는가.

바예호는 시를 좀더 생활 가까이, 내부 가까이 끌어내리기 위해 일상의 삽화, 일상적 말투를 좋아했다. 시 쓴답시고 고상한 척하는 것을 싫어했다. 나중에 니까노르 빠라(Nicanor Parra)의 '반시'(antipoemas)로 발전하는 회화체의 활용은 이렇게 바예호가 선수를 친다. 가장 비속한 표현에서 높은 시취(詩趣)를 끌어내는 재미를 바예호는 즐겼다. 그 비밀은 반복성을 통한 상징화 혹은 끝내기 부분의 조용한 비약적 이미지를 활용하는 데 있다. 이들 말투가 갖는 친숙한 맛, 일상을 통하여 함축된 삶의 체취, 그 다양한 의미풀이가 시적으로 승화할 때 우리는 내면적 절실함과 호소력을 지닌 바예호 시를 만난다.

일상생활 묘사의 마력

원래 이런 글은 쓰는 사람 쪽에서 더 신나게 되어 있다. 저 혼자만 좋아하던 시들을 자랑삼아 지껄이라고 돗자리를 깔아주었으니, 이 아니 신나는 일인가. 그러나 고생은 그 많은 좋은 시들 중에서 꼭 몇몇만을 골라야 되는 괴로움이다. 열 손가락 중 어느 손가락이 제일 예쁘다고 내세우랴. 모두 아프다. 특히 늘 축에 끼이지 못하는 새끼손가락이 제일 안됐다는 생각이 들 때가 있다. 로르까도 그랬지만 바예호도 『쓰달픔』의 거의 모든 시가 아직도 팔팔한 걸작들이다. 그중 『현대시사상』을 비롯해 몇몇 지면을 통해 이미 번역했던 작품들은 몰아낸다.

바예호의 시어의 일상성은 그의 시의 일반적 특징이며 스페인어 시사상 가장 혁신적인 개혁의 모델이다. 그 형태도 사무직원의 어투, 변호사의 어투, 정치가나 감옥 간수의 어투, 어머니의 말투 등 다양하다. 이들 말투는 우리가 일상에서 늘 듣고 느끼는 연상이 있어 바로 정감적 은유로 작용한다. 동시에 그런 말들은 '냉정하고 공평무사한 판단을 내린다면……' 따위에서 느낄 수 있는 것처럼 그 권위의 잔혹함과 위선을 상징하기도 한다.

우리가 앞에서 설명한 것처럼 하나의 시어가 이미지가 되기도 하고 은유가 되기도 하고 동시에 상징일 수 있다면 이 상상 기능은 시에 따라 그 농도가 상징 쪽으로 기울기도 하고 은유로 머무를 수도 있다. '청년은 나라의 꽃이야 !'라고 할 때 이 말을 이미지로 받아들이는 바보가 있을까. 청년의 얼굴에 핀 여드름이 꽃처럼 보일 수 있다고 억지를 쓸 것인가. 아니다, 이 '꽃'은 상징으로 쓰인 것이다. '나라의 꽃'이라는 말을 보면 일단 '나라'와 '꽃'의 비습관적 연결이 '꽃과 나비'처럼 쉽게 연상이 안 되니까 은유로 보일 수는 있다. 그러나 이런 은유도 '인생의 꽃'이니 '평화의 꽃'이니 하도 많이 쓴 표현이라서 은유로서의 참신한 상상의 마력을 거세당하고 그냥 상징으로서의 기능만 실행하고 있다.

내가 여기서 '비상징적 상징'이라고 부른 것은 사실 오늘의 시가 추구하고 있는 창조적 연상 위에 핀 의미의 향기를 일컫는다. 상징이 이미지나 은유로서 흔히 문학 속에서 닳아져서 우리에게 전달되는 추상성의 표현이라면, 상징의 속성은 '닳아짐' 혹은 같은 시 속에서라도 잦은 반복을 통하여 그 효용성을 발휘하는 표현미라고 할 수 있다. 바예호는 로르까와 마찬가지로 같은 시 속에 잦은 반복을 사용한다. 그러나 일상어라는 '닳아진' 어투를 또 반복하는 것이 되어서 자칫하면 쉬운 상징이라는 함정에 빠질 위험이 있다.

바예호는 이런 위험을 용하게 피할 줄 안다. 그가 자주 사용하는 시법은 일상어뿐만 아니라 일상생활의 장면을 그릴 때도 사실주의 소설처럼 자세하고 구체적으로 묘사한다는 점이다. 이 구체성은 항상 추상적 의미를 일컫는 상징에 비해 반상징적으로 들린다. 그냥 은유나 이미지로 들리게 한다. 일상생활의 다양한 이미지와 맛의 무지개 속에 서서히 모양지어가는 의미의 실루엣이 바예호 시학의 또하나의 특징이다.

시 35

애인과 만나는 것은
하도 많아서 어쩌다 만난 듯, 단순한 인사 정도,
빛바랜 경마 프로그램처럼
너무 길어서 잘 접히지가 않는다.

그녀와 점심이라고 해야
서로 어제 좋던 요리를 갖다 차리는 정도
지금 그대로 되풀이하는데
이번에 겨자를 조금 더 뿌린 정도.
생각에 잠긴 포크, 5월의 꽃 암술같이
찬연한 자태지만, 거기 거 지푸라기 같은 거 치워요
할 때의 엽전 한 닢짜리 부끄러움.
그리고 덩굴 없는 그녀의 두 젖꼭지가 조심스레 지켜보는
서정적으로 예민한 맥주,
물론 많이 마셔서는 절대 안되는……

그리고 시집갈 처녀인 그녀가
자신의 씨방의 북들을 있는 대로 다 모아
아침 내내 두들겨 만든, 두들겨 수놓은
식탁의 기타 다른 매력들,
그녀의 속사정을 다 아는
사랑의 공증인, 내가 아는 바로는,
그것도 그녀의 오장육부의 손가락을 다 꺼내서 만든
열 개의 마술의 북채가 보인다.
더이상 먼 것은 생각하지 않고
종달새를 풀어놓는, 풀어놓고 우리 서로 이야기하는,
서슬이 파란 갓 따온 상추 이파리같이

사랑스러운 여인, 여인의 말소리.

한잔 더하고, 내 가지. 그리고 우리는 헤어진다,
이제는 정말 일을 하려고.

그러는 동안 그녀는 커튼 사이로
숨는다. 그리고는, 아, 갈가리 찢긴 나의 나날을 깁는
바늘! 바느질 바구니 옆에 앉아 그녀는
나의 옆구리를 그녀의 옆구리에 깁는다,
그 속내의의 단추를 달려고,
다시 떨어진 단추를. 아니, 세상에 이럴 수가!

더이상 설명이 필요없을 듯싶다. 너무나 평범하고 소박한 고향의 사랑 이야기다. 그러나 같은 이야기를 엮어내는 범상치 않은 바예호의 손길! 터질 듯 부풀어오른 금방 시집갈 처녀의 연정이 마디마디 스민 점심 한 끼의 묘사! 원시는 감탄사가 모자랄 정도의 놀라운 마력을 지닌다.

이 시는 처음부터 우리가 날마다 경험하는 애인과의 만남을 무섭게 예리한 메타포로 부각시킨다. 하늘 같은 사랑이어도 날마다 만나면 어쩌다 만난 사람처럼 대수롭지 않게 눈만 껌벅할 수 있다. 그건 빛바랜 경마장(그 얼마나 순간순간 가슴 조이던 연상의 말인가) 프로그램이 너무 길어서 접을 수 없는 것과 같다. 절구다! 모든 아쉬움의 순간순간들을 모두 함축하면서 그 일상적 타성의 제스처를 더욱 절절한 사랑의 느낌으로 승화시키다니 ……

초라한 점심상 위 포크 하나의 이미지가 놀랍다. "5월 꽃 암술같이 찬연한 자태". 처가 예쁘면 처갓집 기둥뿌리까지 예쁘다던가. 그런데 그걸 부끄러워 '저리 치워요' 하는 그녀의 수줍은 모습

또한 허리가 휘도록 에로틱하다. 그 다음 시집갈 처녀가 애인을 위해 아침 내내 만든 밥상의 이미지야 말해서 무엇하랴. 처녀의 숨은 젖꼭지에서 흘러내리는 맥주 거품, 물론 많이 들어서는 안되는 …… 허어! 밥상을 차리며 딸각거리는 소리가 처녀의 씨방이 북치는 소리로 들린다. 그 북채는 오장육부에서 꺼낸 다섯 손가락이 잡고 있다.

마지막 처녀의 바느질하는 장면을 보라. 이야기는 총각이 일하러 간 사이 놓고 간 내의를 무릎 위에 끌어당기는 장면이리라. 바예호는 "나의 옆구리를 그녀의 옆구리에 깁는다"로 묘사한다. 깁는 장면은 사실 단추를 달려고 한 것이 아닐까. 애인과 나를 잇는 단추가 또 자꾸만 떨어지니 이를 어쩐담! 이 마지막 "세상에 이럴 수가!"는 동시에 시인의 뒤늦은 애탄이기도 하다. 그 나쁜 징조가 둘 사이를 영원히 갈라놓게 한 하나의 예시였는지도 모른다.

이렇듯 일상을 묘사하는 것은 그 소재가 빤히 알 수 있는 것들이어서 마음껏 상상의 날개를 펴도 좋다. 뿌리가 있어야 높이 날 수 있다. 추상적 이미지에 날개를 다는 것은 위태롭다. 모두 날아가 버려 너무 소원할 수 있다. 너도 나도 아는 사실을 바예호처럼 살냄새 나는 에로틱한 상상으로 덧입힐 때 밥상이 날개를 달고 날아가다 이내 가슴으로 파고든다.

비슷한 예는 너무 많다. 이번에는 어머니에게 보내는 친근한 편지 스타일의 시를 하나 보자.

시 65

어머니, 내일은 산띠아고에 갑니다,
어머니의 축복과 통곡에 흠뻑 젖겠지요.
이젠 삶의 허상에도 적응이 되어갑니다.

이것저것 헛되어 바쁜 생활에서 오는
장밋빛 상처도 아물고 있습니다.

당신께서는 놀라움의 무지개로 저를 기다리시겠지요,
삶이 다하도록 쌓아올린 당신의 소망의 작은 기둥들.
우리집의 마당과 그 아래 울긋불긋 치장한 둥그런 아치형의
천장이 있는 복도, 또 나를 기다리는 나의 귀족 의자,
왕조 시대의 가죽으로 멋지게 양 팔받이를 단
더이상 증고조 할아버지의 엉덩이에 삐삐거리지 않도록
가죽줄로 묶고 또 묶은 고물.
저는 저의 가장 순수한 사랑을 체질하여 고르고 있습니다.
저는 저의 중심을 찾고 있습니다, 물밑을 가늠하는
저의 숨결이 헐떡거리는 것이 들리는지요?
새벽 기상나팔 소리가 들리지 않나요?
저는 이 땅의 모든 빈 구멍들을 메울
당신의 사랑의 공식을 그려보고 있습니다.
아, 세상에서 가장 먼 목소리들을 묶을 소리없는 리본이 있다면,
아, 세상에서 가장 먼 만남들을 묶어줄 소리없는 리본이 있다면,

그래야지요, 죽어서 살아 계시는 어머니, 그렇게 되어야지요.
당신 피의 두 갈래 무지개 밑으로
우리 모두 조심조심 까치발로 지나가야지요, 우리 아버지까지
거기를 지나가시려면
어른 키 절반 이하로 굽혀 절하셨는데요,
당신께서 가지신 첫아이 키만큼 되시려구요.

그래야지요, 죽어서 살아 계시는 어머니.
당신 뼈로 만든 기둥들 사이
통곡으로도 무너질 수 없는 기둥들 사이,

운명의 신도 그 곁에서는
손가락 하나 얼씬거릴 수 없었던 그곳.

그래야지요, 죽어서 살아 계시는 어머니.
그렇구말구요.

고향에 내려가겠다고 소식 전하는 아들의 편지는 급기야 돌아가신 어머니에게로 돌아가는 편지가 된다. 손때 묻은 고향집 가구의 마디마디에 서린 정과 사랑의 언어가 시취로 살아난다. 자칫하면 감상문식 산문이 되기 쉬운 이들 묘사가 시의 날개를 다는 것은 그 정경을 바라보는 시인의 눈의 깊이에서 비롯된다. 바다 밑을 가늠하는 수부의 눈길처럼 시인의 피상적 묘사는 이내 깊이로 향한다. 작고 정스럽고 귀한 것들이 깨달음으로 이끈다. 너무나 작고 정성스러워서 너무 커다란 의미로 되살아나는 어머니의 사랑.

아버지가 첫아이, 나를 낳으실 때의 묘사가 너무 재미있다. 아버지까지 어머니의 피의 무지개 밑을 지나시려면 경배하듯 허리를 굽히셨단다. 굽히고 굽히셔서 조그만 아이의 키가 될 때까지. 그 조그만 아이가 자기다. 아버지의 사랑과 경건한 마음이 어머니의 사랑과 어울려 가장 조그맣고 순수한 생명을 낳는다. 사실 우리 모두는 애초에 한살이었다. 그만큼 작고 순수했다.

사랑과 성, 그 목마름의 언어들

모든 시인의 고독과 절망의 뿌리는 사랑 부재다. 세사르 바예호 또한 이미 보아왔듯이 예외가 아니다. 바예호의 사랑은 그 언어의 일상성과 놀라운 비약의 이미지 속에서 현묘한 아픔의 색깔을 지닌

다. 가장 일상적인 만남과 헤어짐의 넋두리여도 다음 시는 맛이 새
롭다.

시 15

그 많은 밤 우리가 함께 잤던 저 구석에서
오늘 내가 앉아 길을 간다. 죽은
연인들의 배낭은 내다버렸거나
어떻게 된 것인지 아무도 모른다.

다른 일 때문에 네가 일찍이 왔다
간 모양이다. 이제 없다. 그 구석
어느 날 밤 네 곁에서, 너의
그 사랑스런 뜨개질 바늘 사이
알퐁스 도데의 단편을 읽던, 그 구석은
사랑이다. 오해하지 마.

나는 지나간 여름의 나날들을
다시 떠올렸다. 방과 방으로
아쉽게, 지겹게, 창백하게 드나들던 너의 발걸음.

비만 오는 이 밤에,
이제 우리 둘과는 멀리 떨어져, 문득 뛰어오른다……
둘은 열렸다 닫히고 닫혔다 열리는 두 문,
바람에서 왔다가 바람으로 가는
어둠에서   어둠으로.

우리의 감성에도 낯설지 않은 이들 사랑시가 정말 낯설어질 때는

바예호 특유의 진한 성의 갈구와 절망이 메아리칠 때다. 성은 까뮈 (Albert Camus)의 『이방인』에서 뮈르소의 이해할 수 없는 세상에 대한 절망과 저항의 언어였다. 어머니의 장례식 날 저지른 성행위가 그것이다. 세상에 대한 꿈과 희망이 깡그리 무너져내릴 때 마지막 찾는 절망의 나락이 성이다. 때로 사랑이니 뭐니 그 아름답고 메마른 언어가 지겨울 때가 있다.

시 13

너의 성을 생각한다.
가슴을 단순화해서, 너의 성을 생각한다,
하루의 성숙한 야자열매 앞에서.
행복의 단추를 만진다, 한창 맛이 든.
그때 오랜 감정 하나가
돌멩이로 전락하여 깔려 죽는다.

너의 성을 생각한다, '어둠'의 배때기보다
더욱 조화롭고 비옥한 이랑,

비록 죽음의 여신은 바로 하나님으로부터
애를 배고, 애를 난다지만,

오, 하늘의 양심이여,
나는 생각한다. 그렇다, 어디든
어느 곳이든, 원하는 곳, 할 수 있는 곳이면
즐기고 누리는 자유로운 살덩이.

오, 노을의 꿀빛 스캔들.

오, 그 소리없는 포효여.

오 효포 는없리소 그 오！

　기독교인이었던 바예호의 실존적 몸부림은 마지막 구원으로서
성을 찾아 울부짖는다. 기독교는 최후의 심판, 즉 죽음의 원리로
삶을 도덕화했다. 사실 죽음은 신이 만든 것, 에덴동산에서 영원
히 잘먹고 잘살던 아담과 이브는 죄가 없다. 신이 선악과를 따먹지
말라고 하고 그것을 따먹으니 죄를 지었다고 한다. ‘사람을 시험에
들지 말게 하라！’고 하신 그분이 행복하게 잘살던 아담과 이브를
시험으로 골탕먹였다. 바예호는 비록 ‘노을’ 혹은 ‘석양’으로 번역
해도 좋을 기독교적 죄악감에 사로잡혀 있지만 “자유로운 살덩이”
의 꿀맛을 꿈꾼다. 이는 아름다운 저항이다. 마지막 시구의 말 뒤
집기식 혼돈의 언어가 재미있다.
　세사르 바예호는 부조리의 시인이다. 1, 2차 세계대전의 소용돌
이 속에 집단 살육과 비애로 얼룩진 전율을 산다. 지금까지 막연히
믿어온 인간성에 대한 신뢰가 송두리째 땅으로 굴러떨어지는 현실
을 본다. 전위문학의 특징 중 하나인 유머가 적나라한 인간의 저항
으로, 절규로 메아리친다.

　　시 73

또하나의 ‘아！’ 하는 비명소리가 성공했다. 진리는 거기 있다.
그렇게 행동하는 자는 쥐새끼 죽이는
그 훌륭한 두 발톱 고양이를 조련시킬 줄 몰랐단 말인가.
예스…… 오 노……？

또하나의 '아!'가 성공했다. 적이 없는 승리.
오, 화학적으로 순수한 물의 분출.
아, 남극의 나의 사람들이여. 오, 우리의 성스러운 사람들이여,
　　　　그렇다면 나도 권리가 있다.
파랗게 만족스럽게 위험하게 살아 있을 권리
돌에 글자를 새기는 창끝이 되어, 저 조잡하고 엄청난 덩치에 공포
를 심으며;
장난치고 훼방놓고 웃을 권리.

부조리여, 오직 너만이 순수하다.
부조리여, 오직 네 앞에서만 이런 만용이
황금빛 쾌락의 땀을 쏟는다.

바예호의 저항은 큰 게 아니다. "장난치고 훼방놓고 웃을 권리"
다. 생명이 얼마나 자유로운 것인가를 푸르게 살아 보여줄 뿐인 것
이다. 이데올로기와 대권과 승리를 위해 피 흘리는 자들에게, 결
국 그 통에 숨겨가는 수많은 목숨들에게 옳고 그름을 이야기할 어
떤 목소리도 없다. 부조리, 그 웃음, 통쾌하게 웃는 그 황금빛 웃
음소리는 그러나 식은땀을 쏟는다.
전쟁만 잔혹한 것은 아니다. 사회생활도 의미없는 전쟁일 때가
있다. 먹고 살기 위해 의미없이 바둥거리는 일상 또한 우습다. 행
복을 위한 것도, 꿈이 있는 것도 아닌 타성 속에 마모되어가는 타
이어 같은 것이다.

　　시 56

날마다 눈감고 아침을 맞는다.
먹고 살기 위해 일하러 나가러; 아침을 먹고

아침상에 입 하나 안 대고, 아침마다.
살맛이라고 하는 어떤 것을 성취했는지, 절대 아닌지
아니면 그건 오직 가슴·문제인지, 가슴이 깨어나면
언제까지 이건 아직 덜 되었다고 한탄할 건지.

아이는 여전히 행복하게 자랄 것이고
                  아 여명이여,
이 세상에 대한 사랑의 꿈으로부터 우리를 끌어내지 못한
끌어내지 못하지 못한 부모들의 아픔 앞에서;
그들 앞에서 하느님처럼 그 많은 사랑으로 보답한 창조주들
사랑이 너무 커서 우리에게 상처까지 입힌.
눈에 안 보이는 술책의 실꾸러미들,
중성의 감정으로 근거도 영광도 없는
                  이정표를
사냥하는 이빨들,
말을 잃어버린 그 큰 입의 주인들.

어둠 속에 성냥불, 성냥불,
먼지구덩이 속에 눈물, 눈물.

　　무엇 때문에 사는지 모르는 일상의 나날 속에서 행복에 대한 꿈
을 죽을 때까지 버리지 못하는 너와 나의 뼈다. 바예호는 「시 75」
에서 "너희들은 죽어 있다"고 우리 모두를 고발한다. 밤에서 밤으
로 일에 시달리며 무엇 때문에, 무슨 맛으로 사는지 모른 채 그 상
처를 안고 사는 무감각·무감동의 우리는 죽어 있다. 한번도, 살
맛나는 삶을 한번도 살아보지 못하고 죽긴들 하겠느냐. 바예호는
"한번도 전에 살아본 일이 없이 너희들은 죽어 있다"고 소리친다.
"한번 진정으로 존재한 일 없이 항상 죽어 있었던 사람들. 푸르러

본 일 없는 낙엽, 고아 중의 고아.”

　바예호의 마지막 시구는 아프다. “그렇지만 죽은 것은 아니다. 아직 살아본 일이 없는 인생이 시체가 될 수는 없다. 그들은 사실 삶 때문에 죽었다.” 바예호의 순수한 생명성, 인간성에 대한 목마름은 맑스주의와도 통한다. 소위 ‘풀잎’ 같은 삶과도 호흡을 같이 한다. 그러나 그가 공산주의를 그 조직의 위선 때문에 박차고 나왔듯 그의 갈망은 역시 형용사 없는 생명의 물 그것이다. 희망이다. 그가 「시 8」에서 이야기하듯 “내일은 다른 날이 오겠지” 하는 영원히 꺼지지 않는 생명의 부름. 그가 가진 소망은 그림자 없는, 메아리 없는, 생명과 생명이 맞닿고 “이마와 등이 맞닿는” 행복의 여기, 지금의 순간이다. 『쓰달픔』은 다음 시로 끝난다.

시 77

우박이 세차게 쏟아진다, 마치 진주를 생각하라는 듯이
폭풍우마다 그 콧구멍에서 주워모았던
그 진주들을 키우기라도 하라는 듯이.

이 비를 말릴 생각은 마시길.
내가 폭풍우 속으로 다시 떨어질 운수가 아닌 한,
아니면 이 물 속에 나를 묻고, 내가 모든 불구덩이 속에서
다시 물로 솟아나리라는 약속이 없는 한.

어디까지 이 비가 내게 다다를까?
내게 어디 마른 부분을 남겨둘까 두렵다:
비가 나를 시험 안하고 가버릴까 무섭다
이 상상할 수조차 없는 목청의 갈증도 모르고,
그 갈증을 위해,

조화를 위해,

항상 올라가야 하는, 절대 내려와서는 안되는 나의 목구멍 !

어쩌면 우리는 아래를 향하여 올라가는 게 아닐까?

노래하라, 비여, 비록 바다 없는 바닷가에서라도 !

산문시의 두 가지 길

나의 글은 나보다 명확하다. 때로 글씨는 나보다 영리하다. 나는 무심코 '산문시의 두 가지 길'이라는 제목을 붙였다. 러시아에서 산문시라는 것을 배웠던 것 같다. 뚜르게네프나 똘스또이 혹은 고르바초프가 산문시를 쓰고 있다. 고르바초프가 언제 시를 썼느냐고? 내 기억에도 쓴 일은 없는 것 같다. 다만 동서 해빙을 몸으로 살았던 그인만큼, 그 또한 혼란과 산문 속의 질서를 찾아 헤맨 발걸음이 산문시에 속한다. 삶과 일상이 시이어야 한다는 사고의 연장선상에 산문시가 있다.

바예호가 「산문으로 쓴 시」를 발표한 것은 『쓸달픔』 다음이다. 시건 뭐건 절실한 이야기가 너무 많은데 '예쁜' 말, 기발한 표현을 찾아 헤매는 괴로움을 바예호는 포기한다.

낭만주의 때부터 인생은 산문이다. 그래서 낭만주의는 인생보다 이상, 지금보다는 미래, 여기보다는 먼 나라 공주를 뮤즈로 모셨다. 이래서 그들의 시는 일상 아닌 것, 현실 아닌 것이면 되었다. 19세기 중반 사실주의가 소설을 여왕으로 모시면서 시도 산문 언저리를 기웃거린다. 시의 역사로는 고답파, 상징주의가 판을 칠 때다. 시가 지금까지의 정형률을 깨고 자유시를 탄생시킨다. 자유시는 무언가? 시구의 산문적 배치 형식이다. 산문의 문장은 의미와 소리의 단위다. 시구가 시에서 의미와 소리의 소절이듯이. 그런데 시의 형식은 음절 수, 각운 따위의 제약 때문에 흔히 한 어미가 다른 구절, 다른 연으로 넘어가는 것을 본다. 전통시에서 한 시구가 문법적 구문을 넘어뛰는 것은 허용된 상식이다. 산문의 문장에는 그런 게 없다. 한 문장은 무조건 한 의미 단위다. 이때 시는 자유시가 되면서 산문의 문장의 법칙을 시구에 적용한다. 즉 자유시의 시구는 이유없이 한 의미와 소리의 닫힌 단위다. 자유시의 시인은 시구를 길게 할 수도 짧게 할 수도 있다. 산문과 마찬가지다. 따라서 이제 자유시의 시구가 한 의미 단위를 이루지 못하고 있다는 것이 정형시의 경우처럼 시구의 음절 제약 때문에, 쏘네트니까 따위의 변명이 통하지 않게 되었다. 자유시가 받아들여지면서 이제 한 시구는 필연적인 당위성을 가진 시적 의미 단위가 되었다. 산문의 문장에서처럼 말이다. 자유시가 시의 시행을 문장 단위로 끊거나 혹은 두어 문장을 한 시행에 집어넣는다 해도 이제 그것은 음절이나 외적인 제약 때문이라는 상투적 변명은 통하지 않는다. 자유시의 한 시구는 반드시 그것을 그렇게 끊어야 할 당위성이 설득력을 갖지 않으면 안된다. 따라서 자유시는 운율 면에서 자유를 얻은 대신에 의미 형성 면에서는 훨씬 제약과 함축성을 갖게 되었다. 상징주의가 자유시를 탄생시킨 것도 시에서 상상력의 다양성과 표현미를 최대로 확대시키려는 노력의 일환이었다. 자유시에서는 소리 하나, 시구 형식 하나, 그 어느 것 하나 의미를 갖지 않는 것이란 없다. 보들레르(Charles Pierre Baudelaire)가 산문시를 쓴 것은 정형시로부터 자유시의 개혁을 받아들인 것과 다를 바 없다. 산문시는 이제 시행의 제약뿐만 아니라 시연의 제약, 소절의 제약까지를 송두리째 포기한 것이기에 더욱 시적 의미상의 당위성이 수반되지 않고는 변덕이거나 실패이다.

　우리 시 전통은 서양 시학의 입장에서 볼 때 정형시보다는 자유시에 가깝다. 우리 시는 각운도 성운도 없고 음절 수도 일찍부터 사설시조로 파괴되는 의미 중심적 시형식을 보여왔다. 『현대시학』 93년 신년호 특집 '산문시와 우리 현대시'에서 성기옥 교수가 고려속요 「처용가」나 「한잔 먹세그려 또 한잔 먹세그려……」를 산문시의 용트림으로 보려 한 것은 무리가 아니다. 또 여기에서 서구 산문시의 본고장 프랑스 산문시 연구를 서정기 교수가 자세히 싣고 있다. 베르뜨랑(Aloysius Bertrand), 보들레르로 이어지는 산문시 전통은 보들레르의 다음 말에서 그 의미를 알 수 있다. "리듬도 없고 각운도 없지만 동시에 거칠면서 영혼의 서정적인 움직임과 몽상의 파동, 의식의 도약을 그려낼 수 있는 산문시의 기적을 꿈꾸어보지 않은 사람이 우리들 중 누가 있겠습니까"(『현대시학』, 1993년 1월호, 118면). 상징주의 시형식의 의미화, 즉 형식이 곧 내용이 되고 내용이 형식을 이루는 시학에 대한 소망은 결국 산문시를 낳았다. 즉 내가 얻은 시정이 창조적이라면 어떤 기존의 형식이 이를 채울 수 있겠는가. 이영걸 교수의 「블라이의 사물시와 산문시」는 동양의 서정시와 비슷한 사물 묘사의 다양성이 빚어낸 형식 파괴의 묘를 보여준다. 박상배 교수의 「독일 산문시」는 가장 전위적인 시 개혁의 맥락에서 오늘의 산문시를 브레히트(Bertolt Brecht)까지 심층 분석하고 있다. 박교수의 결론은 "개별적 현상으로는" 산문시가 있었으나 "일반 개념으로는 현실성이 박약했다"고 결론짓는다(같은 책, 132면).

　서구 산문시는 대체로 두 가지 조류로 대별할 수 있다. 그 하나는 시의 상징성을 강화하기 위한 노력의 일환으로 자유시와 함께 산문시를 낳은 프랑스 시이다. 자유시에서 설명했듯이 시가 외적인 형식의 굴레를 벗을 때 시쓰기는 겉으로는 자유를 얻지만 실은 그 만들어지는 형식 하나하나가 시정과 혼연일체를 이루어야 하는 긴장감이 있다. 산문시의 모든 구문, 구두점, 짧고 긴 문장이 이루어가는 호흡은 시내용과 필연적 관계 속에 있어야 한다. 산문도 구문이나 의미론상의 리듬이 있다. 어떤 구문이나 의미소가 반복되어도 우리는 리듬을 느낀다. 산문시는 이제 모든 종래의 관습적 외형의 굴레를 포기한만큼 말이 원래 가지고 있는 문장의 호흡에 의한 리듬의 가능성을 최대로 확장시켜야 한다. 산문시에 때로 같은 말, 같은 시구의 반복이 자주 눈에 띄는 것도 자칫하면 잘못 쓴 산문으로 오해받기 쉬운 산문시의 약점을 전통적 형식을 통해 우선 보완해보려는 제스처이다.

시내용의 측면에서 볼 때 현실의 부조리, 혼란, 엘리엇식 「황무지」의 비전을 정형시로 질서정연하게 읊을 수는 없다. 정도에 따라 더러 자유로운 자유시, 더러 산문시가 알맞은 것도 현대성이 갖는 의식의 흐름의 요구일 수 있다. 쉬르리얼리즘의 자동기술법이나 다다이즘의 극단적 전통 파괴에서 보는 유사 산문시의 흐름은 앞서 말한 내용과 형식의 실존적 일치(existencial analogy)를 염두에 둔 것이라기보다는 오히려 그 내용과 형식 일체로부터의 해방의 노력에서 나온 결과이어서 그걸 굳이 산문시, 비산문시로 부르는 데는 망설임이 있다.

현대 산문시의 또하나의 조류는 앞서 말한 시표현미의 확장이나 내용과 형식의 실존적 관계, 혹은 모티베이션(motivation) 측면보다는 시표현의 탈장르적 노력에서 온 것들이다. 시가 소설의 이야기적 요소를 가미할 수도 있고 연극의 대화체를 도입할 수도 있다. 아니면 공문서 스타일, 편지 스타일 등 기타 시 장르에 속하지 않는다고 생각했던 기존 터부를 깰 수 있다. 이들 모방 장르가 산문으로 씌어진 것인만큼 산문 형식으로 시를 이끌어갈 수 있다. 이런 계열의 산문시는 그것이 어떻게 모방하는 장르와 구별되는 시적 리듬, 긴장감을 유발시키느냐에 신경이 쓰인다. 또한 그때 가장 흔히 사용되는 기법은 같은 구절, 같은 형식의 반복이다. 이런 형식으로 가장 성공한 경우는 브레히트이다. 중기의 교훈적 산문시가 설화적 요소, 의인화, 알레고리를 갖고 있는 것이라든지 후기의 "서사극·변증법극과 상응되는 참여 텍스트로서 심미성과 교훈성을 함께 지니며, 문답 형식을 통해 일깨움을 주는" 스타일은 이 부류의 전형적인 기법이다(같은 책, 130면).

중남미의 산문시는 바예호와 보르헤스(Jorge Luis Borges)로 대표될 수 있다. 첫번째 경우에 속하는 부류로는, 빠블로 네루다가 「지상에서의 주거」에서 대단히 가까이 접근하고 있으나 끝내 산문시에는 이르지 않는다. 전적으로 슬픔이나 우수를 내용으로 하는 시구는 대체로 길어지게 마련이다. 슬프고 기분 나쁜 사람은 얼굴이 길고 그 발걸음 또한 느리고 처진 모습일 수 있다. 중남미 시인들의 우수나 절망은 혼돈이나 무질서, 아니면 보들레르나 랭보(Jean Nicolas Arthur Rimbaud) 등 후기상징주의와 같은 세속적 신비주의나 마약 중독에 걸린 것이 아니다. 바예호나 네루다처럼 스페인 내란에 참여하고 사회정의를 부르짖는 개혁을 위한 혁명의지에서 비롯된 절망인만큼 프랑스식 산문시는 성공할 수 없었다.

바예호의 산문시는 수필과 이야기와 대화 혹은 삶의 호흡을 무의미에 이르기까지 느낌 그대로 풀어놓는 과정에서 오는 무형식의 소산이다. 나는 지금 이들 산문시를 이야기하면서 그 긴 시들을 이 짧은 글 안에 어떻게 자리매김하느냐의 고민에 빠져 있다. 그중에서 비교적 짧은 시 몇편을 옮길까, 아니 짧은 것보다 긴 시들이 더욱 좋은데······ 할 수 있는 한 하나둘쯤 전부 싣고 설명을 하도록 하자.

시간의 횡포

모두들 죽었다.

안또니아 아줌마도 죽었다, 시골 마을에서 제일 싼 빵을 만들던, 늘 목이 쉬어 있던 여자.

산띠아고 신부도 죽었다, 우리 젊은이나 처녀들이 인사하는 것을 제일 좋아하시던. 인사할 때마다 한결같이 답을 해주시곤 하셨지; "호세, 안녕! 마리아도 안녕!"

그 금발머리 아가씨 까를로따도 죽었다, 몇달 안 된 갓난아이 하나를 남겨두고. 아이도 엄마 죽은 지 여드레 만에 결국 죽고 말았다.

나의 아줌마 알비나도 죽었다. 전래 동요와 풍습과 세월을 노래하곤 하시던 아줌마. 토방마루에서 집안 하녀인 곱디곱던 여인 이시도라를 위해 바느질을 하시다가 돌아가셨다.

한 외눈박이 노인도 죽었다. 그 이름은 생각이 안 난다. 하지만 동네 어귀의 함석장이 집 문앞에서 노상 주저앉아 아침 햇살을 받고 졸곤 하셨다.

라요도 죽었다. 내 키만큼 큰 개 한 마리. 누군가 길 가는 사람의 총을 맞고 죽었다.

루까스도 죽었다. 허리 가득 평화를 안고 다니던 나의 외삼촌. 비가 오면 나는 외삼촌이 생각난다. 그러나 내 경험 속에는 아무도 없다.

나의 권총 속에서 나의 어머니는 죽었다. 나의 주먹 속에서 나의 누이는 죽었다. 나의 피투성이 허벅지 속에서 나의 동생도 죽었다. 계속되는 세월의 8월달에 모두 죽었다, 슬픔의 슬픈 핏줄로 이어진 이 세 사람.

악사 멘데스도 죽었다. 키가 크고 술이 항상 곤드레만드레가 되어
있던. 나팔로 옛날 슬픈 곡조를 따라랑거리면 그 처량한 음악소리에
우리 마을 암탉들이 해도 지기 전에 잠들곤 했던.

나의 영원은 죽었다. 그리고 나는 그 죽음을 보고 있다.

정지용의 「향수」를 읽고 있는 것 같은 찐함이 있다. 중요한 것
도 중요한 사람도 없다. 그러나 모두 나의 핏줄 속에서 나와 함께
하나 되어 살아온 기억의 주인공들이다. 영원히 잊지 못할 나의 어
린 시절의 기억들이, 가슴 저미는 그리움만 남겨두고 그 영원과 함
께 죽었다. "나의 권총 속에서 나의 어머니는 죽었다"가 충격적이
다. 내가 나의 어머니를 쏘아 죽였다? 아니다. 내가 총을 잡고 주
먹을 휘두르고 허벅지에 피 흘리는 상황 속에서 이미 내가 가장 사
랑하는 인간성은 죽어 있었다. 사회는 혹은 세월은 우리에게 좋은
사람은 좋고 예쁜 사람은 영원히 예쁘게 내버려두지를 않는다. 동
족상쟁도 있다. 그 안의 비극도 있다. 역사와 세월과 상황이 빚어
가는 역설의 현장은 우리 모두에게 인정과 순수와 곱고 아름다운
것에 대한 꿈을 송두리째 앗아간다. '사람들은 알고 보면 다 좋은
사람들이여……' 하던 어머니의 목소리와 애정과 믿음은 내가 총을
쥔 순간부터 죽었다. 그래서 '어머니는 나의 권총 속에서 죽었다.'
 '죽었다'로 반복되는 이들 각각의 극히 산문적인 죽음의 실록은
물론 리듬이 정연하다. 사람의 삶을 시로 쓰는 데 다른 리듬이 따
로 필요 있을까? 세상 사람들의 전기를 다 모아놓아도 '태어났고
살았고 사랑했고 괴로워했고 죽었다'라는 것은 모두 한가지다. 사
실 산다는 것은 누구의 삶이어도 모아놓으면 산문시다. 리듬을 걱
정할 필요는 없다. 바예호의 시 속에서는 모든 거지·개·암탉 들
까지 우주의 이불 안에 따스함으로 머문다. 마지막 연 "나의 영원

은 죽었다"가 깊이 사무친다. 간단한 반어법, 영원과 죽음의 합주
가 뼛속 깊이 통곡으로 자리한다. 바라보아야 할 하늘, 눈감고 그
리워해야 할 어느 고향도 가슴도 이제는 없다. 살아간다는 것은 죽
은 인간애·순수·사랑을 발끝으로 차며 가는 행진이다. 낙엽을
보듯 내가 밟고 가는 발자취를 보며.

　　　이젠 아무도 안 살아요……

　──집엔 이제 아무도 안 살아요. ──너의 말이다──: 모두들 다
떠났어요. 응접실, 침실, 정원은 사람 하나 없이 누워 있을 뿐이죠.
이제 아무도 남아 있지 않아요. 모두들 떠나버렸거든요.

　그래서 나는 네게 말한다; 누군가 가고 나면 누군가 남지. 사람 한
사람이 지나간 곳은 지나갔음으로 이제 혼자가 아니야. 진짜 혼자 있
는 곳은 사람 한 사람도 지나간 일이 없는 곳이야. 오직 그런 곳만이
진짜 인간적 고독을 혼자 사는 곳이야. 새집들은 헌 집보다 더욱 죽어
있지. 왜냐하면 그 벽들이 돌이나 쇠로 되어 있지 사람으로 되어 있질
않거든. 하나의 집이 세상에 올 때는 그 집을 금방 건축했을 때가 아
니라 사람들이 그 집에 살게 될 때야. 하나의 집은 유일하게 사람들에
의해 삶으로 채워지지, 무덤처럼. 바로 그래서 집과 무덤은 어쩔 수
없이 유사점이 있는 거란다. 오직 하나의 집은 사람의 삶으로 살찌는
반면에 무덤은 사람의 죽음으로 살찌는 것이 다르지. 그래서 어느 것
은 서 있고 어느 것은 자빠져 있지 않니?

　모두들 집에서 떠나간 건 사실이야. 그러나 사실은 모두 집에 남은
거지. 남은 거란 사람들의 기억만 남은 게 아니야. 그 사람들 자체가
남은 거지. 그들이 지금도 집에 남아 있다는 소리는 물론 아니야. 다
만 이 집으로 그들의 삶이 계속되고 있다는 거지. 기능이나 행위는 집

을 떠나지, 혹은 기차로 혹은 비행기로, 혹은 말을 타고, 혹은 걸어
서, 혹은 끌려서. 집에 남는 것은 육체의 기관이지. 진행형이나 원형
인 행위소들. 발걸음은 가지, 입맞춤도, 사죄도, 범죄도. 집에 남는
건 발, 입술, 눈, 가슴이야. 긍정과 부정, 선과 악은 흩어져버렸어.
집에 계속 남아 있는 건 그 행동의 주체야.

위 시는 현상학 강의다, 혹은 칼 맑스의 '비어 있는 집은 집이
아니다'라는 유물사관 강의다. 여하튼 시가 될 수 없는 산문적 추
리·사추·변론이다. 반복되는 말, '집'과 '무덤', '있는 것', '남는
것'이 단조롭게 우리의 고막을 반추한다. 이 시의 내재율을 이끄는
것은 논리성이다. 생각과 생각이 꼬리를 물고 하나의 역설적 패턴
을 향해 연처럼 난다.

스페인 시인 안또니오 마차도는 "지성은 노래하지 않는다"라는
말을 한다. 시는 정서의 산물이지 논리나 관념의 놀이터일 수는 없
다. 철학이 시의 뿌리가 될 수는 있어도 시취를 아우르지는 못한
다. 아무리 메마른 관조시라도 선시(禪詩)스러운 짤막함이나 이미
지의 병치에서 혜지의 불똥을 튀긴다. 변증법 강의처럼 이렇게 장
사설이 즐비할 때 우리는 곧잘 질린다.

위 시를 자세히 보면 시인이 옛집을 찾아온 장면이다. 모두 떠나
버리고 아무도 살지 않는다고 한다. 아무도 안 산다? 시인은 반문
한다. 내 눈에는 분명히 그 떠나간 사람들의 목소리, 그 입술, 그
눈빛이 아른거린다. 시인은 이 집에 아무도 없음이 거짓말 같다.
그는 생각을 한다. 이 집에는 아직도 누가 있다. 정말 아무도 없는
집은 아무도 살아본 일이 없는 새 벽돌집 같은 거다. 여기에는 내
사람들이 살았고 나 또한 그들을 찾아 여기에 왔다. 나도 그들이
없는 것을 아프게 인식한다. 그런 그들이 여기 현실로 느껴지는 것
도 사실이다. 이 구석 저 구석에 그녀의 입술이 보인다. 눈이 보인

다. 이미 떠나간 것, 과거인데 현실로 눈에 입술에 와닿는 이 감촉들은 허깨비란 말인가. 여기에서 시인의 시적 비약이 시작된다. 없어진 건 사람들의 기능이나 행동이다. 그 발자취이거나 사랑 이야기들이다. 지금 내 눈에 보이는 그 입술, 그 발, 그 가슴은 피부로 느껴진다. 이들은 지금도 여기 남아 나를 붙들어매놓고 있다. 과거는 사라진다. 그러나 그 과거는 항상 현재로 느껴진다. 어제에서 어제를 추억하지는 않는다. 기억은 항상 현재다. 이 집에는 그 기억의 주체가 산다. 현재로 남아 있다.

아니다, 논리가 아니다. 추론은 더군다나 아니다. 너무나도 그리운 것들이 떠나고 없다. 거짓말처럼 사라지고 없다. 그 자리에서 나는 오늘처럼 어제를 느낀다. 있던 나의 모든 것이 사라진다는 것은 견딜 수 없는 아픔이다. 그 아픔이 발광처럼 추론의 선을 이끈다. 내가 사랑하는 사람이 영원히 없다고 생각하는 것은 견딜 수 없는 자학이다. 눈에 삼삼한 그 입술, 그 눈동자를 영원히 무(無)로 돌릴 수는 없다. 그 감정이 차가운 철학적 서술을 타고 안으로 안으로 발버둥치고 있다. 마치 죽은 애인의 죽음을 인정할 수 없어 시체를 놓고 사는 여인의 발광처럼. 정말 이 집에 계속 남아 있는 것은 행동의 주체일까? 설령 그렇다 해도 논리나 추론을 떠나서 지금 당장 그녀를 안아보고 싶은 이 가슴은 어떡하란 말인가. 바예호의 차분한 위안의 논리 밑에 깔린 이 안타까우리만큼 열렬한 역설적 소망의 목소리를 듣자.

바예호의 다음 시는 설교에 가깝다. 선불교적 깨달음을 연상시킨다. 좀 깊다. 그러나 너무 좋은 시다. 보자!

삶의 발견

여러분! 저는 오늘 맨 처음 내가 실제 살아 있다는 것을 실감합니다. 여러분! 나를 잠깐만 이대로 내버려두시기를 간청합니다. 저는 제가 최초로 느끼는 이 삶의 갓 태어난 듯 자연스럽고 훌륭한 기분을 만끽하고 싶습니다. 오늘 최초로 삶이 나를 황홀하게 하고 눈물까지 행복하게 느껴지게 합니다.

나의 즐거움은 한번도 느껴보지 못한 내 감정의 한구석에서 용솟음칩니다. 나의 흥분은 사실 전에는 내가 삶이 현존한다는 것을 느껴보지 못한 데서 옵니다. 그런 느낌을 한번도 살아본 일이 없습니다. 내가 그런 느낌을 살았다고 하는 자 있으면 거짓말입니다. 그런 거짓말은 내가 너무 아파서 지금 당장 나를 불행에 빠뜨릴지도 모릅니다. 나의 즐거움은 이 나의 개인적 삶의 발견에 대한 신앙에서 옵니다. 이제 아무도 나의 이 믿음을 거역할 수는 없습니다. 누구든지 그런 사람은 혀가 빠지고 뼈가 쏟아지고 자기 뼈 대신 다른 사람 뼈, 남의 뼈를 주울 위험을 감수해야 할 것입니다. 그런 마음으로 내 눈앞에서 있으려면 말입니다.

한번도, 지금 아니고는 한번도 삶이 없었습니다. 한번도 지금 아니고는 한번도 사람이 지나간 적이 없습니다. 한번도 지금 아니고는 한번도 집이나 거리, 대기, 수평선이 있은 적이 없습니다. 지금 당장 내 친구 빼리에가 오면 난 그 사람을 모른다고 할 것입니다. 우린 모든 걸 다시 시작해야 한다고. 사실 내가 언제 내 친구 빼리에를 알았던 걸까요? 오늘 처음 우리가 아는 날이 될 것입니다. 나는 그 친구에게 가라고 가서 다시 돌아오라고, 그리고 나를 보러 들어오라고 말할 것입니다. 나를 한번도 본 일이 없는 것처럼, 말하자면 처음처럼.

지금 나는 아무도 아무것도 모릅니다. 나는 이상한 나라에 온 느낌입니다. 모든 것이 갓 태어난 모습이고 불멸의 현신의 불빛입니다. 아닙니다. 저 신사분에게 말하지 마세요, 당신은 저 사람을 모릅니다, 그런 부질없는 말로 그 사람을 놀래킬 것입니다. 그 돌 위에 말을 얹지 마십시오. 돌이 없는 줄 어떻게 압니까. 그러다 허공에 발질하면 어떡하시게요? 조심을 하셔야죠. 우리는 정말 아무것도 알 수 없는 세상에 있지 않아요.

우리가 산 세월은 얼마나 짧은 겁니까! 내가 태어난 것은 갓 지금입니다. 내 나이를 셀 단위가 없습니다. 지금 금방 태어났거든요! 아직 삶을 시작하지도 않았어요! 여러분, 나는 지금 너무 작아서 하루가 내 안에 들어오지도 못했어요.

한번도 지금처럼 차들이 쿵쿵대며 지나간 소리를 들은 적이 없습니다. 하우스만 블레바르 대건축 사업을 위해 돌을 나르고 있군요. 한번도 지금처럼 봄과 함께 행진해본 적이 없어요. 봄과 나란히 가면서 죽음은 좀더 다른 모습이었을 수 있잖아요. 본 일이 없었을 거예요. 아니에요. 지금은 한 아이가 내게 가까이 다가와서 나를 찬찬히 입으로 바라보았지요. 한번도 지금처럼 문이 있고 또다른 문이 있고 그리고 거리와 거리를 메우는 성실한 노래가 있다는 것을 몰랐어요.

됐어요! 삶이 시방 나의 모든 죽음을 정통으로 꿰뚫었습니다.

현장시

현대시는 삶의 체험을 쓴다는 점에서 모두가 현장시이다. 시인의 내부의 체험을 쓰는 것은 낭만주의 이후 오늘날 시의 특징이다. 사실주의처럼 현실을 묘사하지는 않더라도 시는 순간순간 삶의 맥동을 짚어갈 수 있다. 특히 전위시는 시를 위한 시, 아름다움을 위한 아름다움 대신에 그 모든 것을 구체적인 삶의 무늬로 대치하려는 노력을 극단화한다. 이런 면에서 맑스주의 계열의 마야꼬프스끼 (Vladimir Vladimirovich Mayakovskii)를 비롯한 다른 사회주의 국가의 시인들과 맥락을 같이한다고 할 수 있다.

바예호는 한때 열렬한 사회주의 혁명가였다. 레닌주의가 문학을 혁명의 도구로 삼았다면 바예호는 시를 깊은 인간성을 추구하는 무기로 생각했다. 어느 시인이 인생과 인간을 노래하지 않을까마는 이들 전위문학가나 혁명가들의 그것은 모든 타성과 전통, 관습을 파괴한다는 점에서 색다르다. 바예호는 '어머니' 콤플렉스에 걸려 있다. 원시공산사회에 대한 그의 열망은 곧 그의 어린 시절에 대한 향수와 일치한다. 바예호는 공화파·공산파와 함께 직접 스페인 내전에 참전했다. 『스페인이여, 내게 이 아픔의 성스러운 잔을 가져가다오』(*España, aparta de mí este cáliz*)는 바로 이때 쓴 시집이다. 시집 제목과 같은 이 시 속에는 '어머니'와 '세상의 아이들'의 사랑과 정 그리고 공포와 한이 얼룩져 있다.

세상의 아이들이여,
스페인이 망하면──이 말은, 그냥 하는 소리지만──
망하면
두 개의 지상의 철판이 머리에 붙들고 있는
그 팔뚝이 하늘에서 떨어지면:
아이들이여, 움푹 들어간 관자놀이의 나이를 어찌할 것이냐!
그대들에게 말하던 그것이 얼마나 빨리 태양에 온 것이냐!
숨소리를 낮춰라, 그리고
팔뚝이 내려오면,
회초리가 소리나거든, 밤이 오거든,
하늘이 두 개의 지상의 연옥에 떨어지거든,
문소리에 굉음이 들리거든.
내가 늦거든,
아무도 보이지 않고, 연필심이 없는 연필이

너희를 놀래키거든, 어머니가
모국 스페인이 망하거든——이 말은 그냥 해보는 소리지만——
나오라, 세상의 아이들아; 모두 나와서 찾으러 가거라 ! ……

바예호의 혁명은 아이들과 어머니의 세상을 만드는 작업이다. 잇속과 욕심과 불평등, 위선과 횡포로 찌든 세상에 풀잎 같은 삶, 풀내 나는 어린 시절의 순수·사랑·인간애가 숨쉬는 땅을 개척하는 작업이다. 그는 인간 실존의 아픈 그늘을 체험한다. 바예호의 사회정의의 절규는 얄은 사회 개혁이나 민중화 열기가 아니다. 그가 안타깝게 찾는 열망의 대지는 이미 잃어버린 어린 시절의 동산이나 원시공산사회이면서 동시에 미래의 유토피아다. 다만 바예호는 희망찬 투쟁보다는 너무나 눈물에 약했다. 그는 공산당의 관료성과 권위주의에 염증을 느끼고 이내 탈당한다.

바예호는 무엇보다 생명의 시인이다. 풀잎 같은 풋풋한 삶에 대한 열망이 「삶의 발견」에서부터 그의 시 곳곳에 메아리친다. 산다는 것은 어쩌면 사회적 관습과 관념과 직장에 적응해가는 작업인지도 모른다. 그런 통념을 떠나서 (그건 나의 죽음을 의미하니까) 몸과 마음으로 흠뻑 느끼고 사는 삶의 감촉을 안타깝게 그린다. 그러나 인생은 늘 나를 속인다.

오늘 나는 인생이 훨씬 덜 좋다

오늘 나는 인생이 훨씬 덜 좋다.
하지만 나는 항상 사는 게 좋다; 늘 하는 소리였지.
거의 나의 전부를 만졌다, 그리고 참았다
내 말 뒤 혀에 총 한 방을 놓고.

오늘은 후퇴중인 내 턱을 느낀다.
그리고 이들 순간적인 나의 바지 속에서 내가 혼자 하는 말:
그렇게 많이 살았는데 한번도……!
그렇게 많은 세월인데 항상 월요일들! ……
나의 부모는 그들의 돌로 묻혀 있고
그들의 슬픈 몸부림은 아직 끝나지 않았다.
온몸의 형제들, 나의 형제들,
그리고 결국 여기 머문 나의 실체, 이 바지저고리 안의.

나는 정말 엄청나게 사는 게 좋다
하지만 물론
나의 사랑하는 죽음과 나의 커피잔과
빠리의 무성한 밤나부를 보는 재미.
그리고 말하지:
이건 눈이야, 저것도; 이건 이마야, 저것도……
그렇게 많이 살아도 항상 내게 마지막 힘은 있다!
그 많은 세월이어도 항상 그게 그것, 항상, 항상……

바지저고리라고 했다, 그러면
다다, 부분, 열망, 그게 나의 거의 전부, 울음을 참자.
사실이다, 그 옆 저 병원에서 고생 많았지
그럼 됐다, 그럼 잘못된 것이었지
나의 기관이 아래에서 위를 쳐다본 것이.
나는 영원히 살고 싶다, 배때기를 질질 끌면서라도,
왜냐하면, 지금 내가 한 말 그대로 다시 반복하지만
그렇게 많이 살았어도 한번도 살지 못한……!
그 많은 세월에 항상 그게 그것, 항상, 무척 항상, 항상 항상
……!

바예호는 항상 삶의 현장에 있다. 그 현장이 전쟁터여도 일상이어도 그는 그 삶의 희망과 절망을 뿌리까지 빨아마시며 산다. 그의 소망과 그리움의 축은 고향의 '세탁부'나 어린 시절의 친구들, 그리고 그 가운데 어머니가 자리한다. 모두가 풀잎처럼 사랑스럽고 평화와 우정으로 엮어진 삶은 영원히 불가능한 것일까. 때로 삶을 발견하고 다시 절망 속을 자맥질하는 바예호의 시세계는 생명이나 원형적 삶을 향한 갈구와 절규로 가득하다.

바예호의 시세계에 맑스주의나 정의, 투쟁 따위의 용어는 오히려 구차스럽다. 그는 우리 모두처럼 슬프고 즐겁고 그리고 행복하고 싶었다. 감옥과 감옥, 전쟁의 소용돌이 속에서 고통으로 엮어간 그의 인생 노정은 45세의 적은 나이로 세상을 하직한다. 세상을 살면서 한번도 이루지 못한, 행복하고 싶었던 그의 작은 소망은 이렇게 메아리친다.

오늘은 정말 기분좋게 행복하고 싶어라……

오늘은 정말 기분좋게 행복하고 싶어진다,
행복하다는 것, 물음으로 가득 찬 세상을 무성하게 이파리로 거느리고 사는,
내 방의 창문을 있는 대로 활짝 열고, 미친 사람처럼, 성질대로,
마침내 나의 육체적 능력을 믿고, 거기에 기대고
어디 누가 나의 이 자연스런 자세에 대해서 시험을 해보고 싶으면 하라고
하고 싶으면 해보라고
단지 소리쳐 청하고 싶은 마음,
청하며, 말하며,
왜 이리 내 영혼에 와닿는 게 이렇게 많냐고 소리치고 싶은……

본질적으로 행복해지고 싶은 마음,
지팡이 없이 일하고, 세속적 겸손이나 검은 당나귀도 없이……
그래서 이 세상의 모든 느낌들
가정법 노래들,
나의 굴속에서 잃어버린 연필,
나의 사랑스런 눈물 기관들이
그대로 행복해지고 싶다.

말 잘 듣는 형제여, 동지여,
위대한 아버지, 죽을 아들,
친구며 투사, 다윈의 광활한 자료:
그럼, 몇시에 내 사진을 가지고 온다지?
즐거움의 사진? 아니면 죽음의 옷을 입은 향락?
더욱 빨리 올까? 누가 알아, 제멋대로?

자비스러운 장소로 가는 거지, 동지여,
버림받고 감시 속에 사는 나의 사람아, 나의
이웃의 커다란 목에는 자연스럽게
나의 희망이 줄도 선도 없이 오르랑내리랑……

제 3 장
라몬 로뻬스 벨라르데
(멕시코, 1888∼1921)

"나그네여, 길은 없다. 걸어가다 보면 길이 생기지." 스페인 시인 안또니오 마차도의 시구다. 이 글이 그렇다. 애초에 로르까를 이야기하고 바예호를 이야기할 때까지도 나의 생각은 우선 그 좋은 시들의 맛을 되새겨보자는 소박한 욕심이 전부였다. 이 산에 노루가 몇마리 있는지, 혹은 한 놈은 샘에서 물을 먹고 있고 또다른 놈은 어느 떠렁밭에서 보리싹을 먹고 있다는 것을 알면 사냥은 재미가 덜하다. 그게 고기 줍기지 어디 사냥인가. 사냥은 산보처럼 허튼 걸음으로 무언가 있을 것 같아 길을 나서는 데서부터 재미를 얻어간다.

사냥하는 것마냥 써가다 보니 이제 이들 시인들도, 나의 글도 가닥이 잡혀감을 본다. 시인들을 선택하는 것은 내 자유지만 그 자유라는 것이 시대와 환경과 명분 속에서 숨을 쉰다. 시나 시인 선택 방법 중에서 가장 도식적인 것이 시대나 출생연도 따위로 칼질하듯 정리하는 방법이다. 그건 재미가 덜하다. 재미 중심의 구분이 아니라 그 아이를 낳은 어머니 중심적 시학이 되기 때문이다. 다음은 비슷한 시풍, 성향으로 정리해가는 방법이다. 글이나 이야기가 한창 맛이 붙었는데 자꾸 딴 이야기로 옮아가면 싱겁다. 그러나 이

방법도 문제는 있다. 낭만주의 이후 독창성이나 개성이 문학에서 중요시되면서 어느 시인도 서로 같으려고 하지를 않는다. 같으면 표절이라나? 하기야 그 '표절'이라는 것도 '저작권법'과 함께 사유재산제도에서 온 개념이니 문학의 맛과는 아무 상관 없는 것들이지만…… 표절이라면 모든 문학작품이 표절이다. 한국말로 쓴 작품은 한국말의 표절이다. 단지 한국말을 누가 만들었는지 몰라서 모든 작품에 대한 표절시비가 잠잠할 뿐이다. 나중에 이완용 재산 찾겠다는 친구처럼 누가 나타나 한국의 모든 문학가에게 소송을 걸면 어떡한다?

이야기가 샛길로 가고 있다. 다시 큰길로 들어서자. 서로 다른 독창적인 작품들을 한데 묶는 데는 평자나 선자의 폭력이 요구된다. 나는 여기서 되도록이면 현학적인 판단이나 기준은 피하려 하는데, 이 또한 정당성을 가져야 한다. 그러나 나는 그 기준을 되도록이면 느슨하게 갖기로 마음먹는다. 지금까지의 시들과 마찬가지로 앞으로 만나볼 시인들의 작품들 역시 오늘 우리 시의 기법과 거의 같거나 전혀 다른 아방가르드 이후의 작품을 중점적으로 다룬다. 오늘 시는 모두 낭만주의와 상징주의에서 나왔지만 같은 상징주의라도 '재수없는 시인'(poetes maudites)풍의 시가 1916년 근방, 1차 대전 전후에서부터 기승을 부린다. 물론 이들 전위문학 시인들은 전통의 계승보다는 그것의 완전한 파괴가 꿈이었다. 1916년부터 1924년 쉬르리얼리즘 선언까지 전위문학의 많은 부분은 문학의 작품 쓰기 그 자체를 부정하기도 해 다다이즘처럼 남아 있는 작품이 거의 없을 정도다. 따라서 없는 작품을 여기서 왈가왈부할 수는 없는 일이다.

로르까나 바예호는 이들 아방가르드 시가 그 무서운 개혁과 함께 작품으로 정착하는 데 성공한 경우이다. 말하자면 전통의 계승과 단절의 틈바구니에서 가까스로 목을 내민 난초꽃이나 무공해 식품이라고나 할까. 로르까와 바예호는 전연 같지 않다. 특히 로르까의 독창성은 스페인 현대시에서조차 그 유례가 없을 정도이다. 그런데 오늘의 시에 이상하리만큼 영향을 끼치지 못했다. 오늘날 로르까를 싫어하는 시인은 없다. 그런 로르까와 비슷한 시풍을 본받은 시인 또한 없다. 그에 비해 바예호는 다르다. 중남미 현대시가 그로부터 시작한다 할 정도로 여파와 영향을 많이 끼친 현대시의 창설자 중 한 사람이다. 이들 두 시인이 일치하는 것은 그 독창성에서 그 이전의 시인들을 완전히 구식으로 보이게 하는 데 성공했기 때문이다. 이런 전통 단절의 증후는 스페인에서보다 중남미에서 더욱 심하다. 스페인 시는 후안 라몬 히메네스(Juan Ramón Jiménez)나 안또니오 마차도 같은 상징주의 아류의 시에서 그런대로 명맥을 유지하고 있지만 중남미 현대시는 루벤 다리오(Rubén Darío)의 시와 완전히 다른 데서 출발한다.

우리의 눈은 이런 현대적 성격의 시의 출발을 중시한다. 상징주의를 벗어날 수는 없지만 시어의 선택이나 주제의 처리에서 완전히 색다른 상징과 이미지의 맛을 일깨워준 시들을 중시한다. 이런 시들은 중남미에 많다. 따라서 지금부터 우리가 나아가야 할 길에는 중남미의 나라 수만큼 많은 그 나라 시인들의 작품과 맞부딪칠 것이다. 우리가 가는 길의 길잡이는 나다. 시와 시인의 선택에는 자연히 나의 개인적인 취향이 작용하리라는 것도 숨길 수 없다. 먼저 멕시코의 라몬 로뻬스 벨라르데(Ramón López Velarde)를 만나보자.

벨라르데는 중남미 현대시를 '가장 확실한 걸음걸이로 정착시킨' 시인으로 평가받는다. 시가 일상의 구체적 체험을 다룬다는 이야기는 바예호에서 많이 나왔다. 바예호보다 시대적으로 선배인 벨라르데는 그 일상을 야단스럽지 않은 친근한 목소리로 구체화한 매력적인 시인이다. 그가 선호하는 테마는 둘이다. 하나는 진한 에로티즘이고 또하나는 멕시코 특유의 시골냄새 나는 소박하고 진솔한 삶의 묘사다. 그의 시의 강점은 기발한 은유다. '기발한 은유'가 뜻하는 것은 일상적 테마를 다루면서도 그것을 보는 시각을 전연 엉뚱한 곳에서 끌어와 우리를 감동시키는 마력이다. 오늘 기발하지 않은 이미지나 메타포는 고리타분하다. 고리타분하지 않으려면 말도 아닌 말을 붙이는 연습이 필요하다. 예를 들어 '시계'라는 말을 생각한다. 그리고 그 말에 도저히 상상으로 접합시킬 수 없는 형용사 하나를 붙여본다. 어디 한번 시도해보시라. 내가 먼저 하라고? 글쎄…… '13의 시계'? 이건 벨라르데식이다. 그의 시에도 「13일」이라는 게 있다. 여하튼 이렇게 재수없이 붙여놓으면 아무래도 이들 '13'과 '시계'는 우리 몰래 대화를 나눈다. 붙여놓으면 어떻든 함께 살아야 하니까 오래 가다 보면 대화가 없을 수 없다. '13'은 정말 재수없다. 시계, 시간 제약 또한 재수없다. 그러다 보면 대화는 화합에 이른다. 시간이 가고 세월이 가면 늘어나는 것은 대머리뿐, 정말 재수없다. 그래서 '13의 시계'는 드디어 시어로서의 시민권을 얻는다.

벨라르데의 기발한 은유와 상징이 신선한 것은 시 소재가 일상이나 쉽게 알 수 있는 현실에 바탕을 두고 있기 때문이다. 땅에 있어야 높이 나는 새를 안다. 비행기를 타고 기러기 높이 나는 것을 보겠는가. 비약된 이미지는 이렇게 항상 땅, 현실, 구체적 상황 설정이 필요하다. 거기에 연상의 비약이 돋보인다. 벨라르데는 항상 쉽고 평이한 상황을 고른다. 그러나 그의 눈은 멀고 깊은 곳에 있다. 그의 시심의 본질은 세속화된 크리스처니즘이다. 영혼 중심적 비전보다는 살냄새가 짙은 고뇌와 희망, 사랑의 터다. 깊은 곳을 떠나 그의 눈이 향하는 곳은 우수와 향수에 가득한 옛날이나 고향 하늘이다. 벨라르데에게 산다는 느낌은 평상심 그대로다. 그것이 깊이와 거리에서 마술적 향기로 느껴온다. 벨라르데는 말한다.

"우리가 아는 것은 단 한 가지, 세상은 요술 같다는 것."

사랑의 살냄새

사랑의 시인이 아닌 시인이 있을까만 벨라르데의 사랑시는 특히 진한 살냄새가 난다. 소설의 에로티즘(구태여 eroticism 이라고 할 필요가 있을까. - tici 는 소리동화가 가장 심하다. 이미 프랑스나 라틴계에서는 그냥 erotisme 이라고도 한다)은 항상 포르노다. 근 대소설은 늘 성 그리기의 양태를 갖는다. 성을 그리거나 쓰면 포르 노다. 성을 살거나 하는 게 인생이다. 소설은 어차피 모든 사건이 나 사물을 이야기화한다. 즉, 남의 일처럼 일화화한다. 그 결과 소설 속의 성은 특별한 상징성을 띠지 않으면 늘 저속한 포르노 취 향이나 야한 장면 맛뵈기로 보여주기, 팔아먹기의 양상을 띤다.

시 속의 에로티즘은 좀 다르다. 시의 화자는 많은 경우 '나'다. 즉 시인 자신이거나 자신의 분신이다. 따라서 시적 메시지 속의 성 은 나의 성이거나 내 사람의 성이다. 같은 쓰기여도 시나 철학 속 의 성이 포르노가 아닌 것은 성을 일화화, 남의 이야기처럼 재미로 하는 버릇이 없기 때문이다. 나의 몸뚱이, 나의 살의 움직임이 남 의 살과 맞부딪는 느낌은 포르노 영화와 다르다. 시 속의 성은 나 의 실제 상황의 양태를 띤다. 그 상황을 재미삼아 보여주는 맛이 없다.

로뻬스 벨라르데의 에로틱한 시는 살과 마음이 하나의 냄새다. 그는 유별나게 오묘한 감각과 느낌을 잘 형상화한다. 그중 가장 많 이 알려진 「나의 사촌누나 아게다」를 보자.

나의 유모는 나의 사촌누나 아게다를 오라고 했다

우리와 하루를 함께 지내자고.
그러면 나의 사촌누나가 오곤 했다
풀을 빳빳하게 먹인 멋쟁이 옷차림에, 무섭게
예의바른 상복의
이상야릇한 모습을 하고.

누나 아게다는 풀먹인 옷자락을 으석이며
나타나곤 했다. 그녀의 그 파란 눈
그녀의 그 볼그레한 두 볼이
그 공포스러운 상복으로부터
나를 감싸주었다.
나는 어려서
동그란 것을 보고 동그라미를 알 정도.
누나 아게다가 그 낭랑한,
복도에서 차분히 앉아 끈질기게
바느질하는 모습이
알 수 없는 야릇한 느낌을 주었다.

(지금 생각엔, 나의 혼잣말 좋아하는
영웅적으로 불건전한 이 습성도
그때 그녀 때문에 배운 것 같다.)

점심 시간이면 식당의 어둠침침한
고요 속에서
그녀 목소리의 다정한 여운과
가끔씩 딸각딸각 접시 부딪는 소리에
문득문득 내 얼굴이 온통 홍당무가 되곤 했다.

　　　누나 아게다는

　(검은 상복, 파란 눈, 그리고 볼그레한
　두 볼) 해묵은 흑단 장롱 위
　사과와 포도송이를 가득 담은
　다채색 바구니였다.

　마지막 연에 다다르기까지 이어지는 전연 시 같지도 않은 평범한 말투의 숨겨진 마력은 어디서 오는 것일까. 이것이 바로 여운의 묘다. 박목월을 비롯한 몇몇 시인들이 그토록 좋아하던 여운의 맛은 이 시에는 진한 살냄새로 채색되어 있다. 내용으로 볼 때 검은 상복과 청상과부스러운 파란 눈, 볼그레한 두 볼의 매력은 죽음과 생명성의 대조를 극대화시킨다. 누나 아게다에게서 느낀 갓 사춘기 소년의 묘한 기분은 그 이상야릇하고 알 수 없는 느낌만큼 시의 행간에 묻혀 잘 보이질 않는다.
　어린아이에게 죽음이나 귀신은 제일 무섭다. 그런 그녀의 파란 눈, 빨간 두 볼이 그 무서움을 덜어주었으리라. 그때 느낀 소년의 '너무 예쁘다'는 감정은 끝내 숨겨져 있다. 심지어 만져보고 싶다, 껴안아주고 싶다의 느낌도 "영웅적으로 불건전한 혼잣말"로 끝난다. 사춘기 소년의 에로티즘의 극치는 식당에서 벌어진다. 넋잃은 듯 그녀를 훔쳐보는 소년의 눈길에, '어서 먹어' 하는 다정한 누나의 목소리는 털썩 주저앉아 울고 싶을 정도로 사랑스러웠으리라. 그때 쨍그랑, 혹은 딸각딸각 하는 접시 부딪는 소리…… 마치 내 속마음을 들키기라도 한 듯 얼굴이 붉어질밖에.
　마지막 연은 간단한 은유 처리다. 은유이면서 아게다의 검은 상복, 파란 눈, 볼그레한 두 볼이 수학처럼 정확하게 해묵은 흑단 장롱, 파란 포도알, 빨간 사과로 병치되고 있다. 그러나 시어는 수학이 아니다. 여기서 꼭 파란 눈이 파란 포도알일 필요는 없다. 일단 비슷한 유사성이 감지되면 그 다음은 상상의 자유다. 빨간 포도송이가 되어 빨간 볼이 될 수도 있고 그것이 검은 상복에 반추되어 오히려 터질 듯 까맣게 익은 포도알의 선정성일 수 있다. 그러나 사과와 포도와 그 터질 듯한 생명성, 선정성, 현재성이 "해묵은 흑단 장롱"의 죽음, 예식, 영원성과 맞부딪치면서 자아내는 대조의 시학이 무서운 마력으로 우리를 사로잡는다.

벨라르데는 르네쌍스 이후 그토록 많은 여성미의 칭송의 전통을 이어받는다. 파란 눈과 황금빛 머리카락, 하얀 목…… 그러나 보통 이런 시들이 플라토닉 러브를 밑바탕으로 한 이상화에 급급한 것과는 달리 벨라르데에서는 모든 여자가 좀더 일상화·육체화·감각화되어 있다. 또한 이 모두가 젊음과 생명성에 가득 찬 아름다움인만큼 늘 죽음의 이미지의 바탕 위에서 더욱 생기를 더하는 것도 사실이다.

젖은 땅

액체의 하오, 젖은 땅
빗소리가 소곤대는 하오
지붕 위에 떨어지는 낙숫물 소리에
더욱 처량하게 부드러워지는 처녀들……
냄새의 하오, 젖은 땅
사람 싫은 마음이 대기의 선정스러운
고독을 타고 타고 올라가, 마침내 고독 속에서
노아의 홍수 위 그 마지막 비둘기와
오롯이 결혼하고픈 하오;
진흙더미 같은 구름 사이로 계속
번개야 두들겨대건 말건……

농부의 복장을 한 비에 젖은 하오,

그런 하오에 나는 비로소 내가 흙으로 빚어졌음을 안다.
반쯤 어두운 빛의 주도하에
여름의 눈물 바다 속에서
영혼 또한 십자가에 박힌 못들 위에
물이 되어 흘러내리니까……

전화마다 우리가 잘 아는
타락한 물의 요정들을 찾는 하오,
욕탕에서 바로 연애로 뛰쳐나는 여자들,
유령 같은 머리칼을 침상 위에 흐트러뜨리고
승리를 장담하듯 협잡을 꾸미며
물기 젖은 안타까운 단음절을 더듬어대는 여자들
이슬비는 유리창을 물어뜯는데……

침대와 목간통이 있는
바다 밑 침실 같은 하오;
노처녀가 꺼져가는 자기 집 화로 앞에서
폭삭 늙어가는 하오
아직 어느 멋쟁이가 불씨 좀 가져다 주길 기다리며……
천사들도 못자리에 곧은 이랑을 치러
내려오는 하오;
부활제 촛불과 기도의 하오;
한 두름 소낙비처럼
냉감증 걸린 처녀 하나하나를 적당한 불씨로
훨훨 태워주고 싶은 하오;
모든 생각이 녹슬어
그냥 미사 돕는 하얀 소년이나
조금은 칼 찬 물고기
조금은 그냥 성자 농부가 되고 싶은 하오.

우리말로 옮기기가 여간 팍팍하지 않다. 원시는 너무 명확하고 에로틱한데 막상 우리말로 맛을 들이려니 어렵다. 젖은 땅, 젖은 성기가 모두 생명을 탄생하는 갈구다. 질척질척 끊임없이 비가 오는 날은 노처녀들의 마음 또한 더욱 후줄근해지리라. 지붕 위에 토닥거리는 빗소리에 처녀의 마음은 더욱 임이 그리울 수 있다. 고독에 온몸이 뒤틀리는 방을 훌쩍 벗어나 노아의 홍수에서 비둘기를 만나듯 진한 사랑을 나누고 싶은 욕망도 거짓말이 아니다.

"액체의 하오"라는 번역은 어색하지만 '비 내리는 오후'보다는 생소한 대로 덜 설명적이다. "냄새의 하오"도 사실 비가 오면 모든 냄새가 더욱 짙게 코를 엄습한다는 느낌의 말이다. 또한 우리의 5각 중에서 냄새가 가장 선정적이다. 짐승이 암내를 피운다는 말도 냄새에서 나온 표현이다. 우리 땅에도 봄이 오고 비가 내리면 다들 밭을 갈고 씨를 뿌릴 준비를 한다. 농부가 땅을 가는 것은 성행위와 같다. 빠블로 네루다는 이 비슷한 시기의 시집에서 여성의 육체를 땅으로, 남자의 성행위를 땅을 파고 씨를 뿌리는 이미지로 그린 일이 있다. 비슷한 연상이면 이 시가 갖는 농부의 상징성을 이해할 수 있으리라.

벨라르데 자신이 가톨릭 신자이었던만큼 성서적 이미지가 많다. 사람의 몸은 흙으로 만들었다. 불완전한 육체다. 그 죄를 사하기 위해 예수는 십자가에 못박혀 죽었다. 비가 오면 나의 영혼은 그 죄를 느끼며 눈물을 흘린다. 흙에 비가 오는 것 혹은 성행위의 욕구는 어쩌면 원죄의 아픔을 뼈로 경험하는 진솔한 신앙의 씨앗인지도 모른다. 하느님만 부르짖는 종교성은 민초나 땅과 융화를 꾀하지 않을 때 부질없다. 그래서 천사도 땅을 갈러 내려온다. 창녀의 선정적 성행위 장면은 진한 대로 시취가 있다. 전화가 창녀를 찾는다는 환유 또한 재미있지 않은가. 특히 "물기 젖은 안타까운 단음절” 같은 표현은 벨라르데 특유의 성공한 은유다.

　마지막 구절들은 가톨릭 전통 속에서는 매우 뜻이 현묘한 좋은 표현들인데 우리말로 옮기면 맛이 잘 안 난다. 특히 “칼 찬 물고기”라고 번역한 말은 사전대로면 ‘갈치’가 될 것이다. 갈치라는 말이 스페인어로는 ‘pez espada’ 즉 ‘칼 - 물고기’다. 칼은 남성 성기를 연상시킨다. 물고기는 성이나 여성성이다. 그래서 충분히 말 그대로 에로틱하다. 마지막에 ‘성자 농부’라고 번역한 시구는 원시에서는 ‘성자 농부 성 이시드로’라고 구체적으로 표현되어 있지만 우리 모두가 멕시꼬 사람이 아니고 가톨릭이 아닌 바에야 이시드로를 알겠는가. 다만 하늘과 땅, 육체와 영혼을 하나로 가꾸는 세속적 신앙성이 이해된다면 족하다.

　모든 육체적 사랑, 육체에 대한 갈구가 그렇듯이 시간은 가장 무서운 폭군이다. 벨라르데의 많은 사랑의 시들은 살냄새가 짙은 만큼 살 썩는 냄새가 훨씬 비극적이다. 살은 늙고 병들게 되어 있다. 그러나 나는 나의 살과 너의 살의 대화의 열락을 포기할 순 없다. 스페인 실존철학자 미겔 데 우나무노(Miguel de Unamuno)는 종교의 영생 문제에 대해서 고뇌한다. 내가 원하는 영원한 삶은 나의 뼈와 살을 함께하는 나라는 개성의 영원한 삶이다. 내 몸 중에서도 어디 있는지도 모르는 나의 영혼만을 오롯이 영생시켜준다 하기로 오래오래 죽지 않고 살고 싶은 지금 이 마음을 어떻게 충족시켜줄 수 있을 것인가. 나도 모르는 나의 영혼이라는 것이 나라는 이름으로 영속한다는 것은 나의 글이 내 죽은 뒤 불멸의 혼으로 후세에 살아 있으리라는 희망처럼 좋다가도 별로인 소망이다. 차라리 영생 불로초를 먹고 이대로 오래 사는 것보다 영 안 좋다. 나는 차라리 너의 육체의 환희 속에서 깨달음의 황홀을 기린다.

진홍빛 반점

나는 몇날이고 몇날이고 너를 바라보지 않는
가장 값진 형벌을 나에게 부과한다,
내가 마침내 너를 보는 날 나의 두 눈이
너의 원형 속에 빠져들도록
마치 열정과 멜로디의 진홍빛
항만에 빠져든 조난자처럼.

월요일이 가고 화요일, 수요일…… 나는 너의
일식을 아파한다, 오 태양 같은 여인아; 하나
나의 싸움 속에 너를 보고픈 열망은
하나의 예언처럼 길어져서 서서히
베일처럼 걷힌다, 꿀처럼 정화되고
보석의 내장처럼 순수해진다;
폐허의 수도원의 사랑의 감방
열쇠처럼 다듬어진다.

너는 너를 피하는
이 고아한 행복을 안다, 너를 피하며
훔치듯 너를 사랑하는 도둑스러운
열락, 어둠 밖에서 어둠을 넘어서
너를 모시고 사랑하는, 일주일에 한번쯤
은둔처를 내려가, 사기에 가까운 한 순간에
너의 황홀의 진홍빛 반점 앞에
눈동자를 내비치는 이 즐거움.

사랑의 숲에서 나는 밀렵꾼;
잠들어 찜찜하게 우거진 나무 이파리들 사이에 숨어

너를 기다린다, 휘황찬란한 새 한 마리를 기다리듯;
숲속을 헤매며 돌아다니다 나는
나의 고적한 은거에
가장 찬연한 깃털 하나를 가져온다;
너를 본 황홀의 진홍빛 날개 하나.

벨라르데의 삶 또한 죽음 너머 종교적 영생보다는 삶 그대로의 향기와 신비에 더욱 큰 기대를 건다. 그는 「개미들」이라는 작품에서 핏줄 속에 꿈틀거리는 욕망의 몸짓들을 노래한다. 16세기 신비주의 시인들처럼 '임'을 대문자로 신성화하고 이렇게 외친다. "나의 개미들이 탈영하기 전, /임아/너의 입술의 길을 가도록 내버려다오 … 너의 입술들이 죽기 전, 나의 장례식에는/묘지의 결정적인 문지방에/너의 입술을 향으로 빵으로 독으로 약으로 놓아다오." 육체의 삶을 사는 고뇌와 열락, 희망이 가장 잘 나타나 있는 또하나의 작품이 「물기 젖은 어둠 속에서」이다.

날카로운 가시가 달린 어두운 날개 속에서
너는 내게 고통, 열락을 함께 주고 있다:
부드러운 가슴에서 나온 얼음 같은 냉기 같은 거
처녀의 침상의 차가운 고독과
따스한 위안이 뒤엉킨 혼돈 같은 거.

여기 말없는 도시의 형언할 수 없는 어둠 속에서
너는 하나의 등불, 나의 욕망의 어두운
목줄기 앞에서; 여기 비에 젖은 물기 많은
어둠을 넘어 너의 순수는 빛난다, 갓 씻은
무명천처럼 너에게는 순박함이 냄새로 남아 있다;
여기 어두운 그늘 속에서 너는 어느 착한 신부의

눈물의 손수건을 물 적시고 있다.

나는 짙은 어둠 속에 숨어 너를 위해
이 글들을 생각한다, 이 시구들의 숨겨진 운율은
곧 너도 알아차리게 되겠지
이 글들은 너에게 어떤 낯선 전율을 전하는
편지나 밤의 꽃이파리 같은 것들;
나는 물기 젖은 어둠 속에 몸을 의지하고
너에게 이 깨어질 듯 줄지어 나오는 음절들을
보낸다, 눈뜬 너의 에스프리의 문턱에
신비의 바람결 같은 구절들을.

너의 모든 것이 하나의 성에처럼 내 위에
녹아내린다. 그리고 그 투명한 은하수가
시간을 넘어 이어간다; 그리고 너의 먼 말소리가
내 속에서 들린다, 어지럽게 흩어진 방에
시간 시간 시간을 알리는 부서진 시계의
끈질긴 망령처럼……

뼈를 태워 불사르는 진솔성

벨라르데는 말한다. "내 시의 말 한마디, 음절 하나도 내 뼈를 태워 나오지 않는 소리는 추방하려고 애를 쓴다." 그의 시의 또 한 면은 그만큼 진솔한 인생에 대한 사랑과 고뇌, 신앙심으로 가득 차 있다. 인생의 깊은 체험에서 울려나오는 내면의 성찰이 그의 후기 시의 주조를 이룬다. 그의 목소리는 시골 농부처럼 소박하고 진실하다. 비록 그 목소리가 벼리어지는 내부는 어려운 신학과 철학,

은유로 가득하지만.

벨라르데의 크리스처니즘은 세속적 미신까지를 마다 않는 우주적 실체에 대한 범종교적 큰 믿음의 바탕을 가지고 있다. 그의 시 「13일」은 이렇게 끝난다. "미신이여, 영원한 순간의 빛나는 현기증을/나를 위해 지켜다오/그 순간 그 검은 복장이/하늘도 몰랐던 광휘를 삼켜버리던 날/그 순간 그 우중충한 치마가/전율에 떠는 그 울음의 하늘로 날아가던 꼬리별 그림자이었던 날…" 생명을 불사르며 벼리어가는 인생행로에서 저 세상에 대한 기대로서의 기도보다 이 삶의 밑바닥으로부터 끌어올리는 믿음의 갈구 이상 절실한 것이 어디 있으랴. 벨라르데의 신앙심은 그래서 가장 인간적이다.

나의 마음은 어둠 속에서 빛으로 벼리어집니다

나의 마음은 어둠 속에서 성실하게 빛으로 벼리어집니다.
불로 만든 혀, 내 마음을 대낮에 꺼내어 보여드리고 싶습니다,
가장 낮은 연옥에서 꺼낸 한 줄기 빛살처럼.
그 빛 속이 감옥 속에서 싸우는 소리를 들으면
나는 꺼져가듯 회한의 정 속에 빠져듭니다,
품속에서 눈먼 아이의 맥박소리를 느끼는 지아비의 가슴처럼.

나의 마음은 어둠 속에서 성실하게 빛으로 벼리어집니다.
쾌락, 사랑, 고통…… 이 모든 것은
이내 마음에 대한 모독이지요. 그 잔인한 숫자의 경주는
목마른 해일과 영원한 파도의 원동력이 됩니다.

나의 마음은 어둠 속에서 성실하게 빛으로 벼리어집니다.
대승정의 법모며 해방의 출구…… 나는 그 모자를 벗어들고
전리품처럼 한낮의 빛을 쪼이러 나가겠습니다.

여명의 어깨에 드리운 보랏빛 두루마기,
석양의 검붉은 휘장,
천체의 별들, 그리고 여인들의 즐거움의 면적.

나의 마음은 어둠 속에서 성실하게 빛으로 벼리어집니다.
우뚝 솟은 산봉우리로부터 피투성이 원반을 던지듯
태양 불덩이를 향해 던지겠습니다.
나는 그렇게 나의 혹독한 권태의 암을 제거하겠습니다.
동서를 가나 나는 냉담할 것입니다.
부조리한 문화의 온갖 부조리에 대해서도
나는 부패한 미소로 일관할 것입니다.
이윽고 내 가슴속에 천체의 불의 교향악에서 흘러나온
불씨 하나 타오르리.

  한용운의 시에서 느끼는 진솔함이 행간에 묻어 있다. 다만 이 시
들이 「님의 침묵」의 말소리보다 우리에게 생소하고 어려운 것은
우리 시와 서양 시의 언어 전통의 차이에서 온다. 우리말, 우리 글
은 관념적 언어에 인색하다. 우리 한글문학의 전통은 여성의 입과
손에서 나왔다. 세종의 「용비어천가」나 비슷한 아류의 교훈시를
제외하고는 글자 그대로 내방문학의 손에서 명맥을 유지해왔던 것
이다. 개화 이후 신시를 시작하며 한글문학을 정립할 때 유일하게
전통으로 받아들일 수 있는 문학은 한시를 전통으로 여기던 선비들
이 심심풀이로 쓴 시조나 가사 몇몇을 제외하고는 기녀나 아녀자의
입과 입으로 전해진 민요가 뿌리를 이룬다. 사실 우리 신시의 시초
가 된 낭만주의적 감성을 담을 만한 우리말 문학은 민요체밖에 없
었다. 교훈적이거나 현학적인 식자들의 문체는 맛이 없었다. 김안
서나 소월이 민요체를 가다듬어 신시를 개척한 것이 좋은 예다. 따
라서 오늘 우리 문학, 특히 시를 쓰는 데 자본으로 가지고 있는 언

어는 여자 입, 여자 손에서 이어져온 것들이다. 보드랍고 말랑말랑한 우리의 시어는 신경이 예민하고 감성에 약하다. 그 언어로 생각을 담으려면 여간 어려운 게 아니다. 심지어 남자 중의 남자였던 한용운의 "님은 갔습니다…"도 조금만 방심하면 「알 수 없어요」 같은 여자소리로 귀결된다.

로뻬스 벨라르데의 시어는 스페인 황금기 고전문학에서 닦인 식자적 문학어들이어서 우리 입에는 딱딱하고 관념적이다. 더군다나 가톨릭 전통에서 비롯된 그들의 생활어가 우리 귀에 쉽게 와닿을 리 없다. 그럼에도 불구하고 그의 목소리에는 어딘가 내부의 고뇌와 희망을 나름대로 은유를 통해 표출해내는 힘이 있다. 그러나 같은 종교적 감정임에도 때로 그의 목소리는 더욱 소박하고 낮아진다. 그의 고향에 대한 향수는 우리 마음에 촉촉이 와닿는다. 멕시꼬 내란으로 전쟁의 폐허가 된 마을에 돌아온 시인의 심정을 헤아려보자.

저주받은 귀향

고향에는 돌아가지 않는 게 좋다,
폭탄의 살육의 함성 속에
입다문, 거꾸로 선 에덴동산.

팔 잘려나간 물푸레나무들
그 무성한 이파리로 으쓱대던 양반들까지
잎 사이 바람소리 속 숭숭 총구멍이 뚫린
첨탑의 신음소리를 반추한다.

유령 같은 마을의
벽이란 벽은 모두 그 횟가루 표면에

쏘아대는 총알 총알이 검고 불길한 지도를 그려놓았다,
어느 저주의 석양에 방탕한 자식이 돌아와 그 문턱에 들어설 때
그 희미한 석유등불에 비친
깨어진 희망을 샅샅이 읽어보도록.

녹슬어 이끼 낀 열쇠가
삐걱이는 자물통을 비틀 때
대문간의 해묵은 문간방에서
두 개의 예의바른 석고 문장이
마약에 취한 두 눈동자를 휘돌리며
마주보고 혼잣말하리라: "이게 무슨 꼴이람?"

발 닿는 대로 불길한 예감이 드는
마당으로 들어서면
생각에 잠긴 우물가 가죽 두레박 하나
통곡의 노랫소리 같은
제한된 물방울을 똑똑거린다.

여느 때처럼 늘 즐겁고 기분좋은 무정한 햇살에
나의 고질적인 꿈을 씻기어주던
기도소리 같은 샘물이 끓어오른다.
개미떼가 열을 내고
지붕에서 비둘기의 목울음소리
쉬지 않고 골골대면
그 소리 거미줄 사이로 울려 울려퍼진다.
나의 사랑의 목마름은
무덤 속 관에 박힌
무쇠손잡이.

새로 온 제비들이
그 부지런한 새 부리로
철 이른 보금자리를 다시 짓고
수도원의 석양 같은
불멸의 다채색 노을 아래
금지된 풍성한 땅으로
갓 태어난 송아지떼의 울음소리가
되새김질하듯 은은하게 울려퍼지면
아이들이 겁을 먹는,
목소릴 새로 가다듬은 종각의 종소리,
새로 단장한 제단들,
쌍쌍이 짝지어 걸어가는
사랑스런 사랑 행진,
소담한 배추 같은 소박하고
신선한 아가씨들의 연애놀이,
연극 같은 가로등 불빛에
뒷문으로 손을 건네는 연인들,
피아노 앞에서
어느 옛날 노래를
노래하는 어떤 아가씨,
호루라기를 부는 전경……

　　설명이 필요 없다. 전쟁으로 폐허가 된 마을의 정경이다. 안또니오 마차도는 좋은 시에 무슨 비유, 은유가 필요하냐고 자문한다. 나의 사랑, 나의 숨결로 부른 모든 이름은 시어가 된다고 믿는다. 벨라르데의 이 시는 산문적 묘사에 가까운 고향 마을의 풍경, 정스러운 모습들이 메아리친다. 더이상 시화할 필요 없는 그대로 바로 시인 가슴속의 정경이다. 벨라르데의 꾸밈없는 진솔성은 감동적이다. 그의 고향에 대한 향수와 감각은 너무나 멕시코적이어서 우리스럽다. 그의 「겸손하게」라는 작품도 "마침내 나의 종말의 피로가 덮치면/속담 속의 황새처럼 내 고향으로 가리라/고향 마을 광장, 장미꽃 사이/아이들의 굴렁쇠와/아낙네들의 비단 숄 자락에/무릎을 꿇고 엎드리리라."로 시작되는 애향의 노래다. "줄이 끊어진 회전목마처럼/시가지가 갑자기 움직임을 그만두는 날" 그는 고향에 있고 싶다. 그의 마지막 기도의 목소리는 겸손과 진솔의 극치다.

　　모든 것이 무릎을 꿇습니다
　　먼지 속에 이마를 묻고.
　　나의 인생은 열기에 사는
　　하나의 들장미, 그 꽃가지 하나
　　그대의 바퀴 밑에 죽기를 기다려
　　다소곳이 고개숙이나니.

제 4 장
올리베리오 히론도
(아르헨띠나, 1891~1967)

1920년대 시 개혁의 기수로서 보르헤스와 함께 올리베리오 히론도(Oliverio Girondo)처럼 쟁쟁했던 시인도 없다. 시지 『마르띤 삐에로』를 통해 열심히 아방가르드 시운동을 주도했던 히론도. 그의 작품에도 다른 중남미 전위시인들과 비슷한 일상적 언어의 시화 작업이 두드러진다.

지금까지 이야기한 바예호나 벨라르데, 히론도가 일치하는 것은 한마디로 새로운 시어 개척 작업이다. 소재에서 공주나 왕궁, 구름과 달, 자연을 벗어난 것은 물론 언어에서까지 일상어나 속어가 큰 자리를 차지한다. 시인은 이제 고고한 꿈의 왕좌에서 내려온다. 일상과 문명 속에 몸담고 직접 피부에 와닿는 삶의 무늬와 냄새를 말한다. 그러기 위해서 가장 시급한 것은 그런 내용을 담을 그릇, 즉 새로운 시어였다.

이미 데까당으로부터 충분히 교육을 받은 이들은 이제 예쁘고 아름다운 세계보다는 역설과 아이러니, 고뇌에 가득 찬 현실을 선호한다. 구태여 쓸모없는 것, 비윤리적인 것이 아름답다는 심미주의보다는 언어의 마술을 통한 새로운 비전의 창조, 무의미에 가까운 의미 창출에 신경을 모은다. 올리베리오 히론도는 스페인 무의미

메타포의 선구자 라몬 고메스 데 라 세르나(Ramón Gómez de la Serna)로부터 유익한 영향을 받았다. 고메스 데 라 세르나는 '그레게리아'라는 희화적 메타포를 주축으로 하는 문학 장르를 만들었다. 그것은 아방가르드 문학의 한 성격인 무의미(intranscendental)성이다. 일상 사물들의 부르짖음을 쓴다는 그레게리아의 시학은 '메타포＋유머'이다. 전위문학의 무의미성은 흔히 유머를 통해 발산된다. 웃음은 뜻을 해체한다. 고메스 데 라 세르나는 일상 사물의 순간적 인상의 포착 속에서 뜻없는 메타포와 해학을 발견한다. 그리고 티없이 웃는다. 예를 들면, "아코디언을 켜는 악사는 쓰러져내리는 책더미를 부지런히 주워올린다."라든지 "커피숍에 있는 재미는 뭐든지 청할 수 있다는 자유다, 비록 한잔밖에는 안 청하지만……" 따위다. 의미가 있을 듯 의미가 잡히지 않는 웃어넘기기 놀이. 세르나는 그레게리아를 산문이라고 고집했지만 이것은 사실 이 시대 시인들의 시어 연습에 커다란 영향을 미쳤다. 아르헨티나에서는 히론도가 그 영향을 받은 대표적인 경우이다.

 히론도는 산문시와 소설에까지 손을 댔다. 그러나 그의 시는 기발한 이미지·말장난·말소리 속에 깊게 자리잡은 문명 비판적 비극성이 있다. 히론도처럼 시를 일상인들의 손에 돌려주려고 노력한 시인도 없다. 그것은 그의 시집 제목부터 그렇다. 1922년 『지하철에서 읽기 위한 스무 편의 시』, 1925년 『그림 딱지들』, 1932년 『우리 모두가 앞에 선 허수아비들』 등. 그의 시 중에는 고메스 데 라 세르나의 시처럼 당시의 유행이나 영화, 그 시대의 사람들에게 익숙한 사건·장면 들을 소재로 한 소품들이 많다. '우밀리따스'(humilitas), 즉 사소하고 소박한 일상을 그리는 그의 독특한 시 장르에 속하는 시들은 번역해도 대부분 맛이 없다. 또한 소리의 유사성에서 비롯된 다의미놀음도 우리말로 옮기는 것이 불가능하다. 시가 꼭 번역될 수 있는 시, 세계적인 시가 좋은 시라는 법칙은 없다. 이것이 이 글의 한계다.

　히론도의 시는 현대 시학의 교과서다. 현대시의 특징은 자연스러운 이미지, 아리스토텔레스로부터 이어받은 '문학은 자연의 모방'이라는 개념이 완전히 부서지는 것에 있다. 말라르메 (Stéphane Mallarmé) 로부터 문학은 말 중심이다. 말라르메로부터 '세상은 하나의 책 속에 들어가기 위해 존재한다'. 책 혹은 시가 자연을 모방하는 게 아니라 자연이 질서와 의미를 갖추고 책 속의 실체가 되기를 바란다. 자연은 법칙이 없는 우연인 데가 있다. 우리는 자연 속에서 이치를 찾는다. 그리고 책을 쓴다. 자연은 책을 위한 자료다.

　시나 시어는 자연을 모방하고 명명하는 것이 아니라 수학이나 대수처럼 추상적 숫자의 놀이로 빚어가는 고급 미학이다. 1＋1＝2라고 하는 게 고급이지, 사과 하나에 사과 하나를 더하면 둘이야 하는 따위는 이미 유치하다. 현대 시어는 말놀이 속에서 추상에 가까운 미학을 추구한다. 꼭 풀피리가 아니어도 놋쇠로 만든 나팔소리도 아름답다. 현대 시학은 자연을 떠난 말, 목소리를 떠난 기악 연주의 아름다움을 배운다. 뒤에 신바로끄주의라고 명명한 1920년대 이후 오늘날까지의 시학은 전위시로 본격화된다.

　올리베리오 히론도는 아방가르드의 모든 시풍을 실험한다. 미래주의로부터 초현실주의까지. 초현실주의는 '자동필기법'이라는 시학을 가진 데서 일반 아방가르드와는 구별되지만 언어 실험의 자유가 극대화된 점에서는 아방가르드, 특히 다다이즘의 연장이다. 시 내용의 형태도 유머, 아이러니, 분노와 회의 등 다양한 현대인의 고독을 반영한다. 수사법은 전통의 냄새가 안 나는 것이면 전부 히론도의 것이다. 히론도의 시어 실험은 중남미 시어의 신경지를 개척한 것이다. 다른 전위시인들도 비슷하지만 히론도는 특히 언어의 마술사라는 칭호를 얻는다. 그러나 장난에 가까운 말놀이의 밑

바닥에는 깊은 인간애와 문명으로 사멸되어가는 원초적 생명성의
아름다움에 대한 고발이 있음을 느끼게 한다.

문명적 이미지와 자연 이미지의 병치

시어는 항상 '일컫는 것'과 '일컬어지는 것'의 관계가 일상 언어
같지 않다. 이것이 1916년쯤에 일어난 러시아 형식주의가 밝혀낸
비밀이다. 문학어는 일상어에 비해 '낯설게 하기'(singularization)
의 표현을 쓴다. 빅또르 슈끌로프스끼(V. Shklovskii)는 「행위로서
의 예술」("El arte como procedimiento", *en Formalismo y Vanguar-*
dia, Madrid 1970, 83~108면)에서 똘스또이의 소설을 예로 들면서
말의 눈을 통해 본 지주에 대한 이야기가 낯설고 새로워서 문학성
이 있다고 말한다. 말은 자기 주인이 참 이상하다고 생각한다. 곳
곳에 땅이 많은데 주인은 일년 내내 한번도 가보지 않는다. 그래도
주인은 항상 '내 땅' '내 토지'라고 부른다. 가까이하는 여자도 상
당히 많은데 날마다 데리고 자는 것은 아니다. 그래도 주인은 '내
아내' '내 애인' '내 여자'라고 부른다. 그래서 말은 사람이라는 종
자가 '내 것'이라고 부르기를 좋아하는 이상한 동물인 것을 안다.
슈끌로프스끼는 똘스또이가 같은 사실이라도 이렇게 제시하는 방
법이 문학성을 산출시켰으며 이것이 '낯설게 하기'라고 설명한다.

일상 언어에서는 꽃가게에 가서 '장미 한 송이 줘요!' 하면 그냥
장미를 주지만, 문학어에서는 '당신에게 장미냄새가 나네요' 할 때
장미꽃을 꽂고 있다거나 장미화원에서 갓 나온 것을 의미하지 않는
다는 것은 상식이다. 즉 시어의 의미가 사전적이거나 예사스럽지
않다('낯설다')는 것이 기본 성격이다. 이런 상징과는 달리 은유는
이어지는 말과 말 사이가 '말도 안 되는' 낯설게 하기를 주무기로

하는 것이 현대시다. 이 낯설게 하기의 정도가 난센스나 무의미에 가까울수록 전위예술은 더욱 멋있어한다. 히론도는 이런 기발한 은유의 천재다.

요즘은 많이 일반화되어 있는 시법이지만 그 시대만 해도 보통 쉽게 연상되지 않는 일상 문명적 이미지와 자연의 이미지를 병치시키는 기법이었다. 시어는 항상 가까이 있는 언어와는 숨겨진 유사성의 끄나풀로 이해된다. '달은 시계다'라고 하지 않아도 '달'이라는 말과 '시계'라는 말이 가까이 놓여 있으면 독자는 우선 두 말이 같은 맥락, 같은 숨겨진 이미지나 의미로 쓰이지 않았나 생각한다. 꼭 '처럼'이나 '같은' 따위의 논리적 연계가 없어도 상관없다. 시는 어차피 숨겨진 유사성으로 연계된 동의어의 광장이다. 히론도가 많이 쓴 전통 파괴적 수사 중 가장 자주 사용하는 기법은 미래주의 이전까지 가장 비시적(非詩的)으로 생각되었던 '비행기'나 '시계', 기타 스포츠 용어 같은 생경한 말을 '달'이나 '나무' 같은 자연, 냄새 나는 이미지와 압축시키는 기법이다. 히론도는 '똥통' '오줌통' 같은 추한 시어도 서슴지 않는다.

또하나의 야상곡

달은 공공건물 위 반짝이는 시계판 같다.
가로등은 황달병을 앓는다! 가로등은 아파치 모자를 쓰고 길모퉁이에서 담배를 피운다!

노래에 지친 오줌통들의 굴욕스러운 초라한 노랫소리! 젖은 아스팔트 위에 뒹구는 별들의 침묵!

어찌하여 우리는 때때로 방구석에 내동댕이쳐진 스타킹짝 같은 슬픔을 느끼는가?

어찌하여 우리는 때때로 벽을 향한 공치기 같은, 우리 발자국소리가 벽에 부딪혀 되돌아오는 메아리를 가슴 깊이 새기는가?

길을 가다 문득 나무 그늘에 죽은 듯 몸을 감추는 밤들이 있다. 집들이 갑자기 눈을 번쩍 뜨고 우리가 지나가는 것을 노려보기라도 할까 무서워서. 그런 밤에 유일한 위안은 그래도 집에 가면 침대 하나 우리를 기다리고 있다는 안도감, 더 좋은 나라를 향하여 돛을 높이 올리고……

여운이 강한 시다. 달과 별과 나무가 있지만 무대는 도시다. 자연은 도시의 살벌한 예각 속에서 주인공이 되지 못한다. 우리 또한 몸을 나무 그늘에 숨기고 산다. 여기에서 왜 시인은 '나무 그늘', 생명이 그늘진 곳에 몸을 숨기고 죽은 척할까. 왜 우리의 집들이 갑자기 눈을 뜨고 괴물처럼 우리를 노려볼까, 무섭다고 할까. 이것이 우리의 집들이 아니고 공공건물이라면 지금까지의 문명 비판적 시각에서 이상할 게 없다. 그러나 괴물처럼 눈을 뜰까 두려운 것은 오히려 우리의 집이다. 여기서 '집들'은 우리 문명인의 내부에 숨겨두고 억누르며 살던 행복과 안식에 대한 꿈이다.

우리는 문명 속에서 늘 조금은 피로하고 늘 조금은 억울하다. "방구석에 내동댕이쳐진 스타킹짝"처럼 슬프고 초라해진다. 원초적 생명성과 자연의 품속에 안주하고 싶었던 행복의 소망이 우리 스스로의 노력으로 일구어낸 문명에 의해 오히려 죽어가고 있다. 벽을 향하여 치는 공놀이처럼 우리가 위의 행복을 위해 발전시킨 문명은 이제 오히려 우리를 학대하는 괴물이 되었다. 우리의 집이 괴물이 되듯.

"더 좋은 나라"는 꿈의 나라다. "가로등은 황달병을 앓는다"라는 표현이 좋다. 노란 가로등 불빛이 보이고 문명 속에 생명을 잃어가는 길잡이의 운명이 처량하다. 길모퉁이에서 담배를 피우는 아파치의 모습에 비유한 가로등 이미지도 그럴듯하다. 자연인, 원시인은 없다. 있다면 배우이고 연극이고 허상이다. 히론도가 말놀이, 이미지 놀이의 노름꾼으로 전락하지 않고 깊은 인간적 고뇌와 내성의 눈을 자극하는 것은 그의 시인으로서의 높은 자질 때문이다.

자연의 이미지와 문명적 착상을 압착시키는 작업은 다음 짧은 시에서도 잘 나타난다.

우밀리따스

정원지기들이 나뭇잎들을 광채나게 닦아놓은 정원들. 그런 정원을 지나갈 때 우리는 나무 이파리에 우리 모습을 비춰보고 넥타이를 바로 맨다. 온 숲에 가득한 비너스상들의 벌거벗은 모습 앞에서 우리는 박하꽃 한 가지를 선물로 받는다.

뜻이 통하게 번역을 하다 보니 시취가 많이 죽었다. 예를 들어 "나무 이파리에 우리 모습을 비춰보고"는 내가 일부러 끼워넣은 말이다. 어떻든 우리는 이런 스타일의 서양 정원을 많이 본다. 양복을 입고 넥타이를 매고 지나가기가 쑥스러우리만큼 자연하다. 그래서 문화와 자연이 비너스상의 모습처럼 하나가 되는 이상향을 꿈꾼다.

그의 『나날의 설득』이라는 시집에 나오는 다음 시도 작은 대로 감동적이다. 야단스럽지 않은 언어로 쉽게 읽히는 작품이지만 히론도 특유의 예지가 번뜩인다.

도회의 환영

땅 밑에서 솟았나?
하늘에서 떨어졌나?
도시의 소음 사이
상처를 입고
중상을 입고
꼼짝 않고
침묵 속에
하오 앞에 무릎을 꿇고,
불가피성 앞에 무릎을 꿇고,
아스팔트와
경적과 경악에
엉겨붙은 혈관들,
갈기를 떨구고
성자의 눈을 하고
온통, 온통 벌거숭이로
너무 하얘서 파아란……

사람들은 말 한 마리라고 했다.
나는 천사였다고 생각된다.

물론 이 시는 기발할 것까지는 없다. 차에 치여 죽은 말 한 마리를 보고 느낀 경악을 평범하게 묘사한 것이다. 그러나 "경적과 경악에/엉겨붙은 혈관들"이라고 번역한 대목에서 보듯 히론도의 시어는 예사스러움을 넘는다. "너무 하얘서 파아란"이라는 인상도 그런대로 감동적이다. 그러나 반클라이맥스로 내려오는 마지막 연의 일상적 사실은 끔찍하고 드라마틱한 죽음을 겪은 독자에게 설득력

있게 파고든다.

히론도는 문명의 말갈기 속에서 사멸되어가는 자연과 생명에 대한 향수를 향기로 간직하고 있다. 일상어를 시어로 개발한 많은 시인들이 그렇듯 그도 되도록이면 거추장스럽지 않은 평범한 묘사를 사용한다. 그는 일상생활 속에서 '소박한 대로 놀라운 부조리의 단면'을 끌어낸다. 이때부터 시인들은 영미 신시 '언더그라운드' 시인들이 그러했듯 시의 소재와 언어를 되도록이면 지하철이나 버스를 타고 다니는 생활인까지 가져가려고 노력한다. 그의 첫 시집 제목이 『지하철에서 읽기 위한 스무 편의 시』인 것만 보아도 그 뜻을 읽을 수 있다.

일상 속의 아이러니

현대시의 일부에서 개척하게 된 아이러니 시학은 사실 전통적으로 산문의 미학에 속한다. '그애는 공부벌레야……' 라고 할 때 우리는 말하는 사람의 억양에 따라 빈정거림으로 들을 수도 있고 칭찬으로 받아들일 수도 있다. '공부란 생명처럼 중요한 거지……'라고 할 때의 경우도 마찬가지다. 억양에 따라 '공부도 아닌 공부를 밤낮 집어파서 뭐하니?' 하는 빈정거림이나 아이러니를 느낄 수도 있다. 일상 언어에서 아이러니는 이렇게 화자의 의도나 억양과 직결되어 있다.

아이러니가 시에 등장한 것은 바로 서구에 순수시·비순수시 논란이 일어나면서부터이다. 뽈 발레리(Paul Valéry)의 순수시는 시표현에서 논리적·관습적 관계사, 예를 들면 "그리고, 그러나, 그래서……" 따위나 "이다, 같은, 처럼……" 등등 연상의 자유를 깨뜨리는 산문적 요소를 몰아내려 했다. 스페인의 후안 라몬 히메네스는 그런 간결하고 적확한 표현과 함께 어린애나 동물 같은 본질적인 순수와 아름다움의 세계를 시의 내용으로 해야 된다는 또다른 유의 '순수시'를 제창한다.

여하튼 이런 순수시파들이 아방가르드로부터 '언더그라운드'에 이르는 동안 시 속의 일상성이라는 새로운 면모와 충돌하면서 많은 논란을 불러일으킨다. 스페인어 문학에서는 히메네스가 빠블로 네루다의 『지상에서의 주거』가 나왔을 때 '순수시와 비순수시' 논쟁도 주도한다. 히메네스 자신을 비롯해 꾸바의 에우헤니오 플로리뜨(Eugenio Florit) 등 순수시를 주장하는 파들과는 달리 네루다는 인간 실존의 부서지고 균열된 현실, 즉 질서가 붕괴된 현실의 이미지를 폐수의 물거품처럼 시에 쏟아낸다. 이런 시에 반대하여 히메네스는 순수시를 옹호하고 젊은 시인들의 산문적 비순수성을 통박한다.

영미문학에서 리처드(I. A. Richards)의 '아이러니'론은 유명하다. 특히 워렌(Robert Penn Warren)은 1943년 『순수시와 비순수시』를 내고 순수시의 약점을 공격한다. 삶이나 현실이 부여하는 또다른 새로운 측면(엘리엇의 위트 같은) 혹은 아이러니나 위트 있는 사고를 외면하는 순수시는 유약할 수밖에 없다는 결론이다. 전통적으로 현실은 산문이다. 전위문학 이후 일상과 현실이 시의 형식과 내용을 침범하면서 전통적으로 산문적 수사법으로 생각되던 아이러니가 현실 비판 시각에서 시에 나타나지 않을 수 없었다.

네루다·바예호·히론도의 현실에 대한 조망은 늘 이런 아이러니를 수반한다. 일상 회화와는 달리 시 속의 아이러니는 글 전체의 뜻이나 감정이 시인의 숨겨진 의도를 반영한다. 거기에 충돌하는 말, 시구, 묘사는 독자에게 아이러니를 느끼게 한다. 보통 말하기에서 억양이나 표정, 몸짓으로 나타내던 숨겨진 의도를 시에서는 전체 시의 분위기가 대변한다. 히론도의 예를 들면 인간성의 순수

와 자연적 삶이 그의 이상이다. 그 마음에 비치는 위선이나 탐욕,
타성 등의 양상은 자연 아이러니컬하게 보일 수밖에 없다.

　　　뱀들의 거리

　　팔뚝과 팔뚝, 등과 등이 물결을 이루며
　　우리를 몰고 간다.
　　이윽고 부챗살 밑으로 나아가면
　　길 한중간에
　　파이프며 커다란 안경들이 걸려 있다.
　　사라진 거인의 나라 사람들의
　　유일한 유물들.

　　탁자 모서리에 궁둥이를 붙이고
　　금방 뛰쳐나가 춤이라도 출 듯
　　까페에 앉아 있는 성직자들,
　　구두닦이들이 구두를 닦는 동안
　　그들은 웨이터의 몸짓에 박수를 보내며
　　신문을 읽는다, 일요일
　　투우 광고란까지,

　　해적선 해골 같은 얼굴에
　　아바나 여송연이 삿대질을 한다.
　　지주나리들은 술창고에 파고들어가
　　누구를 죽이려고 들어간 사람들처럼
　　이러쿵저러쿵 논란을 벌인다.
　　그리고는 투우장 울타리 같은 카운터에
　　팔꿈치를 고이고,
　　거기에 모인 사람들에게

벽에 걸려 있는
박제된 투우 머리를 대신한다.

투우사처럼 허리띠를 꼭 조인 승복 차림의
신부들이 이발소를 들어간다.
동시에 4백 개의 거울에 비춰가며 면도를 한다.
그러고 거리를 나올 때면
벌써 사흘은 자란 수염을 과시한다.

원으로 지어진
온실들에는,
어디보다 게으름이 잘 자란다.
회원들은 게으름을 초콜릿이나
커피에 타서 마신다.
그리고는 소파마다 못이 박히도록
줄 풀어진 인형 같은 권태와 타성을 비비댄다.

이백사십칠 명의 남자 앞으로,
삼백십이 명의 신부 앞으로,
이백구십삼 명의 군인 앞으로
한 여자씩 지나간다.

    자연주의 소설에서나 나오는 답답한 군상들의 행진이다. 한때는
거인들이었던 군상들의 찌그러지고 뒤틀린 모습들. 문명의 토사물
이나 찌꺼기 같은 위선과 허세와 도덕군자 스타일의 도깨비들이 우
리 주위를 꽉 메우고 있다. 특히 부르조아지 근성과 탐욕에 흠뻑
젖어 있는 성직자들의 모습은 중남미 해방신학과 게릴라 신부가 어
떤 현실을 박차고 출발했는가를 짐작케 한다.

아이러니는 그 의도가 깊이 숨겨져 있을 때 더욱 효과적이다. 이 시에서는 그것이 시인의 감정이나 평가를 숨긴 객관적 묘사로 되살아난다. 시어의 은유와 비약된 이미지의 숨겨진 유사성을 통해 시인의 아픈 마음과 눈을 읽을 뿐, 특히 마지막 연은 그 상징성이 충격적이다. 어느 다른 시인에게서 '여자'가 이렇게 순수한 인간성과 생명성의 상징으로 나타난 일이 있는가. 상징은 늘 전시대(前時代) 문학의 전통적 의미 때문에 제 값을 한다. 그 흔한 '꽃'이니 '장미' '카네이션' '독수리' 따위가 그것이다. 현대시에서는 창조적 상징을 선호하는데, 그것도 로르까의 경우처럼 한 시 안에서라도 잦은 반복을 통해 의미가 형성된다. 그런데 이 시의 경우는 다르다. '여자'라는 말은 단 한번 나온다. 그런데 그 말은 무서운 상징성을 발휘한다.

그 비밀은 우선 '여자'를 수식하는 '한'이라는 숫자와 '이백사십칠' '삼백십이' '이백구십삼'이 갖는 혼란, 무질서의 대비에 있다. 이들 구체적인 숫자들은 아무리 생각해도 그 당위성이나 의미가 없다. 단순히 우연한 사람들의 숫자일 뿐이다. 군대에서 점호할 때 필요한 사람 숫자 세는 방법일 뿐 도저히 시적 의미를 가질 수 없는 것이다. 이런 무의미, 혼란, 우연의 소용돌이 속의 '한 여자'는 이미 질서다. 절대성이다. 의미다. 도저히 인간성, 진실이란 찾아볼 수 없는 군상들 사이, 천에 하나 정도의 사람됨이, 남자가 여자를 대할 때의 진솔한 사랑의 느낌이 있다. 진정한 사랑을 모르는, 사랑을 느낄 줄 모르는 관성과 위선과 탐욕에 대한 아이러니가 이처럼 통렬할 수 있을까.

히론도는 때때로 현실을 사는 모든 중남미 시인들처럼 부패와 위선, 독재와 억압에 시들어가는 인간성의 위기 앞에 절규하고 구토한다. 자기만 잘살고 배부르고 떵떵거리며 살겠다는 탐욕의 행렬 앞에 오장이 뒤틀린다.

그것은 침이다

그것은 침이다.
그의 침,
게거품 번들대는 침,
부패한,
부식성의 침,
썩는 냄새 진동하는
검은 침,
침 흘리는 이리떼들의
썩은 이빨, 이죽대는 입술
썩어 문드러진 굴젓 같은 눈동자
계산으로 돌이 다 된 흐린 오줌보
다 닳은 지팡이 손잡이 같은 늙은 배꼽
얽히고 얽힌 이해와 고리대금업자의 주식으로
가득한 꼽추등으로
끝없이 흘러내리는
페스트 같은 침,
박사가 다 된 침,
다이어트를 하는 은행의 의자나
적잖이 침이 묻은 다른 가벼운 안락의자의
융단솜털이 부끄러워하는,
더듬거리는 침,
코르크로 벽지를 하고
호주머니 속을 통해 남의 재난을 바라보는
끈적끈적한 침,
착착 달라붙는 침.
풀어진 침.

쓰라리고 녹슨 침.
침.
그렇다! 그것이 그의 침……
모든 시간을 녹슬게 하는 그것!
종이며
쇠며
모든 대기를 부패시키는 그것;
모든 눈과
천진과
피로까지 오염시키는,
그 구토의 회충,
그 권태의 바이러스,
어리석고,
눈먼,
속물,
죽음의 바이러스.

올리베리오 히론도는 이런 '아스팔트 위의 갑각류'나 지렁이들에게 심한 구토를 느낀다. 막상 문명보다 더욱 소름끼치는 것은 오히려 문명을 이기로 이용하고 사는 기생충들이다. 생명을 좀먹고 썩게 하는 그 끈적끈적한 탐욕과 사리(私利)의 침방울이 닭살을 돋게 한다. 그가 「우리가 기다리는 것은」이라는 시에서 안타깝게 갈구하는 세상은 사람이 사람을 이용하지 않고 돈과 제도가 사람을 얽매게 하지 않는 자연과 자유가 법칙인 미래이다. 그런 날이 오면 그는 "서서히/맑은 눈동자로/조용한 손길로/초원에 나가겠노라" 말한다. 그리고 "시냇물과/뿌리로 된/소박한 말들", 아니면 오히려 입을 다물고 "세상에 존재하는 모든 것들의 맥을 짚어주고/우리를 에워싼 모든 것들의 기적을 살리라." 꿈꾼다.

이미지의 시인 히론도

지금까지 히론도 시학의 몇가지 측면을 살펴보았다. 결론지어 우리는 히론도를 이미지의 시인이라고 한마디로 평가해도 좋다. 창조적이고 투명한 이미지의 사용은 그의 시의 부정할 수 없는 일반적 특성이다. 그의 이미지는 기발하기보다는 오히려 깊다. 앞서 살펴본 바와 같이 그의 자연과 인간, 순수에 대한 집념은 모든 수사학을 말놀이에서 깊은 공감으로 이끈다.

그후 후기 시집 1946년 『우리의 들판』으로부터 히론도의 시는 갈수록 내부화된다. 그 몇구절들을 우리말로 옮겨보면 그 맛을 짐작할 수 있으리라.

숨가쁜 정상의 맨 꼭대기에 이르면
　　바위며 산자락을 발견하게 되리라,
거기에는 쇠붙이며 해초의 화석이며
　　수정이 다 된 물고기들이 있다:
그러나 우리가 발견할 수 없는 것은
자연이여, 우리가 이렇게 영원히 굴복하기 전에
어찌하여 너는 차라리 너 자신을 부정하는
　　금욕의 길을 택하게 되었는가
하는 외적인 확증이다.

＊

너의 웅덩이의 하늘에 발을 찰랑거리니
너의 청개구리와 별들이 발에 스쳤다.

*

항상 너의 오후로부터 돌아올 때는, 들이여
　　우리들 입술 사이
　　연기에 싸인 저녁별 하나가……

*

내가 너의 추억에 가까이 가면, 초원이여,
　　나를 떠나 너는 서서히 안으로 숨는다
　　참새발 같은 짧은 발걸음으로 팔짝, 팔짝……

일본의 하이꾸 영향을 짐작케 하는 짧막한 이미지들의 병치가 재미있다. 1920, 30년대에서부터 오늘에 이르기까지 동양 시의 영향이 두드러지는 스페인어권의 시이고 보면 히론도가 하이꾸를 몰랐을 리 없다. "너의 웅덩이의 하늘에…" 하는 시는 분명히 바쇼의 그 유명한 오랜 연못의 개구리 뛰는 소리를 주제로 한 하이꾸의 차작(借作)이다. 한때 서양에도 너무나 많이 알려졌던.

그 뒤 히론도의 시와 시어는 인생의 가장 깊고 오묘한 전율을 구가하는 경지에까지 발전한다. 초현실주의 시학을 연상시키는 문법도 구두점도 없는 이미지의 약동이 높은 서정성으로 메아리친다.

　　나에게

한밤의 모서리 사이
욕망의 환영과 함께 내게 가져다준
모든 것이 버려진 채 찍찍거리며 타는

그 가장 어두운 전율을 내게
그늘 속 가장 빛나는 광휘
달빛에 잘게 불어나는 물살들
비록 꿈은 일시적인 턱주가리 사이에서
늑대처럼 울어도
절규의 뼛속까지 우리를 두들겨대는 건반들
땅 위에 길을 잃은 통곡의 벌판
이 상황의 해결과 수속을 기다리는 희망
우연의 꼬투리에 희망을 기대고 기대어도
내게 내게 온통 가득한 아름다움 내게 소름끼치는 삶의 살을.

제 5 장
헤라르도 디에고
(스페인, 1896~   )

헤라르도 디에고(Gerardo Diego)는 스페인 현대시의 역사 그 자체이다. 그는 1922년 『물거품의 교과서』에서부터 1980년 아르헨띠나의 보르헤스와 함께 스페인어권의 노벨상 '세르반떼스 상'을 받기까지 스페인 시의 갖가지 질곡과 변화를 몸소 경험해온 항상 젊은 시인이다. 문학선생이며 음악가이기도 한 그는 1934년에 20세기 상반기 스페인 현대시의 흐름을 짚어본 『스페인 시』를 펴냈다. 출간 직후 많은 논란을 불러일으킨 이 책은 현대시를 아주 훌륭하게 정리해놓았다는 격찬을 받았다.

지금 우리가 헤라르도 디에고를 주목하는 것은 그가 '창조주의', '초현실주의'에서부터 가장 전통적인 공고라(Góngora)풍의 시법을 현대성으로 승화시킨 개혁자라는 점이다. 1920년대의 아방가르드 운동에 참여하면서 그의 시는 기발한 이미지를 개척한다. 이어 스페인 문학에서 '1927년대'라고 하는 복고주의적 시어 개척에도 큰 몫을 한다. 내란이 끝나고 그의 시작 활동은 『진실을 노래하는 종달새』(1941년)에 이르러 절정에 이른다. 현란한 이미지와 은유가 인생의 깊은 체험을 반추하며 감동으로 다가선다.

헤라르도 디에고의 활발한 시작 활동은, 그동안의 50권이 넘는 시집이 증명한다. 대표 시집으로는 『인간적인 시』(1925년), 『소라 아』(1948년), 『아마조나』(1955년) 그리고 1980년대에 발표한 『은퇴 서』까지 수없이 많다. 다마소 알론소는 헤라르도를 "끝없이 변화하 는 시인"으로 부른다. 그만큼 그의 시는 주제나 문체 면에서 다양 한 변화와 깊이를 보여준다.

평론가 빠블로 꼬르발란은 같은 '1927년대' 시인들과 디에고의 시를 비교하면서 역시 다양성을 그의 특징으로 꼽는다. "그의 시란 그 풍성한 작품들을 일괄해볼 때 그 어느 한 책도 그전의 책과 경 향이 같은 것을 발견하기가 힘들다. 즉 이 시인은 항상 어떤 편협 한 평가 구분 속에 안주하기를 의식적으로 거부해왔던 것 같은 인 상을 준다."

헤라르도 자신도 이렇게 말한다. "나 자신이 시골은 시골대로 좋 고 도시는 도시대로 좋은 데가 있다는 느낌이 무슨 죄란 말인가? 전통은 전통대로, 미래는 미래대로 가치가 있으며 새로운 예술은 그대로 좋은 점이 있고 또 과거의 것도 마음에 들 때가 있는 것은 나로서 어찌할 수 없는 일이다." 따라서 이 시인은 자신의 시에서 어떤 통일성을 찾으려거든 자신의 인생을 보라고 말한다. 인생은 어린 시절이 있고 장년기가 있고 노년기가 있다. 이들 각각의 시대 는 경험도 다르고 느낌도 다르고 견해도 다르다. 그는 말한다. "나 는 완성된 사람이 아니다. 나는 하나의 견습생이다. 나는 하나의 어린아이다." 헤라르도 디에고는 어린애의 눈으로 세상을 보는, 경이를 사는 시인이다.

평론가들은 그의 시를 "아름다움에 대한 예리한 감성의 승리"라 고 말한다. 한때 사회참여시 시대에는 그의 시를 사실성, 현실 감 각이 결여된 예술이라고 비평하기도 했으나 그의 신의 순수한 심미 성과 기발한 수사가 펼치는 투명한 이미지의 신비는 변하지 않는 매력을 견지한다.

헤라르도 디에고는 시가 자연이나 현실의 모방이 아니라 언어 창조의 세계라고 생각한다. 그가 참여한 창조주의는 "시가 시 밖에 있는 세계를 모방할 필요가 없다"고 주장한다. 인생의 경험이 깊다고 좋은 시가 나오는 건 아니다. 그것을 종이나 붓, 언어로 써야 시다. 시인은 이들 언어화의 작업도구를 잘 만지는 점에서 건축가와 같다. 언어라는 벽돌을 하나하나 쌓아가며 집을 만들듯이 시인은 독자의 감동이 살 집을 마련하는 것이다.

나는 이미 『서·중남미 문학론』에서 헤라르도 디에고의 시에 대해서 이야기한 바 있다. 마드리드에 있을 때 가끔 스스럼없는 친구처럼 커피를 나누기도 했다. 항상 어린애 같은 호기심 많은 눈길과 미소가 생각난다. 나이도 나이려니와 같은 시대의 다마소 알론소나 다른 시인들은 돌아가셨는데 100살이 가깝도록 아직 살아 계실까 의문이 간다. 어떻든 나의 귀가 어두운 죄는 용서받을 수 있어도 혹시 살아 계신 분을 사망 처리하는 죄는 용서받을 수 없으리라.

자연에서 모델을 구하지 않는 이미지 놀이

아우어바흐(Erich Auerbach)의 『미메시스』가 번역되어 나왔다. 『미메시스』는 1946년에 출판된 서구 문학의 현실 모방 이론의 역사를 조감한 책이다. 우리 문학, 특히 소설문학은 19세기 사실주의에서 온 것이건, 루카치(György Lukács)에게서 온 생각이건 문학이란 '현실 반영'이라는 생각, 즉 사회현실이나 자연을 모방하는 것이 문학이라는 사고를 한치도 벗어나지 못하고 있다.

『미메시스』, 즉 자연 모방 시론은 아리스토텔레스의 『시학』으로부터 출발한다. 그 책에서 모방은 가장 인간적 본능이며 쾌락이라

고 되어 있다. 아리스토텔레스는 「시의 연원」(4장)에서 그 원인에
는 두 가지가 있다고 말한다. "모방이란 인간의 원초적 본능이며
이런 점에서 다른 동물과 다르다. 사람은 어린 시절부터 그의 첫번
째 지식을 모방을 통하여 얻는다. 동시에 그 모방 행위에서 쾌락을
느낀다"라고 설명한다. 그런데 재미있는 것은 그 모방의 재미에 대
한 해석이다. 그 재미의 하나는 "…사람이 사물을 보고 배운 경험
이 있으며, 사람마다 그런 사람 혹은 사물에 대하여 생각해본 일이
있기 때문에, 어떤 초상화가 내가 아는 어떤 사람 혹은 모델의 그
림이라는 것을" 비교하는 데서 얻는 쾌락이다. 바로 이 점이 미메
시스가 현실 반영 이론으로 발전할 수 있는 근거다. 그러나 또다른
재미가 있다. "한 사람이 모델이 된 사람이나 사물을 보지 않은 경
우, 그는 그 원형과의 비교에서 오는 모방 방법에서 재미를 느끼는
것이 아니라 그림 자체의 기법의 훌륭함, 색채 혹은 그와 유사한
예술성에서 또한 재미를 맛볼 수 있다. 왜냐하면 모방이 우리에게
본능적이듯이 조화나 리듬에 대한 감각도 본능적이기 때문이다."

　내가 여기서 구태여 아리스토텔레스의 모방 이론을 자세히 언급
하는 것은 현실 반영 이론가들이 바로 이 두번째 재미를 흔히 잊고
있다는 사실 때문이다. 즉 그들이 써먹는 모방 이론은 아리스토텔
레스 시학의 한 측면이다. 즉 사실주의는 체험한 현실과 묘사된 현
실의 비교에서 비롯되는 재미만을 이야기한다. 그러나 아리스토텔
레스는 이미 그 모델을 현실에서 구할 수 없는 환상소설이나 초현
실주의 시의 문학적 재미까지도 잊지 않고 있다.

　르네쌍스 이후 근대시는 사실 아리스토텔레스의 이런 '비사실주
의' '비자연주의'적 측면을 강화하면서 개혁의 길을 걸어왔다고 해
도 과언이 아니다. 헤라르도 디에고가 전통시의 모델로 모방하고
있는 17세기의 공고라를 중심으로 한 바로끄 시대의 시도 '시는 수
사학이다'라는 생각을 갖고 있었다. 공고라는 "꽃들 사이에서 노래

하는 새들이/모두 꾀꼴새는 아니다"라고 시작하는 노래에서 "인공적인 것이 훌륭하다"라고 말한다. 시란 언어를 통하여 구축하는 인공적 미학이라는 사고가 이미 고전문학에 있어왔다. 그것이 현대시에서 말라르메를 거치면서 '말이 시를 쓴다'는 시학을 활성화한다.

프랑스 아방가르드의 무대에서 터뜨린 칠레의 비센떼 우이도브로(Vicente Huidobro)의 '창조주의' 선언도 전통을 찾는다면 이런 맥락에서 살필 수 있다. 디에고는 그의 창조주의를 친구인 후안 라르레아를 통해서 배운다. 전위문학운동이 기승을 부리던 당시 자연에서 찾을 수 없는 '창조적' 이미지로 시단을 화려하게 채색한다. 디에고의 이미지는 비자연적이라기보다 반자연적이다. 자연의 영상을 문명의 이미지로 덧씌운다든지 추상을 구체적 사물 이미지로 횡포스럽게 시각화하는 시법이다. 이 무렵 그의 가장 유명한 시 하나를 보자.

춤추다

　　　　바다의 수인들
인생은 하나의 탑
해는 하나의 비둘기 집
셔츠를 펼쳐 던지자, 새처럼 날리자

날마다 신선한 발로
피아노 건반 위에 오르자……

인생은 하나의 탑
바다의 높이 위로 날마다 자라오르는.

젊음의 활기가 넘친다. "바다의 수인들"은 죄수의 파란 옷, 희망 속에 사는 이들을 상징한다. '수인들'이라는 부정적 표현이 푸른 희망의 바다와 충돌하면서 어찌할 수 없는 젊음의 용솟음치는 혈기로 변한다. 그들에게 인생은 하늘 높은 줄 모르고 쌓아가는 탑이다. 태양도 그들에게는 손에 닿을 듯한 행복의 '비둘기 집' 정도다. '셔츠'라는 일상적 용어가 '새'처럼 서정의 날개를 단다.

다음 연의 피아노를 치는 이미지는 예사스럽지 않아서 재미있다. 그러나 '피아노 건반'은 곧 즐겁고 조화로운 삶의 상징으로 바뀐다. 날마다 새날을 맞듯 새롭고 신선한 발걸음으로 즐거운 삶을 엮어나가잔다. 인생이 바다와 희망의 높이 위로 쑥쑥 커가는 산호초 같은 탑이라면 얼마나 좋으랴.

한마디로 자연의 모습이나 작용과는 상관없는 이미지들이다. 자라나는 탑도 있을 수 없고 비둘기가 타죽지 않고 살 수 있는 태양도 없다. 물론 피아노 위에 올라가는 장난기 가득한 젊은이도 점잖지 못하다. 그러나 이런 기발한 착상들이 당시에는 무척 새로웠던 게 사실이다.

디에고는 이 당시 실제에는 있을 수 없는, 상상 속에서만 가능한 세계를 언어로 만들어내는 데 재미를 붙이고 있었다. 때는 삐까소(Pablo Picasso)를 비롯 입체파가 설치고 기괴한 전위예술 시위가 끊이지 않던 시기다. 나름대로 시라는 질서를 유지하는 디에고의 태도는 건설적인 것에 속한다. 디에고는 자신이 "문학 속에서 큐비즘(입체주의)을 재현하고 싶었다"고 토로한다.

『이미지』와 『물거품의 교과서』를 거쳐 실험성에서 완숙미로 넘어오는 시집이 『인간적인 시』다. 이 시집은 스페인 르네쌍스로부터 전통적 시형식인 쏘네트가 다수 등장한다. 산발적인 이미지 놀이에서 완전히 구축된 미학을 이루는 시들이 대부분이다. 대표작 하나를 보자.

실로스의 사이프러스 나무

어둠과 꿈으로 우뚝 솟은 분수
너는 너의 창끝으로 하늘을 울린다
별 끝에 닿을 듯 솟아오르는 물줄기,
광란의 집념 속에 스스로를 풀어 던진다.

고독의 돛, 섬의 황홀;
믿음의 화살. 희망의 노래.
아를란사 강가에 서 있는 너에게 오늘
정처없이 방황하는 주인 없는 내 영혼이 찾아왔노니

꿋꿋이, 다정하게, 우뚝 서 있는 너를 보는 순간
나 또한 너처럼 한 가닥 물줄기로 녹아
수정 물방울이 되어 너처럼 오르고 싶은 열망을 느꼈노라;

너처럼, 지난의 칼날로 쌓아올린 검은 탑과 같은 너의
수직 광열의 이정표를 따라……
실로스의 열기 속 입다문 사이프러스 나무여.

문득 김현승의 「플라타너스」가 생각난다. "꿈을 아느냐 네게 물으면,/플라타너스,/너의 머리는 어느덧 파아란 하늘에 젖어 있다." 아니면 그의 시제목처럼 '견고한 고독'이 메아리친다. 스페인의 김현승이 사이프러스 나무를 노래한 헤라르도 디에고다. 우리 시인보다 이미지와 은유가 짙다.

무덤가에 우뚝 솟아 있는 사이프러스 나무를 우리는 기억한다. 디에고는 이 나무를 "어둠과 꿈으로 우뚝 솟은"이라는 해석을 붙인

다. 나무가 분수가 된다. '나는 왜 죽어야 합니까……'를 울부짖는
창끝 같은 절규의 물줄기다. 물줄기는 이내 높은 신앙의 갈구로 변
한다. '고독의 돛', '섬의 황홀' 같은 은유는 사이프러스 나무의 모
습을 상기시키는 멋진 은유다. 특히 '섬의 황홀'은 고독의 섬에서
뿜어올리는 열정과 기도로 사이프러스 나무가 보이는 것이다. "지
난의 칼날로 쌓아올린 검은 탑"이 또 한번 사이프러스 나무의 모습
이다. 뾰족뾰족한 나무 이파리가 신앙의 뼈아픈 수련과 회의를 향
한 끝없는 투쟁같이 보였으리라.

이렇게 해서 디에고는 전위시에서 배운 이미지의 사용과 바로끄
문학의 은유법을 융화시켜 어려운 상징의 묘를 구축한다. 이미지
는 기발한 대로 모두가 상징적 의미 구축을 향해 맥을 이룬다. 이
제 희한한 영상미만을 찾던 디에고의 눈은 깊은 감동과 절규에 전
율하고 있다. 창조주의에 깊이 빠져 있을 때 그는 이런 말을 한다.
"…나는 창조한다는 것 자체가 하나의 또다른 표현방법일 뿐이다.
창조의 방법으로 표현한다는 것은 다른 방법으로 표현할 수 없는
것을 표현해낸다거나 혹은 고백한다는 의미이다."

결국 디에고는 언어 실험실의 시인만은 아니다. 언어는 어떤 형
태로건 시인의 호흡을 통해서 구현된다. 그는 말한다. "나의 내부
의 경험을 표현하고 싶은 욕망, 나의 내면생활을 노래하고 싶은 충
동이 시를 이룬다. 그것은 모든 다른 사람들이 살면서 느끼는 충동
과 다를 바 없다. 다만 그것이 나의 경우는 붓이나 종이 혹은 언어
묘사를 통하여 구현한다는 점이 다를 뿐이다."

헤라르도 디에고의 이미지 시학은 마침내 스스로의 내부 체험과
평행선을 이루면서 독특한 오리지낼리티를 구축한다. 다음 「비유」
라는 시가 그의 시학을 엿볼 수 있는 좋은 예다.

비 유

나 자신이 쓴 나의 시구 위를
걸어다니는, 나를 보라.
하오의 돛단배처럼
나는 바다 위에 핏줄기를 남기며 간다.

빵과 사랑에 취해 사는 당신들이여
당신들은 내 곁에 오지 마라.
내 이야기를 들을 필요가 없다.

이 마지막 연주자는 죽어버렸다
손에는 자연의 꽃을 쥔 채로.

보수 없는 아름다움
나의 여름 바이올린의
전아한 전율

새들이 나의 11음절 시구를 배운다
비는 녹슨 기타줄을 고른다.

하루하루 날들이 춤추며 지나간다.
하루하루 새로운 형상을 창조한다.
그러나 이것이 장난이라고는 생각 마라.

이것은 연기가 없는 시.
아니면 새로 다가서는 바다.

나의 열쇠는 옷을 파헤치고

> 그 속에 든 살을 발라내는 기구다.
> 옷 속의 심장.
> 그러나 고통이 없는 나의 시는
> 이들 옷을 보관하는 보관소의 이름.

이 시에서 보듯 시와 나는 별개다. 나는 우선 나의 인생을 쓰지 않는다. 쓸 수 없다. 내가 나의 얼굴을 어떻게 아는가. 나는 사진이나 거울, 즉 제3자를 통하지 않고서는 나를 볼 수 없다. 내가 나의 인생이라고 하는 것도 결국 이런 객관의 창, 나의 쓰기, 나의 나라는 생각이 만들어낸 또하나의 허상이다. 또하나의 쓰기다.

말라르메의 말대로 "세상은 하나의 책 속에 들어가기 위해서 존재한다". 세상 그대로는 혼돈이다, 우연이다. 무질서다. 그것은 책 속의 질서를 향한다. 우리 눈앞에서 통일된 비전이나 형상이 되어지길 기다린다. 시인은 오히려 자연에 질서를 부여하는 구도자이다. 그래서 "새들이 나의 11음절 시구를 배운다/비는 녹슨 기타 줄을 고른다." 참새의 노래는 나의 입을 통해 '짹짹 짹짹……' 하는 리듬으로 다시 태어난다. 새는 나의 시를 보고 자신이 '짹짹 ……' 리드미컬하게 우는 것을 배운다. 또 비는 얼마나 나의 가슴 속에서 "녹슨 기타줄"로 의미화되고 싶으랴.

디에고는 현실반영주의자들에게 직격탄을 쏜다. "빵과 사랑에 취해 사는 당신들", 현실주의자, 현실을 현실이라고 굳게 믿고 타성에 젖어 심각한 시를 쓰는 자들은 "내 곁에 오지 마라"고 소리친다. 현실 반영이란 이 사회현실이 반드시 현실이라는 맹목적 믿음 위에서만 중요성을 회복한다. 그러나 사회주의도 이데올로기도 또하나의 허상일 수 있다. 이제 허상이 되었다. 사회를 모방하고 자연을 모방한다는 소리는 눈에 보이는 현실이 절대라는 편집증이 아니면 불가능하다.

디에고에게 현실은 "하루하루 새로운", 또 새로울 수 있는 생명성이다. 반영하거나 모방해야 될 현실이 따로 있는 게 아니다. 오히려 현실을 시 속에 만들어가는 일이 더욱 적극적인 현실 참여 작업이다. "이것은 연기가 없는 시", 연기가 안 나는 시라고 자신의 시를 정의한다. 연기는 무언가 타면서 나오는, 과거가 현실에 그림자를 드리우는 형상의 하나다. 디에고의 시는 현실과 떨어져 있거나 앞에 있다. 따라서 항상 새싹이다. 새로 다가서는 바다다.

현실주의는 현실이라는 비전을 사실로 인정하고 문제시하는 타성주의다. 입은 옷매무새를 고치는 것이 현실 개혁이라고 생각하는 자들이다. 그러나 "옷을 파헤치고/그 속에 든 살을 발라내는 기구"가 필요하다. 살아 있는 세포의 마디마디의 열도와 건강을 재는 생명 사랑이 필요하다. 그러나 인생은 결국 초라한 옷가지 몇 벌로 남을 뿐으로 죽음은 누구에게나 찾아온다. 누구에게나 찾아오기에 하나의 관습인데, 영 습관이 안 되는 관습이다. 디에고의 창조주의는 죽음 앞에서 역시 또하나의 옷 보관소임을 아프게 깨닫는다.

살냄새 그윽한 사랑의 신비

헤라르도 디에고의 또다른 측면은 그가 오묘한 사랑과 기쁨과 그리움을 노래한 시인이라는 점이다. 나는 "시인치고 사랑의 시인이 아닌 자 있는가"라고 말한 일이 있다. 그는 진실한 시인인만큼 사랑의 시인이었다. 초기 창조주의의 열기에 들떠 있던 때부터 사랑의 테마는 디에고의 또하나의 열정이다.

신비의 장미

그녀였다.

　　　그리고 아무도 몰랐다.

그러나 그녀가 지나가면
나무들이 무릎을 조아렸다.

그녀의 눈 속에 보금자리 친
　　　아베마리아 기도소리
그녀의 머리칼에는
　　　저녁기도 소리가 머릿단이 되어 흘러내렸다.
그녀였다.
　　　그녀였다.

나는 그녀의 손길 위에
낙엽처럼 쓰러졌다.

　　　무지개 같은 그녀의 두 손은
　　　별들에게 먹을 것을 주었다.

대기로 소리없는
노랫소리가 날고 있었다.

　　　그녀의 발자국소리를 베개삼아
　　　나는 잠들었다.

그리움의 여인,
시간 속 음악으로 만든 조각.

내가 상체를 만들면
발이 없다, 얼굴이 부서졌다.
사진도 아무 약제도
정확한 순간을 잡지 못한다.
끝없는 멜로디 속에
죽은 침묵.
그리움의 여인, 녹아내리는
소금으로 만든 조상, 육체 없는
형상의 고뇌.

헤라르도 디에고의 뮤즈는 이렇게 모양지을 수 없는 안타까움의
화신이었다. '음악으로 만든 조각' 같은 피부, 극도의 보드라움과
조각의 굳어짐이 어우러진 이상적인 아름다움이 그가 추구한 시세
계인지도 모른다. 아른아른 손에 잡히지 않는 그리움의 초상, 안
타까움의 지표가 사춘기 소년 같은 그의 눈길이 찾는 여인이다.
　그러나 그의 사랑의 쏘네트에는 구체적 여인상이 눈에 잡힌다.
모든 시가 그렇듯이 그의 연인은 항상 멀리 있다. '눈앞에 있어도
보고 싶은 여자'로 자리한다. 디에고는 늘 그리움의 시인이다. 만
져도 만져도 배고픈 손길이 느껴진다.

　　연연히 살아 숨쉬는 너

서서히 너를 쓰다듬어보고 싶다,
서서히 너를 확인하고 싶다
네가 정말 너인가를 보고 싶다, 너의
그 너에게서 너로 이어지는 부피의 느낌.

너의 이마에서 물결치는 찬연한 물살, 물살
사춘기 소녀의 해변에 부서지는, 나의 입맞춤에
부서지는 네 두 발의 열 개의 물거품,
주름살 하나 없이 천천히 부서지는

그렇게 너를 사랑한다, 물살로 연연히 살아 숨쉬는 너
너는 너로부터 흘러나오는 샘물, 늘 도망쳐 빠져나가는 물,
너를 만지는 손길은 그토록 게으른 음악 앞에 좌절한다

그렇게 너를 사랑한다, 그 작은 한계 속에서,
여기, 저기, 조각들, 백합 꽃잎, 장미,
그리고 마침내 네가 하나가 될 때
너는 나의 꿈의 빛.

참 아름다운 사랑의 이미지들이다. 사랑하는 사람은 늘 만지면 사라질라 잡으면 날아갈까 두렵다. 그 사랑의 두려움에 비친 너는 안타까우리만큼 확실하지 않다. 그 눈빛, 그 아름다움 하나하나가 아슬아슬한 순간성에 매달려 있다. 물론 생물학적 세포 변화를 이야기할 필요는 없다. 사랑하기에 만져도 만져도 물거품처럼 부서져나갈 것 같은 불확실성이 있다. 사랑할수록 너의 아름다움은 아슬아슬하다. 나는 너의 이 순간만을 소유할 수 있다. 내가 만질 수 있는 것은 너의 이 순간뿐. 그러나 나는 너의 이어가는 모든 순간을 갖고 싶다. 그 안타까움의 건너편에 너는 웃고 있다. 때로는 백합의 미소로, 때로는 뜨거운 장미로. 너는 그냥 나의 소망과 "꿈의 빛"으로 항상 내 곁에 있다.

헤라르도 디에고의 시는 우리말로 옮기기 어렵다. 말소리의 맛과 리듬을 온몸으로 살고 있다. 옮기면서 리듬이 부서지면 말소리의 속삭임의 여운이 의미 설명으로 퇴화한다. 시는 번역이 불가능

한 부분이다. 이 글을 쓰면서 내가 항상 경험하는 죄스러움이다. 나의 감탄에 못 이른 이들 옹졸하고 답답한 시어는 사실 역부족인 나의 번역 잘못 탓이다.

시인은 어차피 한 언어의 전통 속에서 승부를 걸어야 한다. 아버지로부터 유산을 못 물려받은 자식은 자수성가 능력이 있어야 한다. 우리말은 서양 중심적 시학을 실현하기에는 너무 감상적이다. 생각을 심화시키기에는 우리말과 우리말에서 개척된 미학은 한계가 있다고 느껴진다. 우리말에는 철학어가 빈약하다. 우리말로 철학서가 나온 일이 없기 때문이다. 이퇴계도 율곡도 한문으로 철학을 하지 않았던가. 시가 철학어를 필수로 수반하는 것은 아니지만 말의 깊이를 반추하는 데 꼭 설명을 필요로 하는 우리말의 현실은 시인에게나 번역하는 사람에게나 안타까운 일이다.

헤라르도의 사랑의 시는 형이상학이 그 뿌리로 작용한다. 사실 사랑의 시가 제일 어렵다. 모든 시인들은 시작도 사랑의 시고 마지막도 사랑의 시다. 그러다 보면 모든 사랑의 시는 깊은 성찰을 통한 인식이 아니면 엄두를 못 낸다. 헤라르도 디에고가 사랑의 시에 손댄 것은 시법의 묘와 인생의 경험에 최소한의 자신이 붙었기 때문이다. 그래서 좋은 사랑의 시나 그 번역은 항상 기대에 못 미친다.

불 면

너와 너의 벌거숭이 꿈. 넌 모르지.
자니까. 아니야. 넌 몰라. 나만 눈떠 있는
너만 모르는, 하늘 아래서의 잠.
너는 너의 꿈 때문에, 바다는 배들 때문에 불면.

공간의 감옥 속, 대기로 만든 열쇠가
너를 잡아두고 나를 쫓는다, 너를 감옥에 넣고
내게서 너를 빼앗아간다. 얼음. 수천조각이 난
수정 대기. 너 있는 데까지 날아오를 어느 날개도 없다.

네가 편안하게 확실히 자고 있다는 걸 안다
——성실하게 스스로를 버리고, 순연한 절정의 선——
그토록 익숙한 나의 품 가까이에서.

그러나 이 무서운 섬사람의 종속근성:
나는 불면에 시달리며, 미쳐서, 해변가 절벽에 앉아
바다로 너를 찾아 달려가는 배를 본다
꿈속을 달리는 너를 본다.

　헤라르도 디에고의 시에는 해답이 없다. 그것은 현상론적 형이
상학이다. 그러니까 사랑하는 네가 잠드는 것이 기분 나쁘다는 이
야기는 아니다. 그렇다고 너무 아름답다는 이야기도 아니다. 장자
는 정이란 것이 무정하다고 했다. 장자는 또 성인은 무정·무심하
다고 했다. 헤라르도 디에고라는 연인은 사랑하는 사람이 잘 때 키
스해주거나 이불을 덮어주는 친절이 없다. 너무 사랑스러워서 잠
을 잘 수가 없다.
　이렇게 예쁜 여인이 내 사람이 되어 내 곁에서 잠자고 있다. 나
는 편안하게 잠든 이 여인의 꿈속을 파고들어갈 수 없는 게 안타깝
다. 아무리 부지런히 배를 달려도 알 수 없는 네 존재의 심연의 바
다를 헤매고 다닌다. 너는 너의 꿈속에서 밀폐된 채로 있는데……
사랑하는 것은 고독 배우기다. 내가 나를 사랑하지 않는가. 나와
너는 고독하다. 나는 나로 남아 있어야 고독한 너를 사랑할 수 있
다. 너는 너로 남아 있을 때 나의 사랑의 표적이 된다. 특히 네가

벌거숭이로, 잠든 너로 있을 때 너는 진짜 나의 것이다. 내가 너를 의심없이 사랑하게 하기에. 그러나 내 가슴에 잠든 너는 내 가슴의 온기를 모른다. 이것이 안타까움이다. 가장 사랑스러운 너의 모습은 가장 내 사랑을 모르는 너의 모습이다. 사랑은 불면증이다.

죽을 줄 아는 자의 안식과 위안

헤라르도 디에고가 『진실을 노래하는 종달새』를 쓴 때는 이미 스페인 내란을 겪은 후이다. 그는 더욱 강한 심미주의로 도피한다. 싸움에 진 공화당파는 레온 펠리뻬(León Felipe)처럼 『찢어진 사화집』을 내고 피맺힌 절규를 쏟는다. 아니면 레오뽈도 빠네로(Leopoldo Panero)처럼 종교시에 탐닉한다.

헤라르도의 심미주의는 그의 삶의 생명적 위안이면서 자존심이었다. 그는 시가 자기 고백적인 면을 가진다는 것을 인정했다. 1941년 발표된 이 시집은 자기 발견의 확신을 노래한 시집이면서 그의 심미적 시안(詩眼)을 증명한 걸작이다. 책이름과 같은 제목의 시는 이렇다.

진실을 노래하는 종달새

진실을 노래하는 종달새, 나의 새여
찬 새벽 하늘에 미친 너의 날개
그 수많은 너의 날개, 음악의 날개로
엮은 네 노래의 그네는
누가 그토록 높은 하늘에 매달았는가?
취한 네 목구멍의 노랫소리는

도전이라도 하듯 황금 물보라를 내뿜는다.
시로 아울러 넘치는 나의 조국
그 환희의 푸르름을 향하여 사닥다리를 펼친다.

고원지대의 꽃, 너의 눈썹은
줄기 없는 꽃, 현묘하게 뻗은 너의 모습은
꿀을 찾는 뭇 벌떼의 눈엔 새롭기만 하다.
아, 죽음의 형체를 노래하는 새여
그 반짝이는 너의 불길 속에 나를 태워다오.
나의 진실을 말하는 새여, 공중에 뜬 종달새여.

고답주의, 심미주의 등 그 어느 정의도 그에게는 통한다. 그러나 우리에게 중요한 것은 그 아름다움을 추구하는 실존적 몸부림이다. 아름다움의 새는 "도전이라도 하듯 황금 물보라를 내뿜는다." 모두는 죽어야 된다. 모든 것은 고뇌와 부패다. 안다. 그러나 황폐한 현실과 땅을 떠나 "도전이라도 하듯" 내뿜는 황금 물보라는 생명을 위한 투쟁이며 절규다. 심미주의가 도피가 아님은 삶에 대한 정면 도전인 데가 있기 때문이다.

모든 삶은 죽음을 향하고 있기에 웃음과 환희는 유별난 가치를 가지고 있다. 종달새의 환희는 땅의 어두운 의미에 대한 저항이다. 「실로스의 사이프러스 나무」 같은 종교성 짙은 시에서는 늘 기독교적 해석을 요구한다. 그러나 디에고는 그런 좁은 의미의 기독교인은 아니다. 아름다움도 순수도 성스러움의 표상이다. 디에고는 나이가 들면서 '하늘을 아는' 달관의 치기가 돋보인다. 인생은 가도 가도 알 수 없는 견습생의 길이다. 다만 만날 때 헤어짐을 알듯이 태어났으면 떠나갈 줄을 아는 서글픈 지혜가 있다. 내가 1980년경에 만났을 때 보여준 미발표 시가 이 작품이다.

존재한다는 것

산다는 것, 단순히 산다는 것, 산다는 자체.
있다는 것, 이라는 것, 존재한다는 것. 그 순수한 실제 현상
다소곳한 햇살과 말없는 따스함 속에 느껴오는
그 넓은 관용을 받아들이려 활짝 벌려진 손바닥.

방울져 떨어져간다는 즐거움
그 지극한 쾌락 속에 겸손한 몸을 사리고
그냥 존재한다는 것, 영원히 투명하게
충만해오는 나날, 그렇게 또 나의 존재를 소모해간다는 것

그것이 나의 평화다. 폭풍이 있는 날엔
하늘땅이 뒤집혀 무너져내리면
내 영혼은 또 서서히 바다로 떠나갈 준비가 되어 있는

영원을 향한 나침반, 하나의 별을 데불고
내 육신――오, 나의 한계여――숨쉬는 동안
그런대로 몸 가누고 살면서.

제6장
마리아노 브룰
(꾸바, 1891~1956)

　'글자시'(letrisme)는 아방가르드의 가장 극단적 개혁의 하나이다. 시어의 마지막 의미 단위인 단어까지 파괴했다. 단어는 말의 뜻을 지키는 마지막 언어 관습의 단위다. 소리는 이 나라 말이나 저 나라 말이나 비슷한 데가 있다. 그러나 일단 그 소리가 한 나라 말을 표상할 때 말 혹은 언어가 발생한다. 그 발생점의 최소 단위가 단어다.

　우리말로 '나무' 하면 영어는 'tree' 한다. '트'나 '리'는 우리말 소리에도 있다. 또 '트리'와 비슷하게 '트림' 하면 우리말에도 있는 말이다. 다만 비언어학적 표현으로 그 소리와 그 뜻을 잇는 관계는 영어와 우리말이 다르지 않은가. 글자시는 일단 한 나라 말의 시다. 그럼에도 불구하고 그 나라 말의 최소 의미 단위인 단어를 파괴한다. 원자폭탄이 아닌 수소폭탄 같은 분열이다.

　시는 항상 시인의 독자적 느낌을 표현할 수 있는 고유한 언어를 꿈꾸어왔다. 한 나라 말은 항상 관습의 소산이기 때문에 시인의 독창적 영감이나 느낌을 표현하는 데 부적격하다는 인상을 주어왔다. 시인은 한 나라 언어를 가장 사랑하면서 그 언어의 협소함을 시시각각 느껴왔다. 그래서 낭만주의 이후 문학은 표현을 위한 언어와의 투쟁이라는 소리를 해왔다.

시만을 위한 독자적 언어의 꿈이 글자시로 구체화된 것이 아방가르드다. 상징주의로부터 소리상징의 가능성이 활발하게 개척되었지만 어디까지나 전통시가 가진 율격이나 소리 반복에 따른 의성어·의태어적 표현미의 확장이었다. 우리말에서 흔히 보여지는 모음조화, 말하자면 어두운 소리·밝은 소리 같은 현상이 소리상징에 속한다. 예를 들어 시냇물이 '졸졸' 흐르는가 '철철' 흘러넘치는가의 의미 차이는 소리 법칙에 의한다. 베를레느로부터 상징주의는 이런 효과를 시 속에서 소리 반복을 통해 암시하는 재미에 무척 흥미를 가졌다.

언어학에서는 행동주의가 특히 소리상징에 신경을 썼다. 싸피어(Edward Sapir)가 특히 이런 소리상징적 현상을 언어의 원형으로 연구한 것은 재미있다. 그들은 알파벳의 모든 글자에 색깔과 명암을 줄 만큼 소리상징의 가능성을 개척하는 데 열정적이었다. 쏘쉬르(Ferdinand de Saussure) 이후 새로운 언어학이 인기를 얻으면서 문학에서도 소리상징 이론이 소위 딩동뎅 이론(dingdongdeng theory)으로, 비웃음거리로 전락했지만 한때는 언어학이나 문학에서 꽤 목소리가 컸다.

바로 이런 분위기를 타고 일어난 시운동이 '글자시'다. 이 계열에서 스페인어 시로 가장 두드러진 인물은 마리아노 브룰(Mariano Brull)이다. 시인이자 문학가인 알폰소 레예스(Alfonso Reyes)는 그의 시를 '히딴하포라'라고 이름지었다. 이는 브룰의 시구에서 따온 명칭이다. 'alveolea jitanjafora'…로 나가는 스페인어도 라틴어도 아닌 묘한 말소리로 그는 시를 썼다. 브룰의 이런 시를 스페인어도 아닌 우리말로 이해할 수 있게 설명한다는 것은 사실 불가능하다. 이 비슷한 시도조차 전연 보이지 않았던 우리 시의 현실을 감안한다면 재미삼아 그 표현 가능성을 생각해보는 기회로 삼고 노력을 해보자.

글자시의 표현 가능성

마리아노 브룰은 말라르메나 발레리의 순수시를 아름다운 스페인어로 번역한다. 그의 시가 프랑스 순수시 혹은 그 이후의 글자시 운동에 무관하지 않았음은 이로써 알 수 있다. 나는 우선 그의 이런 시를 지금 쓴 것처럼 '글자시'라고 해야 할지 '소리시'라고 불러야 할지 애매하다. 글자라는 말은 글자의 형상이 보여주는 상징성 냄새가 난다. 우리 명칭에 그런 뜻은 없다. 그러나 그렇다고 '소리시'라고 명명하면 소리상징을 주로 한 시처럼 생각되어 그것도 좀 그렇다. 긴 사설보다는 직접 그의 이런 성격의 시 하나로 들어가보자.

파란 기쁨

파란 파란
파란 바다의 파르름을 헤치고
ㄹㄹㄹ 또 ㄹㄹㄹ.

팔요일, 팍, 파란
처녀, 파란 난쟁이
파르스름한 쓰라린 노래
ㄹㄹㄹ 또 ㄹㄹㄹ.

파랍 그리고 푸름
파르람 그리고 파란 채소

파랍 두 쌍
상추와 배추.

ㄹㄹㄹ 또 ㄹㄹㄹ
파란 나의 레몬 가지 위
파란 새 하나.

파란 파란
파르르 젖은 파랍기쁨 속에
팔을 펴고 눕는다. ——너도 누우렴.

내 아픔세상에서 와
파랍기쁨 속에 머무나니

가장 번역 가능한 글자시라고 해서 손을 댔는데 역시 불가능이다. 벌써 한번 번역한 일이 있다. 또 달리 번역해도 억지다. 스페인어가 갖는 연상으로 응축된 표현의 광장이라 우리 머리의 연상으로 뛰어들지 못한다. 억지인 대로 나는 잘못 옮긴 나의 텍스트를 절대적인 것으로 가정하고 시를 이야기할 수밖에 없다.

우선 첫 연의 '파르름'이란 말은 충분히 창조 가능한 표현이다. '푸르름'이 있는데 어찌 '파르름'이 없으랴. 초록빛 하늘은 푸르르기보다는 파르르다. 파랍이 짙고 무리져 펼쳐 있는 정경이다. 거기에 후렴으로 작용하는 "ㄹㄹㄹ 또 ㄹㄹㄹ"이 우리 독자에게는 어떻게 이해될까. 이건 좀 자신이 없다. 원작에는 스페인 특유의 강렬한 발음인 'Rr con Rr'로 되어 있다. 트럭 바퀴가 발진하듯, 모터보트가 으르렁대며 지나가는 소리다. 원작자는 파르름의 역동적 발동을 의성어로 쓰고 있다. 우리말 소리는 너무 부드러워 그런 맛이 그냥 흘러가는 건 아닐지.

다음 '팔요일'의 뜻은 어떻게 느껴질까. 물론 '파란'이라는 소리를 끼고 연상되기를 바라고 있다. 일상스럽지 않은 날이면 그냥 좋다. '꽉'은 의성어다. 때리는 소리, 파도 소리 등 아무 소리나 좋다. 원작은 생명의 푸르름을 난쟁이처럼 쭈그러뜨린 금욕성에 대한 비판적 시각을 담고 있다. 내 번역시는 그런 맛이 어디에 잡혔을까.

다른 시구의 이 맛은 이해가 갈 줄 안다. 다만 '파람기쁨', '아픔세상'은 띄어쓰기가 없다. 복합어다. 인생을 고해라고 한다면 '아픔세상' 같은 말이다. '파람기쁨'은 파람이 기쁨을 수식하는 것도, 기쁨이 파람을 낳는 것도 아니다. 동의어다. 마치 노자의 기쁨 같은 양생법이 이런 게 아닐까.

이 시의 번역과 해설이 설득력이 없다고 할지라도 지금부터 이야기하려는 말의 연상법이 중요하다. 시어가 연상의미를 주축으로 창조된다고 할 때 우리는 우리의 일상 용어, 특히 사람의 말에서 흔히 느껴지는 의미 전달의 법칙을 무시할 수는 없다.

우선 첫번째 법칙으로 어떤 소리든 일단 떨어지면 의미를 갖는다. 예를 들어 내가 지금 '우차리꾸'라고 말한다. 그 말을 듣는 사람은 '저것이 카리브 연안의 나무 이름인가? 아니면 일본의 어느 섬 이름인가……' 이런 생각들을 한다. 그럼 벌써 의미가 태어나고 있다. 어떻든 우리말에는 없는 어떤 이국 식물이거나 최소한 낯선 어떤 것이란 뜻이 온다. 뜻을 이해 못함이 뜻이 없음을 말하지 않는다. 주의를 끌었으면 우선 시어로서 성공이다.

한때 '따봉'이란 말이 성공한 일이 있다. 뽀르뚜갈 말로 '좋다'는 뜻이다. 그러나 그 뜻을 제대로 알고 이 말을 좋아한 사람은 많지 않다. 기분나면 우리는 이거야말로 '따따봉'이라고 농했다. 이런 말은 뽀르뚜갈어에는 없다. 그러나 우리에게는 너무 설득력이 있다. 택시 잡을 때도 차가 안 오면 '따따블'을 부르지 않는가. 그런 영어가 있는가. 그러나 이런 엉터리 외국어, 다시 말하면 낯선 소리도 충분한 설득력을 가지고 어필한다.

언어는 전달이다. 시어는 더더군다나 이런 낯선 전달을 포기할 수 없다. 이미 독창성이다. 자기 작품을 표절한 것은 고발해도 밤낮 우리말 표절하고 사는 자신은 떳떳한 척한다. 아니다. 차라리 자기 말을 창조하라. 참으로 용감할 수만 있다면…… 우리 시의 보수성은 차라리 점잔 빼기나 안 튀기, 좋은 시 다 알기, 고시 패스하기 식 사고의 산물이다. 세계에 이름을 날릴 노벨상보다 시의 깊이와 표현의 수평선을 넓힐 일이다.

그러나 너무 이렇게 부조리한 표현에만 의존할 수는 없다. 역시 시는 자신이 나타내고자 하는 어떤 것을 포기할 수 없다. 그런 경우에도 언어 자체가 갖는 표현 가능성이 무척 많음을 본다. 글자의 형상미나 상징성은 제쳐놓고라도 우선 아무 소리나 우리가 아는 말을 연상시킨다. '파람'이라고 하면 그 의미는 '파란 것' '파란 바람' '휘파람소리 같은 바람' '바람보다 가벼운 바람'을 연상시킨다. ㅂ보다는 ㅍ이 파열음이어서 더욱 날리는 느낌이다.

이외에도 우리는 전통적으로 한자를 사용한 복합어를 많이 창조해왔다. 같은 법칙을 적용한 우리의 소리도 단어보다 작은 의미 단위들이 얼마든지 있다. 예를 들어 '……스럽다' 같은 표현을 써서 '하늘스럽다' '풀스럽다' '돌스럽다'고 표현할 수 있다. 말을 이루는 작은 의미 단위들을 활용하면 얼마든지 신어를 창조할 수 있다. 또한 그런 글을 읽을 때 그 말뜻의 분석으로 새 의미를 가늠할 수 있다.

글자시에서 흔히 사용하는 소리 반복은 우선 재미있다. 리드미컬하다. 시의 기본인 운율성을 갖는다. 신비평에서 소리상징을 반박하는 예로 "I like Ike"가 무슨 소리상징을 갖느냐고 따졌다. '아이'를 반복한다고 해서 아이젠하워(Dwight David Eisenhower)가 밝

은 인격이라든가 그를 좋아하는 것이 희망적인 느낌을 갖다주느냐
라는 반박이다. 물론 그런 의미는 없다. 그러나 그 반박론자들이
잊어버린 것은 그 소리가 선거 구호로 한 대통령을 당선시킬 만큼
효과가 컸다는 사실이다. 말소리가 그냥 재미있었기 때문이다.

　같은 소리의 말은 뜻도 같으려니 하는 착각을 불러일으킨다. 우
선 반복이 재미있고 뜻이 같으려니 착각을 불러일으키는 게 재미있
다. 결국 시어는 어떤 어려운 은유여도 이미지상 같은 맛으로 연결
되기 때문이다. 나는 한때 "초봄에 오는 비는/제비"라는 시구를 썼
다. 제비는 물론 비의 종류가 아니다. 그러나 두 말의 소리가 비슷
함은 뜻이 다른 줄 알면서 동시에 어딘가 같은 데가 있음을 억지로
시사하게 만든다. 이런 기막힌 맛을 시인은 노린다.

　시는 운율적 표현이다. 운율이란 반복을 뜻한다. 따라서 시어는
어떤 말이든 이런 반복 속에서 일상어가 갖지 않는 맛을 유발한다.
산문의 기본 법칙은 반복을 피하는 데 있기 때문이다. 장 꼬앙은
시어가 반산문어라고 한다. 반복성, 규칙성 때문이다. 그러나 그
런 운율성이 갖는 의미적 변화는 문학어를 '정서적 언어'로 바꾼
다. 모든 노래도 반복이다. 새들의 지저귀는 소리까지.

　운율적인 형태인만큼 신어 창조 또한 늘 가능하다. 같은 소리를
스스로 특별한 의미를 부여하여 자주 반복하면 신어가 된다. '화끈
하다'는 말이 인기를 누린 것은 어떤 집단이 그 새 뜻을 재미있어
하며 묵시적으로 도입해서 썼기 때문이다. 마찬가지로 시인은 자
기 시 속에서 어떤 신어를 창조하여 새로운 의미를 부여하고 자꾸
반복할 때 달무리 같은 새로운 의미 무리를 낳는다. 가능성은 얼마
든지 있다.

　마리아노 브룔은 「파란 기쁨」에서 극단적인 신어 창조나 말소리
놀이보다는 순수시의 시 표현방법과 시어 창조의 확실한 가능성을
조화시키고 있다. 그 이전의 기발한 소리시나 글자시보다 번역한

시가 글자시의 고전으로 기록되는 것도 이 때문이다.

감각 바꾸기 시법의 묘

마리아노 브룰은 글자시뿐만 아니라 인상주의 이후 일반화된 감각 바꾸기 시법의 묘를 최대로 활용할 줄 알았던 시인이다. 하우저(A. Hauser)가 상징주의까지 '인상주의'라는 이름으로 함께 부르는 이유도 사실 그 상징성이라는 것이 특히 감각바꾸기 시법(synaesthesia)을 적극 활용한 현상 때문이리라.

인상주의는 물체의 색깔이 빛에 의해 달라짐을 역설한다. 하늘은 원래 파란 게 아니라 빛에 따라 밤에는 어둠이 될 수 있다. 또한 그 색깔을 보는 사람의 마음 상태에 따라 세상은 온통 깜깜하게 보일 수도 있다. 인상주의 작가들은 화가의 마음을 투영한 색깔 혹은 모양으로 풍경을 그렸다. 햇볕에 이글거리는 해바라기밭은 강렬한 태양빛의 반영이면서 광기 찬 화가의 마음 상태를 투영한 것이기도 했다.

감각 도치는 바로 이런 작가의 '마음의 풍경'을 그리는 데 없으면 안될 기법이었다. 우리 마음의 심상은 어느 한 감각의 작용으로 나타나지 않는다. 그것은 상 혹은 이미지인만큼 늘 시각적 특징을 갖는다. 그러나 그 시각의 모양지음에는 청각에서부터 촉각, 후각까지 우리의 모든 감각 기능이 영향을 미친다. 예를 들어 코를 찌르는 아카시아꽃 향기는 '클랙션 소리보다 더 크게 귀청을 뚫는다'로 표현할 수 있다. 이는 냄새의 자극을 청각으로 바꾼 표현이다. 아니면 하얗게 무더기로 피어 있는 아카시아 꽃밭을 '어깨를 짓누르는 백색 깃발'로 표현할 수 있다. 이는 시각을 무게 즉 촉각으로 바꾼 시구다. 이런 표현은 우리 마음에 미치는 느낌의 강도에서 우

선 일치한다. 동시에 어떤 하나의 감각으로 규정지을 수 없는 일체
적 느낌 혹은 순간의 총체적 감각을 느낌 그대로 옮길 수 있는 기
법이다.

우리 일상의 느낌은 분석적이 아니다. 장미의 빨간 색깔은 오직
색깔로서만 우리 감각에 접근해오는 게 아니다. 그 향기와 생동
감, 꽃이파리의 보드라운 감촉까지 그 어느 것 하나 우리 마음을
휘어잡지 않는 게 없다. 우리의 일반적인 총체적 느낌을 표현하는
데 감각 도치만큼 알맞은 도구는 없다. 특히 동양에 많은 풍경시나
여행의 인상을 담은 기행시는 이런 기법이 갖고 있는 묘를 최대한
발휘한다.

마리아노 브룰은 한 마을 정경의 깊은 향취를 담는 데 감각의 복
합적 무늬를 현묘한 감각 도치의 기법으로 심화시킨다. 우리가 지
금 번역하려고 하는 시는 스페인 안달루시아 지방의 고도(古都)
그라나다를 그린 것 같다. 사랑과 낭만의 옛 고장, 사라센 제국의
마지막 황제가 눈물을 머금고 떠난 꿈의 도시에 발을 디딘다. 때는
그 지방 특유의 빨간 카네이션이 한창인 시절이다.

그라나다

빛 속의 그라나다의 숨결이
내 코에 와닿았다──온통 향기의 절규──:
안으로부터 우러나오는 향기의 땅
깊게, 멀리서 꽃이 번다.

영혼의 살아있는 속살. 온통
벌거숭이 가슴. 묻혀 우는
기타: 너의 분수의 물 기타줄의
영원한 노래여.

무슨 맺힌 한이 있어 내 속살을 저미는가 !
나를 전율의 음악으로 얽어매는
대기의 뿌리여, 영혼의 눈짓이여.

피로 얼룩진 무서운 아름다움의 유화
그라나다여——그 커다란 밤에——:
고뇌 속에 길을 잃은 이정표
——이제 이전의 한조차 잃어버린——

무더기로 무리져 동터오는 아침이여
그 아름다움이여 !
            ——이제
이토록 가까이 시방 내 곁에 피어나는
여운의 카네이션꽃이여 !

아리스토텔레스는 동물적 감각의 기능과 인간의 지적 기능의 유기적 관계를 말한다. 이 시에서처럼 한 옛 도시에서 느끼는 감각적 풍미와 '영혼의 눈짓'이 한치 간격 없이 입체적으로 전해오는 경우도 많지 않으리라. 눈앞의 꽃으로 육박해오는 옛 향기의 부활 ! 누군가의 아픈 살아온 이야기, 아니면 이름 모를 피맺힌 절규가 빨간 꽃으로 망막을 후벼판다.

마리아노 브룰은 색의 시인만은 아니다. 오히려 '공'(참스러운 비어 있음)의 시인이다. 아니면 '색즉시공'의 색깔과 고요, 비어 있음의 하나됨을 노래하는 시인이다. 이런 순수시 계열의 시로 '장미'를 주제로 한 많은 시들이 있다. 이들 장미는 한결같이 죽음을 넘어선 색깔이나 향기를 가지고 있다. 추상성에 가까운 냄새와 감각은 브룰의 시의 극도의 표현미를 웅변처럼 들려준다.

이름 모르는 장미에게

> "피부에 와닿는 한 장미의 제삿날에"
> —— 하이메 또르레스 보델

멀리 떠나와——이제는 모든 사랑이 망각으로 남은——
해맑은 그리움 속에 다시 태어난
너의 아름다움의 절정을 바라본다
천사들의 침묵으로 자욱한:
영원한 무상의 문턱에서
그토록 민첩한 죽음을 지켜본다,
심상——오롯한 너의 심상 속에——으로
되살아나는 또다른 삶의 총체적 장미를 찾다!
빛나는 여명, 물기에 젖은 높이,
고요에 불타는 곡선,
너의 자태는——정확한 우연——
입다문 가장자리, 음악을 물줄기로
쏟아져내려, 이윽고
얼어붙은 불길, 벚꽃 꽃가지에 엉겨붙는다.
장미의 순간, 그 서서히 여물어가는 영원을
함께 하러, 하늘도 머무는 시간,
가없는 장미의
빈터를 에워싸는 신선함의 호숫가.
끈기로 피운 영원, 끝나지 않는 4월.
부재 위를 맴도는 달무리 같은 향기의 여운:
때늦은 안타까움이 치밀어오르는
미래의 장미 주위를 아우르는 여백.

아름다움은 죽어 아름다운 자리를 남긴다. 그 자리에 또다시 4월이 오고 눈이 내리고 긴 긴 기다림과 안타까움의 꽃의 전야제가 계속된다. 그 순수와 영원의 느낌을 이미지로 이 시는 표현할 수 없는 느낌을 형상화하는 애타는 노력의 산물이다. 그만큼 옮기기가 어려운 섬세하고 예민한 꽃나무다. 없는 꽃나무를 어떻게 이식하랴.

순수시는 자연의 형상미의 건너편에 산다. 오르떼가 이 가셋(Ortega y Gasset)은 숲의 전체적 형상은 늘 한눈에 잡히지 않는다고 한다. 사람마다 서 있는 각도에 따라 숲의 일부의 모습을 이야기할 수는 있다. 시간과 공간의 제약 속에 사는 인간은 한 숲의 절대적 모습조차 감지할 수 없다. 그래서 인간은 숲을 '다이애나' 같은 숲의 신으로 표상한다. 숲을 표현하기 위해 숲의 형상을 넘어선 또다른 실체로 숲을 대신하게 하는 것이다.

순수시인은 때로 이런 어려운 총체적 모습을 노린다. 지금 피어 있는 한 송이 장미, 내가 사랑하는 여인…… 그 여인은 내가 헤어진 뒤에도 나의 가슴의 체적(體積)으로, 빈터로 남아 있다. 더 오랜 세월 뒤, 이름마저 잊어버린 아름다움에 대한 기억으로, 그 슬픔으로 계절의 수레바퀴를 돌게 하고 내 가슴의 피를 데운다. 그래서 지금의 장미는 이 장미가 아니다. 장미 건너편의 장미가 더욱 크다. 이 모양지을 수 없는 커다란 장미, 총체적 장미를 마리아노 브룰은 노래한 것이다.

플라톤은 사랑이 가장 단순하고 영원 불변한 것이라고 「향연」에서 말한다. 그래서 너와 나의 사랑도 멀리는 너와 나를 떠나 모든 사람의 가슴을 데우는 사랑으로 영원히 살아가는지도 모른다. 너와 나의 더운 가슴과 그와 그녀의 뜨거운 열정은 다를 바 없다. 형태와 소유를 떠날 때 영원화한다. 따라서 나의 영원한 사랑은 이미 너를 떠난다.

장미에 바치는 비명

장미 한 송이를 부서뜨리니 네가 없다.
폐허가 된 장미의 궁전,
바람에 허물어져내린 기둥 이파리들.
이제——불가능한 장미——너의 시간이 시작된다:
대기의 바늘로 얽어 짠
손 닿지 않은 쾌감의 바다,
거기 모든 장미들은
——장미라기보다——
아름다움의 감옥없는 아름다움.

큰 어른은 어린아이의 마음을 갖는다. 『현대시학』 1993년 5월호
에는 미당 선생의 동시가 흥미있었다. 시성 (詩聖)의 나이에 어린
아이들을 위한 이야기, 어린애들을 위한 시를 쓰는 마음은 높다.
『맹자』에 "큰 사람은 어린아이의 마음을 잃지 않은 사람이다〔大人
者 不失其亦子之心也〕"라고 하지 않았던가. 노자도 죽을 때까지 (죽
지 않았기가 쉽지만) 어린애 같은 치부, 어린애 같은 혈색을 가지고
있었단다.
　마리아노 브룔은 순수시를 거쳐 깊은 형이상학적 고뇌에 빠진
다. 그리고 마침내는 동시에 가까운 순진성의 참의 모습에 탐닉한
다. 앞에서 보아왔듯 브룔의 심미주의 세계는 늘 형이상학적 영원
성을 향하고 있다. 관조시라고 하기에는 아직 핏기가 살아 있지만
그의 시의 향기 어딘가에는 불교의 '물아일체'나 '색즉시공'적 냄새
가 배어 있는 것을 느낀다. 브룔의 시세계는 기독교의 영원성과는
다르다. 그의 신은 절대신의 오만보다는 아름다움, 순수에 대한
범신론적 믿음과 사랑이 특징이다.

살아간다는 것은 역설이다. 도무지 이해할 수 없는 우연과 혼돈 속에서 사람들은 살아간다. 직장에서 먹고 살기 위해 발버둥치며 더러 산다는 게 이건 아닌데 한다. 그러나 '이게 아닌 날'은 끝내 오질 않고 죽음이 창을 두들긴다.

　　전야제

　　　혼돈 속에 고개를 내민다……
　　　혼돈과 나는
　　　하나가 되지 못한다, 하나가 아니니
　　　서로 둘도 아니다.
　　　아무의 것도 아무것도
　　　아닌 자의 삶……──아니다:
　　　그 두 삶 속에 살며
　　　둘로 살며,
　　　그 두 오늘을 기다리는
　　　유일한 전야제.
　　　모두 가면 속에 죽는다
　　　가면을 바라본 자도,
　　　나는──이 두 목숨을 위해──
　　　둘이 되어 죽는다……

그렇다. 한 사람이 죽는다. 내가 죽는다. 사람들은 '한 교수가 죽었다'라고 생각한다. 아니, 내가 죽는데, 세상에 둘도 없는 내가 죽는데 한 교수가 죽다니…… 교수는 나의 직장인의 얼굴, 말하자면 가면인, 나의 어떤 생명성도 대변하지 못하는 겉껍질이다. 직장은 죽지 않는다. 그런데 내가 죽은 것을 '한 교수가 죽었다'고 한다.

그러나 밖의 세상은 혼돈인 채로 나의 삶의 일부다. 내 맘에 들지 않으니 세상과 나는 하나가 될 수 없다. '물아일체'는 크게 깨달은 자들의 몫이다. 하나가 아니니 어찌 세상과 나는 절대적으로 다른 둘이라고 말할 수 있으랴. 그래서 우리는 직장과 나 사이, 사람들에게 보여지는 나와 숨쉬는 나 사이를 오가며 또 내일을 기다린다. 혹시 내일은 꿈과 현실이 하나 되어 밝아올 아침이 있을까를 기대하며. 그러나 끝내 나는 죽는다. 교수와 내가 함께 죽는다.

마리아노 브룰은 이런 현상학적 고뇌를 거쳐 어린애의 순수에 이른다. 너와 나, 사물과 인간의 한계가 무너진 '무소유(無所有)'의 열락을 어린애들의 놀이에서 발견한다.

아이와 달

아이와 달이 논다
아무도 안 보이는 놀이;
서로 쳐다보지도 않고 서로를 본다, 말한다
순순한 말없음표의 언어.
서로 무슨 말을 나눌까, 무슨 말을 입다물까,
누가 하나, 둘, 셋을 세고
누가 셋, 둘, 하나를,
그리고 누가 다시 시작할까?
누가 거울 속에 남았는가,
달이여, 그 투명함이여!
아이는 혼자 즐겁다:
달은 아이의 발 밑에
첫새벽 눈길을 깔아준다,
동터오르는 푸르름을 깔아준다;
세상의 두 얼굴에

──듣는 얼굴, 보는 얼굴──
고요가 둘로 갈라진다,
빛이 거꾸로 되비친다,
이윽고 손도 없는 손이
누군가를 찾으러 떠난다,
그리고 아무의 시간도 아닌 시간에
한번도 없었던 시간이 흐른다……

아이는 혼자 논다
아무도 안 보는 놀이.

　만물을 어린애의 눈으로 보는 신기함이 있다. 의미가 없다. 너무 순수해서 그냥 자연으로 되돌려준, 의미없음의 법열의 순간, 아이는 자연에서 갓 태어난다. 자연과 너무 잘 통한다. 너무 잘 통해서 오히려 말이 없다. 말없음표로 이어지는 투명한 공간. 그것이 아이와 달의 대화다. 대화라기보다 그냥 노는 장면이다.
　마리아노 브룰의 순수시는 마침내 자연과 인간의 합일의 감각을 체크한다. 자연은 논다. 토끼도 뛰어놀고 사슴도 뛰어놀고…… 참새도 제비도 논다. 아이도 논다. 사람만 일을 한다. 일을 하는 것이 노는 것이라는 것도 모르고…… 사는 것의 뿌리가 뛰노는 가슴이라는 것도 잊고, 일의 뿌리가 놀이라는 것도 모르고……
　마리아노는 아이를 주제로 한 시에서 인간의 잃어버린 순수성에 대한 자각을 일깨운다. 잃어버린 순수와 우리 사이에 다리를 놓아준다. 아이는 자연과 우리 사이를 잇는 유일한 끄나풀이다. 반자연·반인간의 현묘한 다리, 우박이 튀는 것도 어린애들의 장난 같다.

우박이 튀었다

우박이 튀었다
아이들처럼 즐겁게,
대기의 반짝임
물의 음악,
벌거숭이 맨발로, 그 찬 발로
갓 비친 새 햇살
아직 따스한 땅에서.
지붕 위에서는
우장창, 목쉰 소리로 튀김 튀더니
창가에 와서는
작은 종들을 두들긴다.

북치기, 북치기, 작은북, 큰북,
돌과 불.
지나는 빗줄기
잔치 그림 그리기.

제7장
비센떼 우이도브로
(칠레, 1893~1948)

아방가르드 문학운동인 '창조주의'(creacionismo)의 창시자 비센
떼 우이도브로(Vicente Huidobro)는 전위문학의 본격 무대였던 빠
리에서 활동했다. 그는 1911년에서 25년까지 프랑스 문단에서 프
랑스어로 6권의 시집을 발표할 만큼 국제적인 시인이다. 1911년
칠레 산띠아고에서 『영혼의 메아리』, 1913년 『밤에 부르는 노래』
『침묵의 굴』『숨겨진 파고다』, 1914년 『아담』, 1916년 『물의 열
쇠』에 이르기까지 스페인어로 왕성한 창작활동을 보인 우이도브로
는 1차대전이 발발하자 빠리로 건너와 야망에 찬 전위문학운동을
벌였다.

1918년 스페인 마드리드에 들러 그때 한창 태동중이던 '울뜨라이
스모'(스페인 전위문학운동, 1918~23년)의 젊은 시인들과도 활발한
접촉을 가졌다. '창조주의'라는 기치를 높이 들고 새로운 시를 주
창했다. 그는 당시 이미지즘이나 많은 전위문학의 열풍과 맥락을
같이하면서 "일화적이거나 묘사적 요소의 배제"를 부르짖었다. "시
적 감흥은 순전히 시어의 창조적 기능에서 나와야 한다… 자연이
나무를 만들듯이 시인은 시를 만들어야 한다… 시는 창조해야 한
다. 이것이 우리 시대의 요청이다… 사물을 노래하는 게 아니라

시적 사물을 창조해야 한다 …" 그의 부르짖음은 창조적 열기에 가 득 차 있다.

우이도브로는 초현실주의를 비판한다. 초현실주의는 시를 "얄팍한 마술놀이"로 전락시켰다고 혹평한다. 그러나 비센떼 우이도브로의 후기시는 다분히 쉬르리얼리즘적 요소를 포함하고 있음을 지적받기도 한다. 자유로운 상상의 유희, 언어만으로 구축한 미의 상아탑을 꿈꾸었던 그의 시는 사실상 현대사회의 부조리와 고독, 대화 단절의 상황을 그린다.

창조주의는 서구 문학의 가장 커다란 주류인 아리스토텔레스의 자연모방설을 정면으로 거부하는 듯한 인상을 준다. '완전한 상태로의 자연의 모방'에 대한 염원은 르네쌍스 이후 많은 서구 문인들의 시학으로 이어져왔다. 그러나 이미 17세기 바로끄 문학, 특히 스페인의 시인 공고라로 대표되는 '문자시풍'(culteranismo)은 인공적인 것, 즉 말의 놀이를 통한 인공적인 절대적 아름다움의 세계를 구축하는 데 열을 쏟았다. 소위 '은둔시', 쉽게 말하면, '되도록 어려운 시'의 선구자가 공고라였다. 현대 난해시의 대가 말라르메가 공고라를 숭배한 것은 우연이 아니다. 말라르메도 시인의 의도나 영감보다는 말이 만들어가는 세계, 말과 말의 대화와 교감을 중시했다. 말하자면 시의 광장에 구차스러운 시인의 의도나 시인의 사물관·자연관이 주축을 이룰 때 시의 언어는 하나의 단순한 도구나 부속품으로 전락한다.

우이도브로의 창조주의는 다분히 말라르메적이다. 즉 시는 시어가 만들어가는 무늬다. 그것은 어떤 아름다운 자연을 묘사하거나 노래하는 부산물이 아니라, 자연과는 상관없는 언어만으로 구축된 자연이다. 우이도브로는 그의 「시학」이라는 시에서, "오 시인들이여, 왜 장미를 노래하는가 ! 시 속에 장미가 꽃피게 하라"라고 부르짖는다. "진정한 활기는/머리 속에 있다"고 말한다. 즉 시인의 머리 속의 언어가 시적 감흥의 원자재다. 우리가 자연이나 사물을 본다는 것은 우선 우리에게 눈이 있기 때문이다. 따라서 객관적으로 생각되는 사물의 모양됨은 우리의 주관적 관점으로 재창조된 모습들이다. 우이도브로는 이런 '재창조'적 측면을 적극화한다. "우리의 눈이 보는 모든 것은 창조되어질지라. 그리하여 듣는 자의 영혼이 감흥에 떨도록."

기발한 인공적 영상의 무도회

시가 자연스러움, 점잖음, 튀지 않아야 함 따위의 전통적 터부를 벗어던질 때 지금까지 경험하지 못한 새로운 그림이 펼쳐진다. 삐까소 그림이나 입체파가 처음에 충격적이었듯이 같은 시대, 같은 분위기에서 태어난 창조주의 이미지도 퍽 낯선 언어의 난무였다. 바다에 배가 뜨고 산에 나무가 있다고 생각하는 사람들에게는, 파도 위에 나무를 심는 이들 엉터리 정원사의 장난이 못마땅하게 보였을 것이 분명하다.

그러나 세상 만물이 부처님 손안에 있듯, 한번 시 속에 떨어진 말은 시 속에서 나름대로 의미를 구축해간다. 초현실주의나 이들 전위시인은 우리의 선승이나 수도자들처럼 시 이전, 이후의 생각을 버린 순수한 말의 무늬만으로 어떤 깨달음의 형상을 꿈꾸었는지도 모른다. 비록 창조주의 시인들은 그 집념에 비자연적인 것, 기발한 것을 찾는 불순한 동기가 숨어 있었지만.

어떻든 자연만이 아름답다는 편견을 버린 이들 창조주의자는 지금까지 맛보지 못한 자유로운 상상의 날개를 편다. 그 상상의 날개라는 것이 시어, 즉 말을 타고 펼쳐지는 것이어서, 말의 가장 큰 속성인 의미화가 한층 다양해지고 강력해지리라는 결과를 예측할

수 있다. 우이도브로는 되도록이면 자연스러운 이미지의 접목을
피한다. 동시에 이들 비약된 이미지의 접목을 통해 한 차원 높은
이미지나 의미 형성을 꿈꾼다.

물거울

나의 거울은 밤에 흐른다,
시냇물이 되어 내 방에서 멀어진다.

나의 거울, 우주보다 깊은 나의
거울 속은 지상의 모든 백조들이 빠져죽은 곳.

성곽 위 파란 연못 하나,
그 한가운데 닻을 내리고 잠이 든 벌거숭이 너.

그 물결 위, 잠꼬대하듯 어두운 하늘 밑으로,
나의 꿈들이 배처럼 멀어진다.

항상 뱃머리에 우뚝 서서 노래하는 나를 보라.
내 가슴에는 은밀한 장미 하나 부풀어오르고
취한 뻐꾸기 한 마리 내 손가락 끝에서 날갯짓한다.

우이도브로의 이미지는 야단스럽지 않다. 밤에 펼치는 상상의
날개, 가장 아름다운 자연, 백조가 빠져죽은 인공의 연못의 서정
…… 그 벌거숭이 쾌락의 샘. 시의 마지막 구절은 나름대로 현묘하
다. 손가락 끝에 우주를 올려놓지는 못할망정 시인이면 "취한 뻐꾸
기 한 마리"쯤은 올려놓을 수 있지 않을까?
  우이도브로의 창조적 이미지는 자연에서 유사성을 찾지 않는다

고 하지만 독자의 일상적 경험은 보다 자유로운 상상으로 대비시킬 수 있다. 예를 들어 이 마지막 연의 이미지는 담배를 피워물고 있는 시인의 손가락 끝(연기 모락모락 피어오르는)이나, 시를 쓴 시인의 펜을 잡은 손가락을 연상할 수 있다. 이런 연상은 시인이 일부러 끌어들인 연상이 아닐 수도 있다. 그러나 그만큼 이런 시구는 자유로운 상상을 정식으로 허용한다. 그것이 시인의 상상의 새가 법열에 취해 날갯짓하는 초월적 기대를 낳게 하는 상상이면 창조주의는 때로 대단히 설득력이 강한 인상주의 터치를 즐긴다. 현대시의 하나의 특질인 인상주의 기법, 말하자면 감각 도치의 묘를 아주 적절하게 사용한다. 그의 눈은 창조하는 눈이지만 그 의미는 세월의 흐름이나 인생무상, 허무 등 우리에게 친숙한 세계일 수 있다.

밤

눈길 위 밤이 미끄러져내리는 소리가 들린다

나무에서는 노래가 떨어지고 있었다
안개 뒤에서는 아우성소리……

나는 시선 하나로 담뱃불을 붙였다

입술을 열 때마다
나는 허공 가득 구름을 채운다

항구에는
돛대들이 가득 새 보금자리를 이고 서 있다

그리고 바람은
새들 날개 속에서 신음소리를 낸다.

우리 풍경시가 내숭떠는 것과 같이 칠레 시인의 풍경화 또한 억지가 없다. 나무 이파리 대신 노래가 떨어지기로 그 서글픔에 큰 차이가 있으랴. "시선 하나로 담뱃불을 붙이는" 시인의 마술 또한 멋있다. 모든 것이 순수와 푸르름을 잃어가는 것에 대한 안타까움의 눈길이 담뱃불 하나쯤 못 붙이겠는가. 담배 연기로 허공을 채워도 허무는 허무로 남는다. 모든 항구는 행복의 보금자리에 대한 소망으로 부풀어 있다. 다만 세상이, 세상 풍파가 새의 희망처럼 보금자리가 되어 돌아와주질 않는다. 해변가를 물어뜯는 바람의 신음소리…… 우이도브로의 담배 피우는 모습에 관한 이미지는 일품이다. 그만큼 자주 등장하기도 하지만 그때마다 새롭다. 예를 하나 더 들어보자. "나는 물가에서 휘파람을 불며/나의 손가락 사이에서 연기되어 사라지는 별을 본다."

생의 비극적 감정과 구원으로서의 시 창조

그러나 우이도브로는 말놀이꾼이 아니다. 1차대전의 틈바귀에서 태어난 모든 전위문학처럼 인간의 전통적 가치 상실에서 오는 절망에 뿌리를 둔 몸부림으로서의 창조적 열기이다. 전위문학이 표방한 일체의 전통적 문학기법의 파괴, 좋은 시, 잘 팔리는 문학의 거부는 이미 전쟁의 화염 냄새에 젖어 있다. 전위부대라는 말에서 출발한 '아방가르드'라는 이름이 시사하듯이 전위문학은 유머까지도 생의 비극성을 정제한 데서 나온 것들이다.

시대적으로 앞선 1912년 마리네띠의 '미래주의'는 이들 전위문학의 또다른 성격을 말해준다. 미래주의는 시형식의 선적 배열과 글자 중심적 시쓰기에 대해서 저항한다. 또한 전통적으로 아름다운 시적 사물, 장미니 꽃이니 바람이니보다 비행기·스포츠맨·테니스·담배·자동차 등 문명적 용어가 시적일 수 있음을 예시한다. 다다이즘과 함께 무정부주의에 이르는 전통 파괴의 열기 이외에도 혁명적으로 새로운 예술세계의 창조에 관심을 둔다.

비록 아방가르드는 시학을 버린 예술, 아니면 시학을 넘어서 인간의 생명적 구현 자체를 예술로 보려는 열기에서 행동예술을 낳았지만, 다시 보면 그것은 주어진 사고나 예술 형식의 협소함을 깨닫고, 전연 새로운 삶과 예술의 일치점을 찾아 몸부림치는 신건축학의 태동이었다고 해도 과언이 아니다.

전위문학은 시와 예술, 기타 일체의 주어진 형식에 대한 도전이었다. 특히 다다이즘은 모든 시학을 부정한 전위문학 행동의 극단이었다. 조간신문을 보아라. 기사의 글자 하나하나를 가위로 오려라. 그 글자들을 혹 뿌려라. 그게 시다! 시쓰기를 이렇게 편하게 한 시학이 전위문학의 한 흐름이다.

여기에 비해서 에즈라 파운드(Ezra Weston Loomis Pound)의 이미지즘이나 비센떼 우이도브로의 창조주의는 퍽 건설적이다. 이미 시학이 있는, 최소한도 시학을 표방한 전위문학운동이었으니 말이다. 『서양 문학 속의 동양』에서 나는 이들이 지금까지의 서양 문명에 대한 극도의 권태와 절망으로부터 정말 새로운 아름다움과 인간 실존적 참을 구현할 수 있는 예술을 꿈꾸었다는 것을 밝힌 바 있다. 그것이 이미지즘의 '비개성적 예술'이거나 '머리의 활력'으로 구축하려는 우이도브로의 상상의 자유의 세계였다.

우이도브로는 다다이즘보다는 시학을 구축하려는 재건파에 속했다. 그는 쇼펜하우어(Arthur Schopenhauer)의 페씨미즘과 니체(Friedrich Wilhelm Nietzsche)의 슈퍼맨을 더 믿었다. 이것은 더 연구되어야 될 테마이지만 우이도브로의 작품세계는 다분히 신을 잃은 세대의 고뇌가 팽배해 있다. 고뇌는 절망과 믿음의 증표다.

믿지 않는 자는 회의주의자다. 우이도브로는 「높은매」(Altazor)에
서 정면으로 기독교를 고발한다.

　　가시관은 그 마지막 별들을 쏟아내리면서
　　시들고 있다, 시들어
　　죽으리라, 기독교는 아무 문제도 해결하지 못했다

　　오직 가르친 것은 죽은 기도문이다
　　2천 년의 수명 뒤 기독교는 죽고 있다
　　커다란 대포사격 하나에 그리스도의 시대는 종말을 고한다
　　그리스도는 수천의 목숨과 함께 죽고 싶어한다
　　스스로의 성당과 함께 무너지려 한다
　　그리고 위대한 행군의 대열에 끼여 죽음을 통과하려 한다
　　수천의 비행기들이 새로운 시대를 경하한다
　　비행기들이 기도며 깃발이다

　우이도브로는 신의 죽음을 체험한 고발자이며, 스스로 신을 대
변해야 할 필요성 앞에 선 마지막 인간이다. 그의 말을 따르면,
"시인은 작은 신이다". 신이 죽은 시대에, 인간성의 상실 시대에
인간에게 마지막 남은 상상력과 비극적 삶의 맥락으로 살아 있음을
말장난처럼 절규한 시인이다. 칠레 시인은 1차대전에서 그 흔한
아픈 애정영화를 보았던 모양이다. 그는 이를 이렇게 시화한다.

　　전함이 떠난다

　　배는 멀어지고 있었다
　　오목거울 같은 물결 위를

깃털조차 없는 어느 목구멍에서
　　　　노래가 흘러나왔던가

　　자욱한 연기 구름, 손수건 하나
　　바람과 싸우고 있었다

　하지 때의 꽃들은 모두
　허공에 꽃을 피운다

　부질없이 우리는 울었다
　　　　꺾을 수 없는 꽃을 아쉬워하며

　　마지막 시구는 아무도 노래하지 않으리라

　한 아이를 바람에 들어올리며
　한 여인이 해변에서 작별을 고했다

　! 지상의 모든 제비들이 스스로의 날개를 부숴버렸다 !

　그렇다, 영화 주제가나 팝송에 가까운 착상이다. 그러나 전시의 상황은 분명히 유행가보다는 아팠다. 그 절절한 아픔을 극적인 '제비들'의 광란을 통해 시화하고 있다. 바람, 세월, 그보다 전쟁의 폭풍, 그리고 사랑…… 그 사랑은 하지에 핀 꽃처럼 결실을 기대할 수 없었다. 여기에서 어떻게 사랑하는 사람과 사람이 행복한 가정을 이룰 수 있다는 꿈이 현실일 수 있었으랴. 모두 이해하고 우리는 항구에서 이별을 고했다. 그런데 "! 지상의 모든 제비들이 스스로의 날개를 부숴버렸다 ! "
　사랑하는 마음이, 행복하고 싶은 마음이 잘못이라면, 지상의 모든 행복의 가능성은 자살을 해야 옳다. 그 맨 첫번째의 희생들, 제비들…… 시가 귀신을 울리는 데 제일이라 했던가.

　비센떼 우이도브로는 그의 창조주의 시를 인류 구원의 예언자적 목소리로 생각했던 듯싶다. 현실에서는 실현할 수 없는 인간의 꿈과 소망, 고향과 어린 시절과 평화와 행복에 대한 염원은 시인과 예언자가 나서지 않고는 치유할 수 없는 세계대전의 소용돌이 속이었다. 창조주의의 대부는 어쩌면 가장 착하고 서정적인 낭만주의 소년일 수 있다. 현실은 그를 무모한 바다의 해적이나 종이바다의 선장으로 몰아간다. 꿈의 선장, 환상 속의 군주, 하늘을 잃은 신.

　　　　수　　부

　　　첫번 비행을 시작한 저 새가
　　　보금자리를 떠난다, 뒤를 돌아다보며

　　　입술에 손을 대고 나는 너희들을 불렀지

　　　나무들 정상에서
　　　나는 물장난을 만들었다

　　　여자도 제일 예쁜 여자를 만들었지
　　　하두 예뻐서 노을녘이면 내 여자도 빨개지곤 했었지

　　　　　　달이 우리들에게서 떨어져가며
　　　　　　북극에 원광을 드리운다

　　　나는 강물을 흐르게 했지
　　　　　　한번도 존재하지 않았던 강

큰소리 하나로 산을 일으켰지
그리고 주위에서 우린 새로운 춤을 추었어

　　동녘의 구름 속
　　모든 장미들을 꺾었지

그리고 눈으로 만든 새에게 노래를 가르쳤다
자, 이제 우리 가자, 이 풀어놓은 달들 위로

나는 오래된 수부
　　끊어진 수평선들을 꿰매는

　우이도브로의 창조주의는 "끊어진 수평선들을 꿰매는" 작업이
다. 사람의 타성과 이성으로 마모된 일상의 세계, 시적 전통이라
는 명목으로 또다시 굴레 씌워진 '장미를 꺾고' 다가오는 문명과 미
래 앞에 새로 태어나는 아름다움의 세계를 꿈꾼다. 새만 노래하는
것이 아니라 트럼펫도 노래하며, 가슴만 노래하는 것이 아니라 말
도 소리를 한다. 결국, "태양 아래 모든 사물은/오직 우리를 위해
존재한다"(「시학」). 말이고 사물이고 만지면 소리 안 나는 게 없
다. 우이도브로는 "눈으로 만든 새에게 노래를 가르쳤다". 눈으로
새를 만들었다면 그 새에게 노래를 가르치는 게 또 뭐 대순가. 거
짓말에 또 거짓말을 하는데 더 거짓말, 덜 거짓말이 어디 있는가.
아니면 참말에 또 참말이 어디 있는가. 상상에 가장 유해한 것은
제약이다. 이들 제약들, 즉 쓸데없는 좋은 시쓰기나 좋은 수사학
이 시인의 자유로운 상상력의 수평선을 끊어놓는다. 자유라는 이
름의 제약들, 그 고리타분한 수사법의 한계를 뛰어넘겠다는 게 창
조주의다. 신이 바다를 창조할 때의 수평선 그대로 수평선을 재구

축해놓겠다는 것이다.

시와 반시, 절망과 절규 「높은매」

　평론가들은 우이도브로의 대표작으로 『높은매』를 꼽는다. 비록
1931년에 출판되었지만 작품 내용을 보면 이미 1차대전중인 1919
년쯤부터 시작한 장시다. 시집 제목부터 '높은'(alto)이라는 말과
'매'(azor)란 말의 억지 합성어를 만들어 자신의 분신으로 내세운
다. '높은매'는 시인 비센떼 우이도브로와 인간 비센떼를 합친 합
성어다. 이 시집에서 우이도브로는 자신이 반시인임을 말한다.

　　〔전략〕
　　나는 비극의 오케스트라
　　하나의 비극적 사념
　　나는 비극적이다, 이마를 찌르며 끝내 나오지 않는 시구처럼
　　〔중략〕
　　나는 인간 중의 인간
　　누군지 모를 사람에게 상처받은 인간
　　혼돈의 유탄에 맞은
　　인간적으로 측량할 수 없는 대지
　　그렇다 측량할 수 없는 두려움 없이 내 말하리라

　　측량할 수 없는 왜냐하면 난 부르조아도 아니고 지친 인종도 아니고
　　어쩌면 야만인
　　측량할 수 없는 병자
　　정해진 일과 길이 없는 야만인
　　나는 너희들의 안락의자를 받아들이지 않는다

나는 너희들의 수사학의 논밭에
어느 아침 떨어진 야성의 천사.
시인
반시인
지식인
반지식인
고뇌를 짊어진 형이상학적 동물
하나의 역설처럼
숙명적 역설처럼 고독하게
스스로의 문제성을 직접 피흘리는 자연스러운 동물
신의 무덤 위에
선과 악 위에서
최신 유행 트롯을 추는 역설의 꽃
나는 절규하는 가슴 피흘리는 해골
나는 땅의 지진
지질학자들이 내가 지상에 지나감을 짚는다
〔중략〕
태양은 내 오른쪽 눈에서 나서 내 왼쪽 눈으로 진다……

창조주의의 대부는 모든 것을 모두 거부한 대가로 창조까지도 거부당한 채 절망에 빠진다. '측량할 수 없는 우주인'임을 자칭하는 이 절대 고독의 작은 신은 뿌리없는 실존의 절규를 퍼붓는다. "절규하는 가슴 피흘리는 해골"로 이해할 수 없는 우주와 생의 굴레 속에서 끝없이 몸부림친다.

그러나 그의 고독, 그의 절망, 그의 절규는 다이너마이트 같은 폭발력을 가진다.

……너의 꿈의 다이아몬드는 인사불성의 바다에 부서졌다

너는 길을 잃었다 높은매
우주의 한가운데 홀로
허공의 높이에서 꽃피는 하나의 음계처럼 홀로
선도 없이 악도 없이 진리도 질서도 아름다움도 없이

너는 어디 있느냐 높은매여?

번뇌의 회오리별들이 강물처럼 흐른다
그리고 만유인력의 법칙 따라 나를 끌어간다
냄새로 굳어진 회오리별 무리가 스스로의 고독을 피해 달아난다
총처럼 나를 겨누고 있는 망원렌즈를 느낀다
유성의 별꼬리가 나의 얼굴을 후려치고 영원을 가득 싣고 지나간다
끝없이 어느 조용한 호수 그 피할 수 없는 작업을 식힐 안식처를 찾
아

높은매여 너는 죽으리라 너의 목소리는 고갈되리라 마침내 사라지게
되리라
지구는 그 정확한 궤도 위를 계속 순행할 것이다.
공포의 눈길에 매달린 철삿줄 위를 걸어가는 줄타기처럼

부질없이 너는 미친 눈길을 찾는다
출구는 없다 행성들을 옮아가는 것은 바람이다
도망갈 수만 있다면 영원히 떨어져도 괜찮다는 말이냐

이미 너는 떨어지고 있는 것을 모르느냐?
편견과 도덕으로 얼룩진 네 머리를 씻어라
그리고 날아오르려고 하다가 아무것도 이루지 못했거든
차라리 떨어지게 하라 어둠의 한가운데로 두려움 없이 쉬지 말고
너 스스로의 수수께끼에도 두려움 없이

어쩌면 그러다가 밤 없는 하나의 빛을 발견할지 모르니까
절벽의 틈바구니에 길 잃은 빛 하나

떨어지라
        떨어지라 영원히
영원의 밑바닥으로
시간의 밑바닥으로
너 자신의 밑바닥으로
떨어지라 떨어질 수 있는 가장 아래 밑바닥으로
현기증 없이
〔중략〕
떨어지라 어린 시절로
떨어지라 노후 시절로
떨어지라 눈물 구덩이로
떨어지라 웃음바다로
떨어지라 천상의 음악 속으로
떨어지라 머리로부터 발끝으로
떨어지라 바다로부터 샘물로
떨어지라 마지막 침묵의 심연으로
불을 끄며 침몰하는 배처럼

모든 것은 끝났다

그러나 시는 내용이 아니다. 특히 창조주의는 말과 형식으로부
터의 혁명이다. 「높은매」는 그런 의미에서 몇가지 기발한 이미지
비약법을 사용한다. 그 하나가 비교할 수 없는 것을 비교하는 방법
이다. 비교란 늘 같은 성질이나 같은 면을 비교하는 것이 문법적이
다. 예를 들어 '영자는 돼지 같다'라고 할 때 돼지가 뚱뚱하고 영자

또한 뚱뚱하기 때문에 비교가 성립한다. 그러나 예를 들어, '돌처럼 부드러운 여자'라고 하면 말이 안 된다. 왜냐하면 돌은 원래 부드러운 것으로 알려져 있지 않기 때문이다. 이런 때에 유머나 아이러니가 발생하거나 시적인 상상력을 작동시킨다. 시적으로 '부드러우나 영원성이 돋보이는 아름다움'을 일컬을 수도 있다.

우이도브로는 이런 전통적인 시적 비교의 기법을 한층 더 높인다. 비교할 수 없는 것을 비교함으로써 이미지를 더욱 풍성하게 한다. 예를 들어보자.

> 나무처럼 눈길을 심자
> 새처럼 나무를 가두자
> 수선처럼 새들을 물 주자

어떤가. 긴 시에서 끌어낸 이들 세 구절은 뜻하지 아니한 신선미를 준다. 이야기는 간단하다. '나무를 심자'라고 했으면 될 것을 "나무처럼 눈길을 심자"라고 하니까 난리가 난 거다. 눈길은 심을 수 없는 것이기 때문이다. 그러나 한편 우리는 나무 이파리처럼 파란 눈길을 보아왔다. 그 눈길을 마음속이나 어디 집 가까이 심어두고 싶은 충동을 느낀다. 시인의 상상력은 그런 느낌을 이렇게 한마디로 표현하게 한다. 심고 가두고 물 주고 싶은 눈길과 새가 있을 수 있다. 그런 시인의 소망이 이렇게 작은 몇구절로, 반복을 통한 자장가 같은 리듬과 멜로디로 가슴에 젖어오게 하는 비법!

이뿐이 아니다. 우이도브로는 "미소를 술처럼 병에 담고 싶다", "저녁노을을 배처럼 저어가고 싶다/배를 왕처럼 신발을 벗기고/왕들을 여명처럼 매달아놓고/여명들을 예언자들처럼 십자가에 못박게 하고 싶다."

「높은매」라는 말 자체도 그렇지만 우이도브로는 신시어 창조의 도사다. 지지배배 우는 제비는 '지지제비'(golonchilla), 높이 나는 제비는 '높이제비'(gloncima), 소녀 같은 제비는 물론 '소녀제비'(golonnina)다. 그런데 더욱 재미있는 것은 제비처럼 사뿐히 밝아오는 아침을 "제비아침이 온다"고 말한다. 이런 식으로 말하면 소녀 아침이 밝아올 수도 있고 할망구 저녁이 찾아올 수도 있다.

우리나라 같은 점잖은 땅에서는 넥타이를 새처럼 날려버릴 수도 없고 음탕한 말을 국처럼 마실 수도 없다. 좋은 말에 술처럼 취할 수도 없고 점잔 빼는 콧잔등에 멍석에 앉듯 털썩 주저앉을 수도 없다. 힘준 어깨를 장작삼아 도끼질할 수도 없고 높으신 자리를 화장실삼아 똥통으로 이용할 수도 없다. 속이야 썩든 말든 말은 습관 따라 번지르르해야 하고, 생각이야 어떻든 시는 정해진 페이지에 맞도록 써야 한다. 누가 '정원'이라는 시를 정원 크기로 써오면 거기 그 정원에 아무리 장미가 많아도 외면당하게 마련이다.

제 8 장
호세 후안 따블라다
(멕시코, 1871~1945)

스페인어 시 개혁의 가장 선배이며 아주 오랫동안 영향력을 행사한 시인은 후안 따블라다(José Juan Tablada)이다. 멀리는 루벤 다리오를 중심으로 한 모데르니스모(1888년 그의 시집 『푸르름』의 성공으로부터 그가 죽은 1916년까지 프랑스 고답파·상징주의의 영향을 받은 신시운동)의 시인이면서 오늘날의 옥따비오 빠스에까지 지대한 영향을 끼친 선각자다.

따블라다는 오늘날의 중남미 시를 동양 영향 일색으로 물들인 장본인이다. 루벤 다리오와 함께 이태백과 중국, 일본을 동경하던 그는 19세기말 실제로 일본을 방문한다. 그리고 일본에 바치는 시를 쓴다. 동양에 대한 그의 사랑은 단순한 동경에 머물지 않는다. 프랑스의 꾸슈가 일본의 하이꾸를 모방(1905년)한 것보다 이미 3년 앞서 『중국의 배』라는 시집을 내고 단가와 하이꾸로 쓴 시를 보여준다. 그 뒤 『히로시게』(1914년), 『햇빛 아래, 달빛 아래』(1918년) 등에서 그의 시의 동양풍은 본격화한다. 특히 1919년 『하루』라는 시집은 그 전체가 하이꾸(그는 프랑스식으로 'HAIKAI'란 표현을 선호했지만)의 모방이다. 그외에도 아뽈리네르(Guillaume Apollinaire)가 「서도」와 동시대에 『리 뽀, 그리고 표의문자 시』(*Li Po y otras poemas*)를 발표하여 그림시의 새 장을 열었다.

나는 『서양 문학 속의 동양』에서 우리의 오늘날 현대시는 서양이 동양에서 가져간 시학을 역수입하고 있다고 지적한 바 있다. 그 역수입이 제대로만 이루어졌어도 우리 시는 우리의 전통 고전에 대한 사랑과 발견을 본받을 수 있었을 것이다. 그러나 서양의 시는 시대로 수박 겉핥기로 혹은 엉터리 번역으로 접하고, 우리의 전통 문학은 한글문학, 전통 가요나 민요 일변도로 흡수한 나머지 미당 등 특수한 경우를 제외하고 우리 시는 이것도 저것도 아닌 이상한 정체성을 보이게 된다.

현대 영미 시의 선구적 시도는 두 권의 엉터리 동양시 번역서였다고 한다. 피츠제럴드가 번역한 『루바이야트』(페르시아 시인 오마르 하이얌 'Omar Khayyám이 술과 여자를 노래한 시들)와 에즈라 파운드의 『캣세이』(일본에 있던 페놀로사 선교사가 당시 번역 초본에 의거한 파운드의 번역시)가 그것이다. 영미 시가 아니라 할지라도 1920년을 전후하여 유럽에 불어닥친 하이꾸 열풍 그리고 아뽈리네르, 따블라다의 그림시 혹은 시각시의 출발은 모두 후기인상주의 화가들이 일본의 판화에 영향을 받은 이후 서구 시인들이 동양시를 모방한 예를 구체적으로 보여준다.

한마디로 서구 현대시의 가장 기발한 이미지 병치 혹은 병치 기법은 그들 나름대로 동양시를 모방한 열기에서 나온 것이다. 파운드가 동양시를 이미지즘의 모델로 보았음은 이미 알려진 사실이다. 아뽈리네르와 따블라다의 그림시가 중국의 서도에서 나름대로의 시쓰기의 형상적 미학의 가능성을 발견한 것도 비슷한 열기에 속한다. 비록 이 모든 시 현상이 동양시의 몰이해에서 비롯되었다손 치더라도 우리가 그들을 좀더 깊이 사랑하고 이해했더라면 우리 문학, 우리 시에 대하여 한층 깊은 이해와 성찰이 가능했을 것이다. 말하자면 오늘의 우리 시보다 더욱 깊고 창조적인 새로운 시학의 창조를 기대할 수 있었을 것이다.

그런 의미에서 따블라다는 뒤늦게나마 우리의 전통적 이미지즘이 얼마나 현대적인가를 생각하게 한다. 따블라다는 동양시, 특히 하이꾸에서 놀라운 이미지 병치의 미학을 경험한다. 이미지 놀이보다는 상징이나 은유에 익숙해 있던 서구 시학에 이것은 신선한 충격이었다. 더 나아가 따블라다는 불교적 관조의 세계, 선적 깨달음, 법열의 세계에까지 접근한다.

여기서 이미지의 병치 혹은 에즈라 파운드 식의 '슈퍼포지션' 기법이라 함은 우리의 시조에서도 흔히 나타난다. 나는 스페인에 있을 때 우리 시의 이미지즘의 우수성을 선전하기 위해 (중국 시와 일본 시의 모방은 많았지만 한국 시의 위대성을 모르는 것이 자존심 상해서) 이조년(李兆年)의 "이화에 월백하고…"를 팔았다. 물론 "이화에 월백" 하는 것이 이조년의 독창적 이미지도 아니고 '일지춘심'이 무슨 대단한 감각 도치 기법이 아닌 것은 우리 모두 다 안다. 우리에게는 상투적 표현들이었으니까. 그러나 파운드의 번역이나 나의 애국적(?)인 분석이나 듣는 사람, 읽는 사람에게 감동을 이끌어내면 그만이다.

이 시조를 설명하기 위해 나는 우선 칠판에 복숭아꽃이 하얗게 번 가지 위에 하얀 달을 그렸다. 둥그렇게 휘영청 밝은 달. 거기에 '일지춘심', 즉 한가지 봄마음이 어떤 모습일까를 물었다. 바로 아까 그린 복숭아꽃 가지 위의 둥근 달이 표상하는 마음이다. 그 다음 나는 '자규', 즉 두견이 어디서 어떻게 울고 있겠느냐고 물었다. 다시 한번 복숭아꽃 가지에 앉아 우는 울음소리가 둥근 달로 시각화되어 있음을 강조했다. 이렇게 복숭아꽃 가지 위 둥근 달은 임을 그리는 봄마음으로, 안타까움에 우는 두견의 울음으로 고도의 이미지 병치법을 사용하고 있음을 강조했다. 나의 한국 시 우수성 강의에 도취하지 않는 서양 사람은 시인이 아니다.

물론 이건 좀 사기에 가깝다. 그러나 우리 시, 예를 들면 황진이의 "동짓달 기나긴 밤을 한 허리를 베어내어/춘풍 이불 아래 서리서리 넣었다가/어론님 오신 날 밤이어든 구비구비 펴리라" 같은 시조는 이미지 처리가 오묘함의 극치다. "동짓달 기나긴 밤"도 어느 비단폭처럼 한 허리를 도려낼 수 있는 게 아니다. 무형의 긴 밤이 무슨 비단이냐? 그보다 여기 시인이 마음하는 동짓달 기나긴 밤은 일종의 환유다. 즉 동짓달 기나긴 밤을 그리움으로 보내는 황진이의 아픈 마음을 그냥 객관으로 대치했을 뿐이다. 거기에 오늘 독자들이 잘못 읽기의 묘, 즉 그녀의 가는 허리, 그리움과 서러움이 알알이 서린 초민감성 부분으로 착각하면 시취는 훨씬 선정적이 된다.

우리의 모든 시가 이렇게 의도적 이미지 풀이를 필요로 하는 건 아니다. 좋은 우리의 한시는 이미지성에서 아주 뛰어나다. 나는 파운드나 따블라다의 동양시에 대한 감동에 감염받아 그들 식으로 우리 시의 향취에 도취해본 것뿐이다. 나는 어떻든 시간이 나면 우리 시를 이렇게 현대 시학의 관점에서 과장 해석하고(사랑에는 약간의 과장이 진짜다) 멋지게 번역해서 서양 시인들을 감탄케 하고 싶다.

따블라다의 시 개혁은 1919년 시집 『하루』, 『리 뽀…』 이후 대단히 신선한 이미지즘으로 빛을 발한다. 1922년 『꽃병』, 1928년 『축제』, 1948년 『따블라다의 명시들』에서 보여주듯 그의 후기시도 일본 시에서 배운 이미지의 병치가 근간이 됨을 알 수 있다. 특히 현대 멕시코 시의 주축이 된 '현대시 그룹'의 빠스를 비롯한 젊은 시인들에게 지대한 영향을 미쳤으며 오늘날 중남미 현대시의 선집마다 책머리 맨 처음에 나오는 시 개혁의 선구자이다.

발견으로서의 이미지 병치, 하이꾸 시학

  몇번 말했듯이 따블라다는 일본의 하이꾸를 모방한다. 하이꾸는 원래 '하이까이'라고 하는 희화적 시놀이 장르의 하나였다. 5·7·5, 7·7운의 단가를 여럿이 모여서 쓰던 것을 연가라 했다. 연가의 첫 연 5·7·5는 원래 계절 감각의 절묘한 느낌을 읊는 구절들이었다. 처음 시작에 계절이나 시기를 표상하는 운자를 놓는다. 예를 들어, "단풍이 붉어" 하고, 이어 "바람 또한 빨갛다"로 잇고, "고추잠자리!" 하는 식이다.

  어떻든 연가의 이 첫 부분을 사람들은 호꾸 또는 하이꾸라 불렀다. 연가나 연시를 쓰면서 시인의 개인사나 "다정도 병인 양하야 잠 못 들어하노라" 식의 7·7조의 사설을 다는 것은 차츰 인기가 없어져갔다. 그리고 시대가 가면서 하이꾸라는 독립 장르로 발전한다. 아까도 말했듯이 17세기 전까지 이 하이꾸 혹은 하이까이는 서민들의 소일거리 놀이시였다. 그러던 것이 이때 바쇼오(芭蕉)라는 선승을 만나면서 식자문학으로 격상한다. 바쇼오의 이 하이꾸는 유명하다.

  고지(古池)여라
  청개구리 한 마리
  퐁당

  이 하이꾸 한 수가 일본 시사(詩史)를 바꿔놓는다. 소위 '선미(禪味)'가 물씬 묻어나는 정취! 번역에서 개구리를 '청개구리'로 바꾸었다. 실제 청개구리는 뽕나무나 상추밭에서 놀지만 여기서는 시의 맛을 살리기 위해 연못으로 뛰어들게 했다. '고지', 즉 옛 연못은 너무 숙연해서 일체의 색깔이 없을 것 같다. 여기에 대조되는 개구리에 청색을 입힌다. 그래야 '퐁당'과 청명한 소리의 조화를 이룬다.

읽으면 보이듯이 옛 연못은 모든 시간이 축적된 고요의 이미지이다. 거기 작은 청개구리 한 마리! 이는 찰나다! 그 찰나의 소리 '퐁당'으로 고요는 더욱 고요로 깊어지고 찰나가 곧 영원의 문임을 느낀다. '불립문자'의 경지를 하이꾸도 아닌 긴 사설로 더럽히고 있다. 그러나 그 길만이 옛 연못의 정취 속에 뛰어드는 길인 걸 어찌하랴.

어떻든 이 하이꾸는 수없이 많은 해설과 격찬을 낳았다. 17세기 이후 하이꾸는 가장 일본적인 시가 장르로서 오늘에 이르기까지 각광을 받았다. 이를 서구인들이 모방하기 시작한 것은 1차대전 전후, 즉 아방가르드 전성기 때였다. 그들 중 지금 우리가 이야기하는 후안 따블라다는 그 선구자인 셈이다.

따블라다는 '하이까이'의 시학을 이렇게 시로 말한다.

예술이여, 나는 너의 황금핀으로
순간의 나비들을
꽂아두고 싶었다. 하얀 백지 위에.

또다른 하이까이 시학에서는 이렇게 쓴다.

이들 백지 위에
풀과 나무를
표본집 꽃들처럼 간직하리.

이 작은 시구에

이슬방울이련듯
온 정원의 장미를 비추리.

　이상에서 보면, 따블라다는 하이까이를 자연의 인상적·함축적 표현을 담는 그릇으로 이해한다. 동양시가 그렇듯 여기서 자연이란 물론 시인의 심상에 비친 투명한 이미지의 순간이다. 선불교의 시간처럼, 여기서 순간은 곧 다른 순간으로 이어지는 시간이 아니라 이슬방울처럼 하나하나 각각 유일한 순간으로 떨어지는 찰나다. 그 찰나 속에 문득 깨달음의 순간 같은 영원의 문이 있다. 즉 시간이면서 시간을 차지하지 않는 어느 정점처럼, 공간이면서 부피가 없는 점처럼, 그 절정의 순간은 하나의 이슬방울이면서 '온 정원을' 비추는 이슬이다. 따블라다는 앞의 하이까이에서 '백지'란 말을 연거푸 쓰고 있다. 하양, 빈 공간, 불교의 공의 체득을 가능케 하는 어느 빼어난 순간의 자연의 실상을 시로 잡아놓겠다고 한다.

　따블라다는 하이꾸의 원형에 대한 이해가 상당히 깊었던 듯싶다. 비록 그의 정신적 세계가 '모노노아와레' 같은 일본 특유의 멋, 즉 그 애련한 사물에 대한 미각은 아니더라도 나름대로 서양식으로 이해한 선미가 비쳐짐을 본다. 자연, 특히 불교적인 미물에 대한 애착이랄까, 함께 살아 있음에 대한 연민이 배어난다. 특히 타성이나 관습을 깨뜨린 사물이나 자연의 이미지는 놀라우리만큼 뛰어나다. 비록 서양시 특유의 의미화, 상징성은 끝내 포기하지 않지만……

고운 수양버들 가지
황금 수실인 듯, 호박 수실인 듯
햇살인 듯.

봄날 새아침의 햇살에 비쳐진 수양버들 가지가 유형에서 무형으로, 색에서 빛으로 잘 잡혀 있다. 원시보다 내 번역이 수다스럽다. 구태여 '색즉시공'을 이야기하랴. 이미지 전개만으로도 그 투명성에서 햇살로 보이는 인상이 무리없이 펼쳐지고 있다.

따블라다의 이미지는 글자 그대로 발견이다. 그만큼 새롭고 놀랍다. 그의 시는 서구 시의 전통인 은유나 상징성을 포기할 정도이다. 당시에 '이미지만으로 시가 될 수 있느냐'의 논쟁이 일어난 것도 이런 하이까이의 참신성의 쇼크 때문이었다. 곤충이나 사물들을 주제로 한 다음 하이까이들을 보자.

바다는 검은 밤,
구름은 조개,
달은 진주.

*

매미가 흔드는 건
조약돌 가득 채운
조그만 노래개……

*

개나리 가지가
허리를 구부리고 소곤댄다,
앵무새 한 쌍.

*

어느 비 오는 날,
꽃송이마다
눈물단지.

*

벌집에선
꿀이 끝없이 방울져내린다.
방울마다 그대로 별, 별……

*

대는 길게 펼쳐나간 폭죽.
대나무는 올라가자마자 고개숙인다,
비처럼 쏟아지는 작은 에메랄드, 에메랄드……

*

앵무새는 푸른 이파리 한 가지,
볼 언저리 햇살 한 줌 안은.

*

불면증
검은 흑판 위에
성냥불 숫자가 반짝인다……

그러나 따블라다의 시는 늘 어떤 이미지의 발견으로 만족하지 않
는다. 거기에는 반드시 어떤 숨겨진 의미가 있다. 참신한 이미지

가 은유성, 상징성을 겸할 때 서구 아방가르드 시는 더욱 커다란 설득력을 갖는다. 따블라다의 스페인 바로끄 문학에서 시간의 이미지를 빌려온다.

한밤중, 시계가
시간을 갉아먹는다, 분침이
새앙쥐 소리를 반추한다.

*

밤의 나비들이
벽에서 떨어져내린다
시간처럼 잿빛으로.

*

웅덩이에 떨어진
불쌍한 별들을 보고
두꺼비, 조가를 부른다.

*

짐을 실으며
파리에 휩싸인 당나귀
에메랄드 가득한 천국을 꿈꾼다.

시간의 이미지는 그 관념어 사용부터 이미 비동양적이다. 그러나 17세기 공고라의 시에 나오는 조용한 시간의 횡포스런 이미지,

"시간시간이 하루하루를 갉아먹는다"는 데서 온 따블라다의 하이까
이는 그가 어떻게 서구적 전통 속에서 동양을 찾으려 했는가를 보
여준다. 서양에 있어 동양은 스스로를 다시 비춰보는 새로운 거울
이었다. 마지막 하아까이는 아이러니컬하다. 에메랄드 세례를 연
상하게 하는 파리떼에 휩싸인 당나귀 꿈의 고집스러움은 눈물이 날
정도이다.

따블라다는 슈펭글러(Oswald Spengler)와 함께 문명의 횡포를,
서구의 석양을 체감한 자연주의자다. 그의 시의 곳곳에는 문명 비
판적 시각이 보인다.

아무 일도 없는데 거위들이
깍깍 비상나팔을 분다
진흙 나팔로.

*

진흙덩이가 뛴다,
어두운 오솔길에서
두꺼비가 뛴다.

따블라다는 가톨릭 신자이다. 그러나 당시의 많은 가톨릭 신자
들은 프란체스꼬파의 미물 사랑의 교리와 불교의 만물에 대한 자
비, 방생의 뜻을 같이 이해했다. 불타를 노래했던 멕시코 시인 아
마도 네르보(Amado Nervo)도 가톨릭과 불교가 만물 화해의 비전
에서 다를 바 없다고 보았다. 따블라다도 그 점에서는 비슷하다.
다음 하이까이들을 보자.

고요한 하오, 함께
날아간다, 저녁 기도소리와
박쥐와 제비가.

*

작은 벌레 한 마리 길을 가누나
날개를 등뒤에 접고,
바랑 진 나그네.

*

결코 움직이지는 않지만
뒤뚱거리며, 이삿짐 수레처럼,
오솔길로, 거북이가 간다.

*

잠자리 한 마리
스스로의 투명한 십자가를 잡으려 애쓴다
떨리는 벌거숭이 가지 위에서……

이들 하이까이의 눈길은 구태여 기독교적이라고도 불교적 무상
이라고도 할 수 없다. 기독교의 눈물의 계곡이건 불교의 고통의 바
다이건 번뇌는 마찬가지인 것이다. 나그네의 뒤뚱거리는 걸음걸이
도 마찬가지이고 오솔길도 마찬가지인 것이다. 그러나 언젠가 체
득의 순간은 온다. 그래서 스스로 십자가를 진 예수의 순간이 온
다. 누구에게나 참회와 깨달음의 순간은 온다. 벌거숭이 삶의 전

율의 순간에. 그것은 다시 불교의 깨달음의 순간과 같다. '견성성
불'이라고 했던가. 스스로의 깊은 내부를 살펴 깨달음을 얻는다.
스스로가 "떨리는 벌거숭이 가지" 위에 있음을 아는 순간 깨달음의
'투명한' 세계가 잡힌다.

　나는 가끔 우리 현대시가 왜 일찍부터 우리의 한문 선시의 전통
을 받아들이지 않았을까 하고 아쉬워한 일이 있다. 요즘은 가끔 한
시를 번역한 것이 보인다. 우리 시조에도 "추강에 낚시 드리우니
고기 아니 무노메라/달빛 가득 싣고 빈 배 저어 오노메라"라는 뛰
어난 작품이 있다. 그 '텅 빈 충만'이 빈 배에 달빛으로 넘치는 것
이 눈에 선하다.

　따블라다에게도 내가 훔치고 싶을 만큼 아주 멋진 이런 하이까이
가 있다.

　　휘영청 밝은 달
　　줄 위를 맴돌며
　　잠 못 드는 거미 하나.

　어떤가. 거미가 찾는 먹을거리가 보이는가. 휘영청 밝은 달. 그
달빛이 쏟아지니 거미줄 또한 출렁이렷다. 혹시 먹을 것이 걸렸나
거미는 밤새 거미줄을 맴돌건만, 배고픈 거미에게 넘쳐나는 식량
은 무더기로 쏟아지는 달빛뿐이다. 거미나 미물은 정말 무심한 것
일까. 혹시 거미가 황홀경에 빠진 건 아닐까. 선정에 든 건 더더욱
아닐는지 ……

그림시 · 시각시 · 표의문자 시

어떤 이름으로 불러도 좋다. 좀더 최근 이름으로 '구체시'라고 해도 인쇄문화로 정착된 시행의 줄서기 형식에 대한 변형인 점에서는 비슷하다.

보통 쓰는 식대로 왼쪽에서 오른쪽으로건 아랍어처럼 오른쪽에서 왼쪽으로건, 아니면 중국문화권의 위에서 아래로 쓰기건 우리의 시쓰기에는 거의 융통성이 없었다. 시가 산문보다 행을 가지런히 운자를 따라 정리한다는 것이 특별히 보기 좋으라고 한 짓은 아니었다.

서도라는 것이 있지만 그것은 글자의 모습에 따른 미학의 형성이지 쓴 글의 내용이나 감정과 자체가 관계가 있는 것은 아니다. 선화나 선 수행으로 쓰는 글씨를 제외하고는 서도가 쓰는 자의 기(氣)와 글자체, 글 내용이 혼연일체가 되어 빚어내는 예술형식이 되는 일은 없다. 서도에 있어 글 내용은 단순한 수단이나 구실이다.

심지어 서도가가 쓰는 글 내용을 몰라도 훌륭한 글씨가 될 수 있다. 서도가의 기와 글자체, 그 모양됨의 조형미가 서도의 좋고 나쁨을 판가름한다. 따라서 서도는 그림이 될 수는 있어도 시가 될 수는 없었다.

그러나 파운드 · 뽈 끌로델(Paul Claudel) · 따블라다가 감탄했듯 한문의 형성에는 다분히 이미지적 · 상징적 요소가 작용했다. 산의 모양을 본떠 '山', 개천의 모양을 본떠 '川', 나무의 모양을 본떠 '木'…… 더욱이 서구인들이 신기하게 생각했던 것은 그 이미지성 표상의 의미 확대이다. 예를 들어 나무가 좀 많으면 '林', 더 많으면 '森' 따위의 전개이다. 물론 우리에게는 이미 너무 관습화 · 기호화되어 있어 전연 그런 조형미를 생각하게 하진 않지만 처음 이런 글자를 접하고 거기에 낯선 서도의 그림스러움을 발견한 서구인들은 너무 신기했을 게 뻔하다. 여기에서 시에 더욱 시각적 표현미를 주어 좀더 다이내믹한 시 표현을 시도하고 싶은 욕망이 그들에게 번져갔다.

물론 한시에서도 비슷한 예가 있었다. 예를 들어 승려가 연꽃 모양으로 편지를 보낸다든지 황소 모양으로 시를 쓴 고전들의 예 말이다. 또한 산수도를 그리고 직접 시를 지어 넣는 경우도 시가 그림을 돕고 그림이 시의 흥취를 구체화한 하나의 예라고 볼 수 있다.

그러나 서구의 시인들이 그림시를 창안한 건 단순한 글자 배열이나 시행 배치의 묘를 살려 상징성을 돋우자는 의도처럼 소박한 것이었다.

이미 말했듯이 따블라다는 『리 뽀, 그리고 표의문자 시』에서 자체의 배열과 형상시의 형상미를 시작에 도입한다. 문명 비판적 인식이 보이는 다음 시를 보자.

밤의 쌍곡선

황금빛 찬란한 뉴욕의 밤
    거무튀튀한 횟가루 차가운 벽
사장님 샴페인 트롯 왈츠
    튼튼한 철창, 입다문 집들
눈길을 되돌려보면
    조용한 기와지붕 뒤에
돌이 된 영혼
    달 속의 하얀 토끼들
롯의 여인처럼

　　그러나
　　　　　　달은
　　　　　　하나
　　뉴욕에도
　　보고타에도

　　달, 달 무슨 달……

　이 시의 시행 배치는 단순한 대조를 나타낸다. 우리 시에서도 더러 사용되는 소박한 개혁이다. 뉴욕의 밤과 보고타의 밤, 호화찬란한 밤과 가난에 찌든 밤, 안에서 겪는 환락의 밤과 밖에서 보는 비정의 밤…… 그것을 돌아보다 소금기둥이 된 롯의 아내처럼, 영혼이 얼어붙는 참회의 밤이다. 인간의 행복을 위하여 쌓아올린 문명의 구축물이 인간성과 생명성을 말살시키고 있다. 우리 모두에게 행복의 꿈, 달은 하나였는데……

　이 시집의 주제, ‘리 뽀’는 본격적인 시각화를 꾀한다. 이태백의 시구들이 곳곳에서 비친다. “한잔 한잔 또 한잔, 정원에는 꽃이 벌고……”“술잔 들고 혼자 꽃나무 밑에 앉았으니/둥근 달이 떠오르는구나/이제 우리 둘이 술을 마시니……/내 그림자 또한 한몫 끼자는군/이래저래 우리 술친구 셋이 됐구먼.”

　이런 시구들과 함께 이태백에 관한 일화들이 시인의 상상력의 힘을 받아 꿈으로 되비친다. 술을 먹고 등을 앞세워 걷는 이태백의 발걸음을 이미지화해 글자를 지그재그로 배치하기도 한다. 등불빛, 반딧불, 술취한 걸음걸이 3박자가 모두 맞아 떨어진다. 술취해 시를 쓰는 장면이 재미있다. 그는 한문 글자 ‘목숨 壽’자를 본떠 다음과 같은 시를 썼다.

창백한 시인의   붓은 한 마리
손을 따르는   새까만 누에렷다

종이 위에   까아만
만들어져가는   누에고치

신비스러운   거기서 꽃처럼
상형문자   솟아오르는

황홀한   황금빛 비상의
  사념들   날개들

                                    표
하고 신비로운   등   의   불
묘   불   문
현   꽃   속   자
                                    의

  따블라다는 이태백의 시 쓰는 장면과 누에가 고치를 짓는 장면을
병치시킨다. 누에는 까만 누에, 고치 또한 까만 고치가 된다. 거
기에 나오는 시취를 현묘함으로 표현한다. 그것을 표의문자의 등
불이라고 시인은 말한다. 이 시는 시형식의 틀이 된 '목숨' '영원
성'과 관련이 없으려야 없을 수 없다. 시가 영원을 향하듯, 시인의
생명 또한 장수를 바라니까. 삶과 문학의 혼연일체가 이태백의 모
토였으리라.
  따블라다는 이태백의 죽음을 다시 그림시로 구현한다.

물에 비친 달이 하나의
황금
빛 술이 가득한 백옥 술잔이라

밑고, 그걸
잡으려고
마시려고

어느 달밤 뱃놀이를 하다가
강에 빠진
리 뽀……
그후 수천년을 두고 향불이 피어올라 하늘을 뒤덮고
온 하늘 아래 향그러운 구름떼를 만들었더니라
그리고 수천년을 두고
대중국 평원에 메아리
치는 두 개의 장송곡이
그 슬픔을 울고 울더라
수정빛 징소리, 저 둥그런 달

　나의 시행 배치가 향로에서 피어오르는 향불 같은지 모르겠다. 최소한도 제삿날 제기 정도로는 보이겠지. 이 시의 시행 배치는 향불이나 제사 그릇을 연상시키면 된다. 첫 구절들은 또 나름대로 수면과 그 밑에 아롱지는 달빛, 즉 물의 깊이를 생각하게 하면 성공이다. 원시의 그림이야 어찌 되었든 나도 이 그림 그리느라 힘들었다. 이런 짓을 장난이라고 비웃는 양반들보다 이렇게 쓰기가 얼마나 노력이 더 드는가를 눈여겨봐주었으면 싶다. 독자 앞에 바치는 노력이 많으면 많을수록 그 정성이 시를 피워올리게 하지 않겠는가.

우리가 잘 아는 이야기이다. 강물 속에 달이 비친 걸 보고 그걸 잡으려다 물에 빠져 죽은 이태백. 따블라다는 그 이야기를 시화하면서 중국 대자연을 조곡으로 형상화하고 있다. 구름은 그 향불 연기가 된다. 평원에 메아리치는 두 개의 장송곡은 누구누구의 장송곡일까. 하나는 이태백의 죽음을 애도하는 아픈 곡소리이다. 또다른 하나는 시의 죽음이자 달의 죽음(진정으로 사랑하는 사람이 없는 달은 연인이 죽은 여인이다), 즉 이태백이 그토록 사랑하던 자연의 죽음이다. 그래서 달은 늘 소복한 여인의 모습을 하고 있다.

제 9 장
호르헤 루이스 보르헤스
(아르헨띠나, 1899~1986)

포스트모더니즘의 선구자 보르헤스(Jorge Luis Borges)의 시는 오늘날 우리 문단이 떠드는 것처럼 포스트모던 시나 '간텍스트 문학' 혹은 해체시가 그렇게 야단스러운 유행도, 찬성하거나 반대해야 할 만한 깃발도 아님을 보여준다. 미국 비평, 특히 이합 하싼(Ihab Hassan) 등이 광범위하고 야단스럽게 정의한 포스트모더니즘은 일반 예술·정치·건축까지 포괄하는 문화의식으로 혹은 탈장르적 예술·인문과학운동으로까지 확대되고 있지만, 실은 그 뿌리에 있는 보르헤스의 단편과 에쎄이, 시들은 지극히 소박하고 차분한 동양현자적 관조가 그 특징이다.

움베르또 에꼬의 『장미의 이름』에서, 남이 읽지 못하도록 비서에 독약을 묻혀놓은 이야기 착상은 분명 보르헤스에게서 빌려온 것이다. 자끄 데리다의 해체론도, 그가 의식하고 있듯이 (그의 대화에는 보르헤스가 늘 등장한다) 보르헤스에게서 영감을 얻었을 가능성이 크다. 미셸 푸꼬는 공공연하게 자신의 『말과 사물들』이라는 책은 보르헤스로부터 영향받았음을 밝힌다. 책 서문의 첫마디는 이렇게 시작된다.

이 책은 보르헤스의 한 텍스트에서 나왔다. 그걸 읽으면서 터져나오는 웃음에서 나왔다. 우리 생각에는 그토록 친근한——우리의 사고, 우리의 나이와 우리의 지리적 사정에 맞는——것들이 그 질서정연한 겉껍질과, 그 많은 존재들에 합당하다고 생각된 모든 지반들이 뒤바뀌는 느낌이었다. '똑같은 것 그리고 또다른 것'을 수천년 동안 되풀이하는 우리의 행위 속에서 우리는 문득 어떤 주저와 불안, 방황을 오래 체험하게 되었다. 이 텍스트는 '한 중국 백화사전'을 인용한다. 거기 쓰여진 것을 보면, "동물들은 이렇게 구분된다: 가) 황제의 재산에 속하는 동물들로는, 나) 향유를 바른 동물, 다) 길들여진 동물, 라) 새끼 돼지 등 짐승 새끼들, 마) 언어들, 바) 신화적 동물들, 사) 길거리에 돌아다니는 개들, 아) 이 종류에 속하는 개들로는, 자) 미친개처럼 소동을 피우는 놈들, 차) 수를 헤아릴 수 없는 놈들, 카) 낙타털로 만든 최상의 붓으로 그린 개들, 타) 기타, 파) 금방 항아리를 깬 놈들, 하) 멀리서 보면 파리 같은 놈들." 이런 놀라운 분류법, 금방 보아 느낄 수 있는 것, 기타 후기를 통해 우리에게 낯설게 다가서는, 완전히 우리의 사고와 다른 이국적 매력…이런 것들이 우리 사고의 한계다. 즉 이런 걸 생각하기에 역부족인 우리의 관념.

푸꼬의 칭찬과 웃음과 놀라움은 우리에게 더하다. 도대체 황제의 재산에 속하는 동물이라는 것에 향유를 바른 동물, 언어들, 길거리에 돌아다니는 개가 포함되는 것은 당연(?)하다. 또한 개들도 여러가지인데, 소동을 피우는 미친개도 황제의 것, 수를 헤아릴 수 없지만 황제 땅에 있는 개도 황제 것이다. 물론 낙타털로 만든 최상의 붓으로 그린 그림 중의 개들도 황제 것이고(!) 지금 금방 항아리를 깬 놈들도 황제 것이고 더욱 구분·분석이 어려운 놈들, "멀리서 보면 파리 같은 놈들"도 황제 것이다. 웃음이 안 나오는가.

정말 웃음이 나오는가. 어릿광대 같은 무식한 옛사람들의 헛소리라고 지나칠 것인가. 아니면 안하무인을 넘어서 안하무물인 황제의 횡포를 민중주의식으로 비판할 것인가. 그런다면 황제의 재산목록에 항목이 하나 더 늘 것이다. 예를 들어 파) 저 지금 광견병 든 개처럼 짖어대는 놈들.

때로 법이 이렇게 환상적일 때가 있었다. 때로 역사가 이렇게 환상적일 때가 있었다. 푸꼬의 말처럼 모든 언어는 시로부터 생겨났는지도 모른다. 모든 역사가 신화시대로부터 생겨났듯이 그리고 우리가 단군의 자손이듯이. 일연의 『삼국유사』는 절반이 시다. 우리의 어쭙잖은 실증주의적 이성의 눈으로 볼 때는 부처의 현신이나 보살이 아이 밴 여자로 황금빛 목욕물에 나타나는 것은 역사책에 나올 사건이 아니다. 그러나 그것이 역사다. 역사는 그 시대의 의식, 그 시대의 이성, 그 시대에 사실로 인정되는 인식의 눈으로 본 현실이다. 푸꼬가 『앎의 고고학』을 다시 써야 한다고 생각한 것도 우리의 논리 중심적 역사관, 인문과학적 인식의 협소함에서 출발했기 때문이다.

보르헤스는 세상을 다시 보게 하는 눈을 주었다. 보르헤스는 환상 또는 환상소설이 사실주의임을 일깨웠다. 불교에서처럼 우리가 현실이라고 보는 현실은 허상이며, 오히려 환상이라 이름하는 것이 더욱 현실일 수 있음을 보르헤스는 보여준다. 낭만주의 이후 시인의 감정이나 내부 체험, 워즈워스가 말했듯이 "강력한 느낌의 자연스러운 넘쳐흐름"(spontaneous overflow of powerful feelings)을 시라고 생각했던 사고에서, 보르헤스는 그 '내부 체험'이 시간적·공간적으로 훨씬 넓고 우주적임을 일깨워준다. 그는 사고도 철학도 느낌이며 어떤 상상도 비상의 쾌감임을 현실감으로 되돌려준다.

보르헤스는 책의 세계가 책을 아는 자들의 현실임을 가르친다. 글은 글을 아는 자들의 한가로운 소일거리며 일이나 삶, 현실은 따로 있다고 생각하던 실용주의나 좁은 경험주의의 세계에서, 아르헨띠나의 철학자 아닌 철학자는 꿈과 책, 철학이 곧 현실임을 일깨운다. 그런 의미에서 보르헤스는 말라르메의 후손이다. "세상은 하나의 책에 들어가기 위해 존재한다"라고 했던 현대시의 선구자 말라르메를 보르헤스는 더욱 넓은 의미로 받아들인다.

세상은 없다. 세상을 보는 인식의 눈·글·책이 아니면 이 세상이라는 모양도 역사도 따로 존재할 수 없다. 세상은 그 세상을 보는 눈에 의하여 정립된다. 눈이 없으면 세상은 불가지 (不可知)이며, 그 눈으로 본 것을 글로 쓴 책이 없으면 세상은 지속성·영원성이 없다. 즉 책이 없으면 세상은 없거나 미궁이다. 현실을 미궁으로 보는 보르헤스의 현실 지도도 결국 하나의 책이자 사고의 무늬다.

보르헤스는 도서관장이었다. 실제 직업도 그러했고 작가로서의 실체도 도서관 서가를 방황하는 눈먼 나그네였다. 그가 쓴 걸작 단편 「바벨의 도서관」을 비롯해 많은 시가 책에 대한 것이며 책에서 따온 것이다. 남의 글에 이어 쓴다는 것은 (나중에 '간텍스트'론을 산출시킨) "해 아래 새로운 것은 없다"(구약성서 「전도서」 1장 9절)라는 말 이후, 한 글쟁이의 사상 최초의 진솔성의 발현이다. 시인이면 시인이지 목동 시인·농부 시인·노동자 시인·이장 시인·수녀 시인이 어디 있는가. 시인은 시를 읽음으로 시인이었으며, 시는 다른 시의 연장이며 시인은 다른 시인의 또다른 화신이다. 이 항상 '똑같으면서 또다른'(lo mismo y lo otro) 속에 너와 내가 있다. 그리고 나의 시가 있다.

1975년경 내가 이 눈먼 노시인을 마드리드에서 만났을 때, 나는 그에게 자신의 작품 중에서 가장 마음에 드는 작품을 물었다. 그는 "앞으로의 책이지!"라고 답했다. 굳이 그래도 지금껏 맘에 드는 글이 있을 게 아니냐고 내가 조르자 "글쎄 『조물주』(*Hacedor*)라는

책일까, 시 중에서는 「은혜의 시」(Poema de los dones)가 괜찮다고
하는 것 같고……" 그래서 이제 그 시로부터 이야기를 시작하자.

은혜의 시

누구도 이 고백을
반박이나 눈물로 격하시키지 마라
이 득도의, 신의
훌륭한 아이러니, 책과 밤을 함께
함께 내게 내리신 은혜.

이 책들의 도시에
빛을 잃은 몇개의 눈을 주인 되게 하시다.
오직 꿈의 도서관에서나
책을 읽을 수 있는 두 눈,
자꾸만 뒤로 밀려나는 분별없는 글씨들

눈의 열망에도 허락하지 않는 여명, 헛되이
대낮은 끝없는 책들을 자랑스레 펴보이지만
어렵기는, 알렉산드리아에서 사라져버린
그 어려운 원고들 같은

(어떤 그리스의 이야기가 있지) 목마름과 배고픔으로
과수원과 샘물 사이에서 한 왕이 죽어갔다는……
지향없이 나는 이 높고 깊은
눈먼 도서관, 서가 사이를
끝에서 끝까지 헤맨다.

백과사전들, 지도들, 동양,
서양, 시대들, 왕조들,
상징들, 우주, 우주 창시론들을
벽들이 내놓는다, 부질없이.

나의 그림자 속에서 나는 서서히
갈 곳 모르는 지팡이로 텅 빈 어둠을
더듬는다. 나, 일종의 책의 세계에서
하나의 천국을 꿈꾸었던 나.

어떤, '우연'이라는 말 하나로
명명할 수 없는 어떤 것이 이것들을 지배한다.
다른 사람도 또다른 어둑어둑한 하오에
이 많은 책들과 어둠을 선물로 받았겠지.

서서 한 서가를 헤매다 보면
형언할 수 없이 성스러운 공포로
더러 나는 내가 딴사람임을 느낀다, 다른
죽은 사람, 그 다른, 나와 같이 똑같은 날에
똑같은 발걸음을 옮겼을 그 사람.

그 둘 중의 누가 이 시를 쓰고 있는가
그 복수의 나, 아니면 단 하나의 그림자?
말이 무슨 상관이랴, 내게 오는 이 말이,
결국은 구분할 수 없는, 똑같은 저주……

저주와 지옥을 안, 백과사전 작가 그루삭이거나 보르헤스,
누군가 내가 이 사랑스런 세상을 보고 있다.
창백한 잿더미 속에 희미하게

> 변질하며 자꾸만 꺼져가는 세계,
> 꿈과 망각을 닮은.

이미 70을 넘은 눈먼 지성의 세상을 보는 눈. 노시인의 진솔함과 득도의 서글픔이 마디마디 사무친다. "누구도 이 고백을/반박이나 눈물로 격하시키지 마라"는 충고를 따라 감상을 피한다. 인간 보르헤스의 실존적 체험을 시인은 신의 '훌륭한 아이러니'로 일컬으면서 시는 시작된다. 그 많은 책과 밤을 준 신, 낮에는 밭 갈고 밤에는 책을 읽는 낭만적(?) 밤이 아니라, 그런 열망과 분위기만 주고 불과 빛은 주지 않은 신의 짓궂음. 신은 심지어 그 두 눈에게 이 책의 도시의 주인이 되게 하셨다. 정말 아이러니 중의 아이러니이다.

도서관은 인생의 길이 열리는 책의 세상이며 동시에 벽들이다. 열려 있으나 닫혀 있는 공간인 도서관. 거기 한 인간이 눈먼 지팡이(모든 사람은 소경이다. 세상에 왜 태어났고, 왜 늙어가야 하며, 왜 죽어야 하는지 모르는만큼)로 세상을 가늠한다. 세상과 인생에 대한 그 많은 지식들이 펼쳐 있는 도서관이지만 눈먼 노시인의 발걸음은 자꾸만 휘청거린다. 눈이 멀어서가 아니라 우리 모두의 발걸음이 뒤뚱거리고 휘청거리듯이.

그러나 보르헤스는 실존주의자들처럼 '구토'를 하거나 쌩떽쥐뻬리처럼 '야간비행'을 하다가 충돌·추락하지 않는다. 그는 '우연'이라 이름할 수 없는 어떤 질서가 세상에는 존재함을 본다. 나의 눈, 나의 삶은 나만이 겪는 벽이며 절망이라고 생각하지 않는다. 그런 의미에서 실존주의가 낭만주의의 후예라면 보르헤스는 고전주의자이다. 보르헤스는 나의 느낌·나의 눈·나의 생각이 나만의 것이 아님을 안다. 그는 문득 지금 자신의 인생·자신의 걸음걸이·자신의 나이와 똑같은 사람이 똑같은 오후에 똑같은 생각으로 이 길을 걸어갈 수 있음을 보고 놀란다. 공포를 느낀다. 동시에 이것이 성스러우리만큼 진지한 삶의 행방인 것을 안다.

보르헤스는 지금 시를 쓰고 있다. 나는 지금 보르헤스의 시를 생각하고 있다. 가만있자, 지금 내 이 글을 쓰고 있는 장본인은 누구인가. 보르헤스인가, 나인가, 아니면 한국어인가. 한국어의 주인은 누구인가. 알 수 없다. 알 수 없는 권리만 현재다. 보르헤스는 이를 '저주'라고 말한다. 알 수 없는 것까지는 참을 수 있다. 그러나 그 '알 수 없음'이 곧 사형선고임에랴! 우리 모두에게 알 수 없는 사형선고가 내려져 있는 판국 아닌가. 절망은 아니어도 이 실존 구도는 그렇게 즐거운 것만은 아니다. 보르헤스의 시구에 우수와 서리가 끼는 것도 이 때문이다.

"둘 중의 누가 이 시를 쓰고 있는가/그 복수의 나, 아니면 단 하나의 그림자?" 이렇게 우리말로 번역해놓고 보니 재미있다. 어떤 사람은 '복수'를 칼을 가는 복수의 칼로 읽을 수도 있다. 내가 난 데, 이 책은 내가 썼는데 누가 저작권을 뺏어? 복수의 칼, 아니다. 내 글도 잘은 모르지만 모두 이전 사람들이 쓴 걸 베낀 것이다. 내가 누구 것을 베꼈다는 것을 모른다는 것이 법정에서 무지죄로 무죄가 될지는 모르지만, 그래서 더럽게 도둑 누명은 벗을 수 있을지 모르지만, 그게 그렇게 자랑스러울 것도 없다. 차라리 미리 베끼고 있다고 자백하는 게 어떨까? '간텍스트' 문학론 혹은 해체문학론……

그러나 재미있다. 나는 '나만의 느낌·나만의 사고·내 시' 하는 독창병에 걸려 있다. 독창병은 등창병보다 아프지는 않지만 명이 짧다. 한 500년은커녕 100년도 못 살 의식일 수 있다. 세르반떼스를 안 읽고 어떻게 소설을 쓰는가. 세르반떼스는 내가 아니고 누구인가. 내가 쓰려던 소설을 표절한 세르반떼스, 세르반떼스는 내가 모르는 사이에 나였던, 혹은 나의 다른 사람이다. 다른 사람이면서 내가 못하는 나의 상상과 재능까지 똑같다고 느껴지는 내 사람. 나는 참 많은 사람이다. 지금 보르헤스는 나의 나에 대한 생각보다 더욱 나의 의식을 차지하고 있다.

보르헤스에 대한 서문이 본문처럼 길어졌다. 시작이 어디 있고 끝이 어딘가. 다같이 '하나의 그림자', 하나의 어둠의 자손들, 그런 손에서 나오는 글들이다. 다음 지팡이가 향하는 곳은 보르헤스의 서가다. 더듬기는 마찬가지다. 그렇다고 헤매는 재미도 없으면 살맛이 뭐 있겠는가.

마음의 풍경

보르헤스는 1920년대에 아방가르드로 시인의 길을 걷기 시작했다. 스페인 마드리드의 거리를 누비며 스페인 전위부대 '울뜨라이스모'의 대원으로 활약했다. 그는 전통을 파괴하고 기발한 은유, 애매한 이미지, 지나친 감성주의, 드라마티즘을 선호했다고 고백한다. 생시에 여러번 그는 이때의 그의 시를 제쳐놓곤 했다. 성숙기의 무르익은 사고와 감정의 소박한 다채색 무늬가 아니라 유행병 같은 기발함이 철부지 독창성 내지 목적성, 야심으로 가득 차 있는 자신이 너무 자기 같지 않았다고 생각되었는지 모른다. 어떻든 그는 1969년 전집을 만들면서 1923년에 냈던 첫 시집 『부에노스아이레스의 열정』에 다시 정을 붙인다. 몇몇 철부지 수사놀이를 다듬고 감상주의를 가지 치기 한다. 그러다 보니 뜻밖에 나중의 자신의 모든 싹이 거기 있었음을 발견한다.

보르헤스의 초기시는 사고보다 인상이 지배적인 마음의 풍경이 주를 이룬다. 자신이 고백하듯 인상주의적 모더니스트라고 할 선배 시인 레오뽈도 루고네스(Lepoldo Rugones)의 영향인지도 모른다. 중남미 문학에서 '모데르니스모'라고 하는 모더니즘 운동은 프랑스의 고답파 영향을 퍽 많이 받았다. 쉽게 이야기하면 시에 있어서 인상주의라고 할 수 있는 '영혼의 풍경' 기법이 퍽 유행했다. 보통 성서적 상징을 염두에 두고 자연 묘사를 한 것이 많았는데, 거기에 비해 보르헤스 풍경시에서는 시인의 정과 사고가 눅눅히 녹아난다.

거 리

부에노스아이레스 거리는
이미 나의 내장이다.
군중과 복잡함에 불안해진
굶주린 거리가 아니라,
달동네의 이 빠진 거리들,
일상인들에게는 거의 보이지 않는
어둠과 석양에 물든 다소곳함.
그리고 좀더 밖으로 나가면,
은혜스럽게 큰 나무도 없고
엄숙한 저택들도 감히 발을 디뎌놓지 못하는,
불멸의 간격과 거리 속에 가물거린다
하늘과 평원, 그 깊은 풍경 속에
길을 잃어버린 거리들.
거리들은 고독한 산보객에겐 하나의 약속이다
낯선 수많은 영혼들이 거기 가득하기에,
하느님 앞에, 세월 속에 유일한 영혼들,
하나같이 귀한 사람들.
서쪽, 북쪽 그리고 남쪽으로
길들은——나의 조국과 같이——펼쳐나갔다:

내가 쓰는 이 시구들에도
그 길들이, 그 깃발이 있기를

시인의 조국·시인의 도시·시인의 내장과 같은 거리의 혈맥들, 부에노스아이레스의 거리들. 시인의 가슴속 정다운 거리들이, 하늘과 평원, "그 깊은 풍경 속에/길을 잃어버린" 작고 착한 영혼들이 올망졸망 웅크리고 사는 하나같이 귀한 사람들의 거리를 시인은 사랑한다. 그것이 자신의 시구·시행이 되기를 갈망한다.

더러 보르헤스에게 불만스러운 점은 우리가 보기에 그가 너무나 완벽하고 철학적이라는 것이다. 그러나 자세히 살펴보면 그는 아픈 사람이었다. 나는 보르헤스가 늙어서 그의 초기시를 인정한 이유를 안다. 너무 경솔하고 너무 진실해서, 어른이 된 그가 다시 되풀이할 수 없는 오만과 만용과 어리석음이 심지어 아름다워 보였기 때문이리라. 루쏘(Jean Jacques Rousseau) 이후 낭만주의는 느낌이 유일하게 개인의 독창성을 알려주는 지표라고 했다. 죽은 보르헤스의 가장 큰 슬픔은 이 삶을 포기해야 하는 데서 오는 연민이었다. 죽기 얼마 전 옥따비오 빠스에게 "나는 이미 내가 맞아야 하는 세상에 친숙해 있어⋯⋯"라고 했다지만, 그 옥따비오 빠스도 끝내 친숙할 수 없었고 알 수 없었던 죽음, 그 죽음 너머에 대한 공포와 서운함은 얼마나 커다란 것인가.

보르헤스는 젊어서부터 죽음에 대한 시를 많이 썼다. 그의 초기 시집인 『부에노스아이레스의 열정』(1923년)과 『눈앞의 달』(1925년), 『산 마르띤의 노트』(1929년) 중 전집 출간 시기(1969년)에 되돌아보고 가장 마음에 든다고 한 시 역시 죽음의 현묘함을 노래한 것들이 대부분이다. 그중 「남쪽에서 그의 죽음을 두고 밤샘을 하던 밤」「평범」이라는 두 시가 가장 마음에 든다고 한다. 「남쪽에서 그의 죽음을 두고 밤샘을 하던 밤」은 친구의 죽음의 밤을 노래한

것인데, 너무 길어서 여기에 옮기기에는 적당치 못하다. "누군가
의 임종을 위해——그의 빈 이름을 알고 있을 뿐, 우리 모두 끝내
이해할 수 없는 현실, 죽음의 신비——남쪽 어느 집 하나 새벽까
지 훵하게 열려 있다"로 시작되는 이 시는 죽음을 비극·고뇌로 본
다기보다는 일상으로, 우리가 모두 잘 아는 사람은 살다가 죽는다
는, 그러나 끝내 아무도 이해하지 못하고 죽음을 맞이하게 되는 그
런 역설과 신비가 자세하게 묘사되어 있다. 보르헤스의 초기시는
'거리'에 대한 소재가 많은만큼 그 거리는 죽음으로 열려진 거리들
이다.

어느 서부 거리를 위하여

고적한 거리여, 너는 내게 낯선 불멸을 주리라.
너는 이미 내 인생의 어두운 그림자,
너는 나의 밤들을 정확히 직선으로 가로지르는 칼자국처럼 놓여 있
다.
죽음——어두운 부동의 폭풍——은 나의 시간들을 뿔뿔이 흩어지
게 하리라.
누군가 나의 발자국을 줍겠지, 너의 하늘에 똑같은 열망을 드리우
겠지
오늘 나의 전부인 이 마음과 똑같은 열망을.
나는 다시 솟아나리라, 다가오는 존재의 경이 속에서.
네 속에 다시:
하나의 상처처럼 아프게 열려 있는 너, 거리여.

보르헤스는 스페인 실존철학자 미겔 데 우나무노처럼 '불멸에의
목마름'으로 아파했는지 모른다. 그러나 그의 목소리는 그의 개인

적 욕망만큼 공포와 고뇌에 차 있다. 그러나 끝까지 보르헤스를 떠나지 않는 눈길은 차분함과 관조에 가득한 성찰의 자세다. 젊은 시절부터 그가 보는 사물·거리·풍경은 위와 같은 갈구와 고뇌와 야단스러운 슬픔이 아닌, 눈높이의 삶과 그 숙명을 받아들이는 달관을 향한 성실성으로 가득하다. 그가 좋아한다는 「평범」이 그 대표적 예다.

평 범

정원 철문이 열린다
자주 열심히 찾아보고 들춰보는
책장이 열리듯 다소곳이,
그리고 그 안에서 눈길은
물건 하나하나를 눈여겨볼 필요가 없다,
벌써 기억 속에 있는 그대로이니까.
나는 그 습성을 알고 마음을 안다
그리고 모든 인간집단들이 획책하는
그 암시의 방언을.
나는 말할 필요가 없다
훌륭한 거짓말을 획책할 필요 또한 없다.
여기 나를 에워싸고 있는 사람들은 나를 잘 안다,
나의 고뇌와 나의 약점을 잘 안다.
이것이 가장 높게 이르는 길,
어쩌면 하늘이 우리에게 줄 수 있는 높은 은혜:
감탄사도 승리의 개가도 없이
부정할 수 없는 이 큰 현실의 하나로
소박하게 받아들여지는 일,
돌멩이처럼, 나무처럼.

보르헤스의 풍경은 모두가 상징이다. 상징이면서 일상이다. 상징은 은유처럼 문맥이 끊기거나 비논리·비관습으로 튀지 않는다. 보르헤스의 내숭은 그냥 우리가 일상에서 체험하며 생각하는 것을 평범하게 제시한다는 것이다.

늘 궁금하면 들춰보곤 하던 책장을 넘기듯이 열리는 정원 철문, 우리는 그렇게 조용히, 다소곳이 열리는 문들을 기억한다. 그러나 '철문'이라는 용어가 영 마음에 걸린다. 그것은 숙명의 문, 죽음의 육중한 꿈 같은 불안감이다. 비록 그의 말은 부드럽지만 연상이 부드럽지 못하다. 거기에서는 늘 책을 읽다 말고, 아니면 책 속에서 찾고 물어보던 것들인 '인생은 무엇인가, 사람은, 나는 왜 죽는가'가 있다. 그의 상징은 이렇게 조용하게 우리를 안으로 인도한다.

젊은 시절 보르헤스는 부에노스아이레스 거리를 샅샅이 쏘다닌 것 같다. 그러기를 좋아해 길거리에서 사람과 나무 보기를 즐긴 고독한 산보객이었다. 그래서 그의 풍경에는 항상 그의 체취와 정이 묻어 있다. 그 거리는 그의 사색의 이파리가 되어 나부끼는 외적인 풍경 묘사와 내부 풍경의 한계가 불분명한 달관 속의 자연이다. 길을 걸으면서 보고 느끼며 생각하는 것, 여기에 보르헤스 시의 행보가 있다. 이런 자연스러움은 나이가 들면서 더욱 깊어진다. 다음 시를 보자.

어둠에 대한 칭송

늙음(이것은 남들이 붙여놓은 이름이지)도
우리 행복의 계절일 수 있다.
짐승은 죽었다. 아니면 거의 죽었지,
아직 희미한 반짝임이 남은

아직은 어둠이 아닌 형체들 사이 살아 있다.
부에노스아이레스, '공기 좋은 곳'
전에는 교외로만, 끝없는 평원으로만 치닫던
찢어져나가던 도시가,
이젠 다시 '레띠로(휴식처)' '레꼴레따(수도원)'이거나
'11가'의 희미한 거리들.
아니면 아직 '강남'이라 부르는
겉늙은 거리들.
내 인생에는 항상 일들이 너무 많았지.
데모크리토스는 사색을 위해 눈알을 빼버렸다던가.
세월은 나의 데모크리토스였다.
이 어둠은 서서히 오는 것이어서 아프지 않다.
느린 경사로 흘러오는 품이
영원 같다.
내 친구들은 얼굴이 없다.
여자들은 몇년 전에 있었던 모양 그대로다.
길모퉁이는 다를 수 있지,
책의 책장에는 끝자가 없다.
이 모든 게 내게는 공포스러울 수 있다,
하지만 포근하다, 귀향처럼.
지상에 있는 대대손손의 책들 중에서
오직 나는 몇권 안 되는 책을 읽었을 뿐,
아직도 기억 속에서 읽고 있는 책들,
읽으며, 되읽으며 뒤바꾸며,
남으로부터, 동으로부터, 서로부터, 북으로부터
길들이 나와 나를 예까지 데려왔다
나의 은밀한 중심까지.
이 길들은 메아리와 발자국들,

여자들, 남자들, 고뇌들, 부활들,

낮과 밤들,

꿈들, 반쯤 꿈들,

어제의 순간 하나하나

그리고 세상의 어제들.

덴마크 쪽의 굳건한 칼날과 페르시아의 달,

죽은 자들의 행동들,

함께 나눈 사랑, 말들,

에머슨과 눈, 그리고 그 많은 일들.

이제 나는 이것들을 잊을 수 있다, 나는 나의 중심으로 간다,

나의 수학과 나의 열쇠,

나의 거울로.

곧 나는 내가 누군지 알게 되리라.

철학이 시다

아리스토텔레스도 『시학』에서 "역사는 일어난 일을 쓰고 시는 일어날 수 있는 일을 쓴다. 따라서 시는 역사보다 더욱 진지하고 더욱 철학적이다"(9장)라고 말한다. 여기에서 시는 비극·희극·서사시·문학 일반의 속성을 가리킨다고 할 수 있지만, 역사성까지 포괄하는 사실적 소설에 비해 시는 좀더 철학적인 면이 있다는 이야기로 받아들여질 수 있다. 보르헤스의 소설이나 시는 문학이 형이상학임을 실증으로 보여준다. 그의 말과 형이상학은 모든 테마의 유일한 목적이며 그 정당성이다.

철학이나 형이상학은 눈에 보이는 현실이 아닌 세계, 즉 훨씬 깊고 넓은 그래서 우리 시력의 관찰 한계를 벗어나는 세계 및 꿈의 세계까지를 우리 존재의 영역으로 치는 또다른 시다. 시가 가냘픈

감상주의나 감각적 아름다움의 세계만을 추구하는 것이 아니라면 그것은 애초부터 형이상학적 관심에서 출발했다고 할 수 있다. '시인'(vate)이란 말 자체가 '예언자' '무당' 등과 같은 뜻이었다면 시는 현상세계의 깊이와 미래를 점지하는 원리와 이치·무늬를 그리는 작업일 수 있다.

이것은 플라톤의 '이상공화국'으로부터 그의 좁은 이성주의에 의해 달라진다. 소위 '시인 추방론'이 그것이다. 시대가 이미 도시(polis)적 분위기였던 때의 조직과 체계와 이성적 지식에 몰두했던 플라톤에게 시인은 '헛소리하는 미치광이(mania)'로 보였다. 『이온』이란 초기의 책에서 "시는 영감이다" "마력의 광장이다"라고 시에 대한 흠모의 목소리를 높이던 때와는 다르다. 그때 그는 시의 창작이나 전달이 자석놀이처럼 이끌림의 광장, 신들림의 현장이라고 말한다. 호메로스는 뮤즈에게 신들린 상태에서 시를 읊조린다. 호메로스의 시는 낭독자 이온을 신들리게 하고 이온의 낭독은 청중을 신들리게 한다. 시의 이런 신비한 힘은 '공화국론'에서 헛소리가 된다. 시인은 이성이 없는 상태에서 말하는 헛소리꾼이거나 미치광이가 된다. 문학은 이데아, 곧 진리와 너무 먼 이야기만 한다. 시인은 공화국에서 '스승'이 될 수 없으며 공화국 젊은이들은 문학을 골라 읽어야 한다. 이때가 문학과 철학이 결정적으로 결별하는 순간이다.

서구 사변철학의 논리 중심적 전통 뒤에서, 보르헤스는 철학과 문학의 재결합을 추진한다. 보르헤스는 『또다른 심문』(1952년)의 후기에서 고백한다. "나는 이 책의 잡다한 글들을 재수정하면서 두 가지 경향을 발견했다. 그 하나는 내가 종교적·철학적 사고를 좋아한다는 점이다. 그 이유는 철학의 심미적 가치 또는 그 이상하고 황홀한 사고의 무늬가 마음에 들었기 때문이다." 보르헤스는 책 읽는 재미, 생각하는 재미를 글로 쓴다. 그는 베이컨의 말을 기억한다. "신은 두 책을 썼다. 그것이 세상과 성서다." 보르헤스는 세상이라는 책과 다른 책들 혹은 성서를 읽으며 책을 쓴다. 그리고 그런 사고는 이미 13세기 성 부에나벤뚜라(San Buenaventura)에게도 있었음을 안다. 책과 세상을 함께 보는 사고는 동서가 비슷하다.

우리가 보는 세상이란 책이다. 태초에 하느님이 있었다고는 하지만, 태초에 '도'가 있었다고는 하지만, 태초에 '말씀'이 있었다고는 하지만, 오늘 우리에게 허용된 세상읽기는 옛날옛날 "알렉산드리아에서 사라져버린/그 어려운 원고들 같은" 어려운 독서다. 세상이 있고 책이 있었는지 책이 있고 세상이 있었는지 알 수는 없지만, 세상읽기나 책읽기나 어려움에서는 일치한다. 세상은 운명의 장난같이 늘 알 수 없는 미궁이다. 그 미궁을 파헤치려 많은 책들이 씌어졌다. 그 미궁을 이해하려고 많은 책들을 읽는다. 세상이라는 미궁이나 도서관 속의 미궁은 서울대공원 미로놀이처럼 헤매는 재미, 어려움의 재미라고나 할까.

과학이 세상을 정확하게 읽으려는 시도에서는 다른 분야보다 앞섰다. 예로부터 사람들은 우주의 정확한 지도, 운명의 정확한 예측, 아니면 최소한도 우리가 사는 땅덩어리의 정확한 지도라도 그리고 싶어했다.

엄격한 과학성에 대하여

…그 대제국에서는 지도 만드는 기술이 완벽에 가까워서, 한 주의 지도가 한 도시를 메울 만큼 컸다. 한 나라의 지도가 온 주를 메울 만큼 컸다. 세월이 가자 그렇게 사정없이 큰 지도들도 양이 안 차서 지도를 담당한 한림원에서는 대제국의 크기와 똑같은 지도, 그 땅의 모습과 하나하나 정확하게 일치하는 지도를 제작했다. 지도 제작술에 관심이 덜해진 다음 세대들은 그렇게 크기만 한 지도들이 쓸모없다고

생각했다. 그래서 그것들을 해와 겨울의 혹독함 속에 무자비하게 내팽개쳐두었다. 서부의 사막에는 갈기갈기 찢긴 그 지도의 폐허들이 남아 있다, 거지들과 동물들이 득실거리는. 온 나라에 다른 지도학 연구의 유적은 없다.

> —— 수아레스 미란다, 「고명한 선비들의 여행기」 4권 45장, 레리다, 1658년.

위 글은 『창조자』(1960년)라는 시집에 나온 시다. 과학과 시, 철학과 시, 역사와 시, 시와 산문이 하나가 되는 탈장르의 순간이다. 태초에 신의 언어는 곧 사물을 지칭했다. 신의 말이 곧 세상이었으니까 말이다. 그런 전통은 오래 지속되었다. 미셸 푸꼬가 『말과 사물들』에서 밝힌 지론에 따르면, 르네쌍스 이전까지 말은 곧 사물을 가리켰다. 말이 사물이 아니라 의미와 의미놀음으로 바뀐 것은 르네쌍스, 더 구체적으로는 바로끄 시대 때부터로 푸꼬는 보고 있다.

어찌 되었든 이 시는 대제국의 영토의 모습과 지도가 같았던, 사물과 자연이 그것을 그린 지도와 크기나 모양, 가치에서 같았던 신화적 비전을 제시한다. 그것도 1658년이라는 바로끄 시대 한중간에서 작성된 기록이다. 이 기록에서 보르헤스가 시화한 대목은 "그래서 그것들을 해와 겨울의 혹독함 속에 무자비하게 내팽개쳐두었다." 정도랄까. 아니면 이 시 전체가 글자 그대로 인용한 수아레스 미란다의 말인지도 모른다. 그렇다면 보르헤스는 그냥 수석 줍듯이 대목만을 떼어온 공로로 시인이 된 셈이다.

그러나 이 시는 오늘의 독자들에게는 너무 낯설고 신비하게 느껴진다. 전부가 허구라면 그런대로 상징성을 가질 수 있다. 이것이 1658년 미국 서부를 방문한 「고명한 선비들의 여행기」 기록 그대

로라면 우리는 어디까지가 사실이고 어디까지가 허구인지 다시 검
토해야 한다. 세월이 3세기나 지나 달리 검토할 방법이 없고 보
면, 우리는 사실과 허구를 하나로 받아들일 수밖에 없다. 이 글이
'여행기'라는 점에서 우선 모두 거짓말이 아닐 수 있다는 진지성을
갖는다. 그러면서 동시에 그것은 상징화된다.

　이 시에서 "지도의 폐허"는 곧 제국의 쇠퇴, 지도학의 실종으로
이해된다. 그 결과는 거지와 동물들이 우글거리는 사막이다. 이
시는, '그렇게 큰 지도를 어떻게 그릴 수 있어?' 하는 우리의 상식
의 허점을 찌른다. 우리의 좁은 학문관·우주관을 정면으로 공략
한다. 학문이나 시는 이토록 사실과 자연과 동가치적 실체로까지
발전을 시도해야 하는 것인가. 그것은 가능한 것인가. 그 의문과
해결점을 넘어 이 시는 지구에 사는 우리 모두의 삶의 현묘성을 다
시 느끼게 한다.

　보르헤스는 과학이나 철학, 종교의 이야기를 좋아한다고 했다.
그리고 그것은 이들 철학이나 종교가 갖는 진리성보다 그 '낯섦과
황홀'이 좋아서였다고 말한 것을 주의하자.

　보르헤스는 「Delioiae Poetarum Borussiae, Vii, 16」(이런 인용은
번역 안하는 게 좋다. 그 이상한 맛까지 시적이니까)에서 어느 가스빠
르 까메라리우스라는 자의 한탄을 끌어온다.

Le Regret D'Heraclite

　나, 그 많은 사람이었던 나, 그 나는 한번도 그 사람은 아니었다
　그의 품에 사랑스런 여인 마띨데 우르바치가 숨져가던 모습을 지켜
보고 있는.

　나는 아직도 이 글을 썼다는 가스빠르가 누군지, 그가 말하는 여

인 마띨데와는 어떤 사이인지, 그가 말하는 '그 사람'은 자기 사랑하는 여인을 앗아간 다른 남자였는지, 아니면 사랑하는 여인이 품속에서 죽어가는 것을 차마 지켜볼 수 없었던 (그래서 그것을 부정하는) 아픈 자신이었는지 모른다. 나는 사실 이 시에 대해서 아는 게 하나도 없다. 더군다나 이 시를 우리말로 옮길 수 있느냐의 가능성에 대해서도 생각해본 일이 없다. 다만 이 시의 확실한 주소는 그 형언할 수 없는 아픔이다.

나는 많은 사람이다. 어렸을 때는 이불에 오줌을 싼 나, 중학교 때는 눈이 안 보이도록 깡패에게 두들겨맞은 나, 스페인 태권도 사범이던 나, 고대 교수인 나, 그리고 앞으로의 나…… 구태여 "한물에 두 번 발을 담글 수 없다"고 말한 헤라클레이토스가 아니라도 나는 다시 지금의 이 세포를 지닌 내가 다시 될 수 없다는 것을 안다. 그런 옛 시인은 그 많은 나를 인정하면서도 딱 하나 부정하는 나가 있다. 사랑하는 마띨데를 품에 안고 죽어가는 것을 지켜보는 나는 차마 내가 나로서 할 수 없는 짓이었다. 아니면 해석을 바꾸어서, 심지어 나의 품도 아닌 남의 품에서 나의 가장 귀한 것이 죽어가는 것을, 그 아픈 영광조차 차지하지 못한 나였다면 또 오죽 아팠으랴.

나는 나와는 전연 상관없는, 심지어 알려고 해도 알 수조차 없는 이 어느 먼 주소, 먼 사람의 목소리에서 나의 아픔을 듣는다. 어찌 내게 이런 일이 닥쳐서야만 아픈 것인가. 품을 후벼파는 것은 가랑 잎까지 내 마음을 아프게 한다.

그러나 보르헤스는 누구보다 형이상학 시인이다. 즉 현실을 현실 그대로 직시하며, 역사를 보고 책을 보며, 부에노스아이레스 거리를 걷고 생각하며, 시를 쓰는 시인이다. 그에게 형이상학과 형이하학의 분계는 분명치 않다. 다만 그는 늘 무언가 끝없이 돌아오고 있다는 직감에 산다.

밤의 순환

피타고라스의 어려운 제자들도 이미 알았다:
천체나 인간들은 주기적으로 돌아온다;
숙명의 원자들은 다시 반복하리라, 저 성급한
황금의 아프로디테, 저 테베의 사람들, 저 그리스 광장의 난무.

미래의 시대에는 반은 말, 반은 인간인 켄타우로스가
그 쇠끝 달린 말발굽으로 갑각류의 가슴을 짓누르리라;
로마가 먼지로 변하는 날, 썩는 냄새 진동하는 그 궁전의 끝없는 밤 속에
반은 인간, 머리는 소머리를 한 미노타우로스가 신음하리라.

모든 밤의 불면으로부터 되돌아오리라: 하나하나, 그대로.
이 글을 쓰는 손도 똑같은 배로부터 다시
태어나리라. 쇠처럼 강력한 군대가 지옥을 건립하리라.
(데이비드 흄도 에든버러에서 같은 소리를 했다.)

나는 그것이 수학의 주기 함수가 반복되듯
우리가 다음 주기에 돌아올는지도 모른다;
다만 피타고라스의 어두운 순회법칙, 윤회의 원리가
밤마다 나를 세상의 한 장소에 놓아둠을 안다.

그곳이 도시 변두리 근처, 강남이건 강서건 강북이건
그 어느 멀고 먼 골목길.
그러나 거기 하늘빛 벽이 있고
그늘진 무화과나무, 부서진 보도가 있는

거기가 부에노스아이레스다. 사람들에게
사랑이나 황금을 가져다준다는 계절이지만, 나에게는
이 시든 장미 한 송이, 과거의 이름만을 반추하는
길거리 길거리를 엮는, 쓸모없는 실타래 하나뿐.

나의 핏줄: 라쁘리다, 까브레라, 솔레르, 수아리스……
그 이름들 속에서는 (때로, 은밀하게) 기상나팔 소리가 들린다.
공화국들, 말들, 아침들,
행복한 승리들, 전쟁터에서의 전사자들.

주인 없는 밤에 숙연해진 광장들은
어느 삭막한 궁전의 깊은 마당들
그리고 공간을 만들어주는 만방으로 뚫린 길들은
우리의 꿈과 알 수 없는 공포의 통로들.

아낙사고라스가 해석한 오목한 밤이 다시 돌아온다;
나라는 인간의 살에 끝없는 영원이 되돌아온다
그리고 어느 끝없는 시의 기억이, 혹은 설계가 떠오른다;
그 어려운 피타고라스의 제자들도 이미 알았던 그것들이.

피타고라스의 환생설, 불교식으로 윤회설은 유명하다. 보르헤스
는 그것을 운명 혹은 숙명의 반복으로, 그 순회로 본다. 보르헤스
는 인생에서 성서에서처럼 "해 아래 새로운 것은 없다"고 본다. 무
엇인가 어제의 것은 늘 되풀이되고 또 되풀이될 것으로 본다. 그
반복은 완전한 불규칙이 아니라 주기적이라는 직감을 가진다. 부
에노스아이레스에 길이 많듯이 운명의 실타래는 그 서글픔의 맛과
함께 우리 모두의 머리 위에 드리워진다.
　우리는 우리의 인생을 살아가는 한 모두 조금은 전사들이다. 영

웅들이다. 삶이라는 전쟁터에서 전사하는 모습까지 우리 모두는 모두의 운명을 반추한다. 그것을 어떤 사람은 꿈이라고 하고 어떤 사람은 사고라고 하고 어떤 사람은 운명이라고 하지만 그 색깔은 하나같이 알 수 없는 공포다. 위 시의 내용을 좀더 알기 쉽게 쓴, 꽁뜨인지 산문시인지 모를 다음 글을 보자.

구 도

그의 경악 장면이 완벽하도록, 시저는, 한 석상 밑에서, 자신의 동지들이 찔러대는 칼질에 시달리다가, 칼끝과 얼굴들 사이 한 얼굴을 발견한다, 어쩌면 자신의 친자식 같았던 부하 브루투스 얼굴. 그는 방어할 기력을 잃고 소리친다: 아니, 내 아들, 브루투스 너도! 셰익스피어와 께베도도 이 비극적 절규를 글에 옮긴다.

운명의 신은 반복과 변형과 균형을 좋아한다: 19세기가 지난 뒤, 부에노스아이레스 남부 한 시골에서 한 카우보이가 다른 카우보이들로부터 공격을 받는다. 넘어지면서 그들 중 자기 자식 같은 부하를 발견한다. 그러자 그는 세상을 다시 깨달았다는 듯 서서히, 느리게 놀라며 (그런 목소리는 이렇게 글로 읽을 게 아니라 실제 들어보아야 안다) 말한다: 아아니, 허어……! 그는 죽는다. 다만 이것은 그가 단순히 하나의 장면을 반복하기 위해서 죽고 있다는 것을 모르는 것뿐.

그렇다. 하나의 구도가 반복되고 있다. 보르헤스의 말처럼 "죽는다는 것은 하나의 습관/사람들이 다 아는 상식"(Morir es una costumbre/que sabe tener la gente 〔…〕 Milonga de Manuel Flores)이다. 모든 사람은 다 죽는다. 지금도 우리 곁에서 사람들이 죽어가고 있다. 그러나 우리는 아무도 이 상식에 끝내 익숙하지 못하고 만다. 그렇듯 운명은 거의 같은 구도로 우리 주위에서 반복되고 있다. 유치할 정도로 차분하게, 똑같이 숨 하나를 못 쉬어 세상을 하직한다. 보르헤스는 정열도 고뇌도 고독도 선사시대로부터 반복되고 있는 것을 본다. 그것을 볼 뿐만 아니라 자신의 어처구니없는 삶의 실존으로 아파하고 있다.

일찍부터 보르헤스의 시에 죽음의 그림자가 큰 무게로 등장하는 것은 이상한 게 아니다. 인생에 대한 궁극적 의미는 '죽는 실체'라는 대답밖에 명확한 게 없기 때문이다.

명확성을 추구하는 것이 과학이고 철학이라면 그것의 도구인 이성의 대답은 '그러나 나도 죽을 것'이란 확실성뿐인 것이다. 형이상학을 좋아하는 보르헤스에게 죽음의 테마가 아니면 말이 있을 수 없다. 종교는 죽음을 넘어서는 영원불멸을 추구한다. 그러나 보르헤스는 생각하는 모든 이들처럼 회의주의자이다. 그는 오히려 이 수많은 죽음을 넘어서 들려오는 반복의 메아리에 슬프게 도취하는 낭만주의자이다.

운명의 미궁은 수수께끼처럼 푸는 재미, 헤매는 재미, 안타까움의 재미의 구도이다. 해답이 문제가 아니라 궁리하고 절망하고 살아가는 재미의 현장이다.

　　　미　궁

　　　결코 문은 없다. 너는 안에 있다
　　　성곽은 우주를 포괄한다
　　　안도 밖도 없다
　　　겉의 벽도 은밀한 중앙도 없다.
　　　끈질기게 두 갈래로 갈라져나가는,
　　　끈질기게 두 갈래로 갈라지는

　　　혹독한 너의 길이, 기대하지 마라,
　　　종착점이 있으리라는 걸. 너의 운명은 강철이다

너의 재판관 목소리처럼. 투우의 돌진을
사람의 돌격을 본받지 마라, 그 이상한
복선의 형태가, 끝없는 돌무늬, 그 얽히고설킴 속에서
공포를 유발할 뿐.
없다. 아무것도 기대하지 마라. 시커먼 땅거미 속에
그 사나운 짐승마저도.

　그렇다. 운명은 공포다. 한계다. 그렇다고 보이지 않는 하느님
과 영생의 내세에 기대기에는 우리의 피가 너무 젊다. 비록 산다는
것이 끝이 보이지 않는 절망의 벽이라고 할지라도 우리는 그 보이
지 않는 피의 길에서 더러는 붉게 물들고 다시 어두워질 것이다.
따로 싸워야 할 적도 없이 늙어진다는 것, 죽을 수 있다는 것은 마
지막 절망이다. 그러나 죽음은 삶을 더욱 살냄새 짙은 희망과 절망
의 현장으로 몰아세운다.

　　이 미궁

하늘의 신 제우스도 지금 나를 에워싸는
이 망들을 풀어헤치진 못하리라. 나는 내가
전에 여러 사람이었던 것을 잊었다. 나는 계속
이 단조로운 돌담길, 나의 운명의 길을
증오로 걷고 있다. 직선으로 난 복도 끝에
세월의 끝에, 은밀한 원으로 휘어지는 길들. 나날의
타성이 균열을 낳은 난간들.
창백한 먼지 속에, 나는 내가 두려워하는
얼굴들을 알아냈다. 대기는 내게
오목거울의 하오에 한 짐승의 포효를 가져왔다, 포효라기보다
절망에 찬 하나의 포효의 메아리.

나는 이 어둠 속에 어떤 다른 큰 사람이 있음을 안다. 그 사람의
목표는 이 운명의 신을 짜고 풀고 하는
이들 긴 고독들을 지치게 하는 일.
마침내 안타까이 내 피를 빨고, 내 죽음을 삼키는 일.

우리 둘은 서로가 서로를 찾고 있다. 차라리 이것이
우리 기다림의 마지막 날이 되기를.

보르헤스 또한 그 시대의 아들, 실존의 벽과 절망과 구토의 토사
물이었을까. 아니다. 그의 절규는 모든 맹수의 포효처럼 선사시대
로부터 들려온다. 보르헤스는 그리스의 영웅처럼, 그 현자들처럼,
우리 모두 다같이 강철의 운명 속에, '끝없이 두 갈래로 갈라지는'
걷잡을 수 없는 미궁 속에 버려진 실체임을 안다. 너무나 잘 알기
에 절망할 수 없고 비겁하게 휘어가는, 균열진 난간에 기대어 알
수 없는 두려움에 몸을 떤다. 몸을 떨 여유도 없는 절대 고독 속에
고독의 끝을 지켜보고 있는 더 큰 그림자 하나와 맞대결을 시도한
다. 나는 처음 태어났다. 그러나 내가 태어나기 전부터 나와 똑같
은 삶을 살다 간 사람이 있을 수 있다는 경이, 경이 아닌 공포감
…… 나도 모든 사람처럼 삶과 죽음의 기로를 헤매다가, 결국 죽을
것인가. 여하튼 맞부딪쳐 싸워볼 필요가 있다. 비록 그것이 나날
의 삶이라고 할지라도.
　　그러나 보르헤스 미궁의 가장 큰 비극은 그것이 물위에 지어진
밤이라는 사실이다. 그 밤은 또다른 밤의 연속이며, 피할 수 없는
순환과 반복의 역사 속의 이름모를 숫자처럼 환상적이며 숙명적이
라는 역설이다. 어떻게 꿈이 현실의 뿌리가 되는가. 어떻게 잊혀
진 어제가 나의 운명의 기틀이 되는가. 어떻게 이 이해할 수 없는
실존의 구도가 나의 삶과 죽음이라는 구체적 아픔으로 형상화되는

가.

　어떻게 잡을 수 없는 꿈과 어제가 나의 삶이 되는가. 다음 시를
보자.

　　　헤라클레이토스

　　두번째의 황혼.
　　꿈속에 깊이 가라앉은 밤.
　　순화와 망각.
　　첫번째 황혼.
　　아침이 여명이었던 그날.
　　수많은 날은 이내 낡은 하오가 되리라.
　　두번째 황혼.
　　세월의 이 또다른 옷, 밤.
　　순화와 망각.
　　첫번째 황혼······
　　비밀스러운 여명 그리고 여명 속에
　　그리스인의 비탄.
　　미래와 현재와 과거로 이어지는
　　이것은 무슨 숨겨진 음모인가?
　　갠지스강까지 흘러가는
　　이 강은 무슨 강인가?
　　그 연원을 알 수 없는 이 강은 어디서 오는가?
　　신화와 칼들을 끌고 오는
　　이 강은 무슨 강인가?
　　잠을 자도 소용없다.
　　꿈속에서도, 사막에서도, 지하에서도 강은 흐른다.
　　강물이 나를 앗아간다, 내가 그 강물이다.
　　나는 이 미끌미끌한 물체로 만들어졌다, 신비한 시간으로.

어쩌면 원류는 내 속에 있다.
어쩌면 내 그림자로부터
숙명적으로, 환상적으로, 나날이 솟아난다.

읽고 쓰는 나와 숨쉬는 나 사이

데리다(J. Derrida)는 '쓰기학'에서 사람의 마음을 표시할 수 있는 어떤 말도, 쓰기도 불가능함을 이야기한다. 소위 '차연'(différance)이라는 말로 데리다는 종래의 '논리 중심주의'에 반기를 든다. 데리다는 서구의 논리 중심주의의 뿌리를 아리스토텔레스의 소리 중심적 사고에 둔다. 아리스토텔레스는 "말소리는 영혼을 나타낸다"고 말한다. 여기에서 사람들은 말을 들으면 진실을 알 수 있고 고해성사를 통해서 영혼의 이야기를 들을 수 있다고 믿었다. 쓰기는 말을 받아적는 부차적 행위로 생각되었다. 여기에서 인류는 말하고 쓰는 행위가 진리를 있는 그대로 제시할 수 있는 것처럼 믿는 논리 중심주의를 전통으로 삼아왔다는 것이다.

데리다는 '차연'이란 말로 이들 전통에 반발하면서, 쓰기나 말하기는 항상 어떤 현실·진실을 있는 그대로 그리고 동시에 표상하기에는 역부족이라는 견해를 피력한다. 예를 들어 나의 지금 느낌을 표현한 '춥다'라는 말은 이미 추웠던 느낌의 대치물일 뿐인 것이다. 동시에 내가 느꼈던 '춥다!'는 느낌의 질이나 양을 '춥다!'는 말이 대변하지 못한다. 말과 느낌 사이만 해도 이토록 시간적 차이(지연)와 질적 차이가 나는 것이다. 동물과 달리 인간 문화는 언어를 통하여 다르게 구현되어왔다. 그러나 데리다나 라깡(Jacques Lacan)에 와서 그 언어라는 것이 어떤 본질이나 대소망(라깡의 'Phallus')을 직접적으로 동시에 구현할 수 있는 아무런 능력도 없음이 이야기된다.

이들 해체주의의 사고는 보르헤스에서 그 뿌리를 찾을 수 있다. 맨 처음에 이야기했듯이 오늘날 포스트모더니스트들의 많은 사고는 보르헤스로부터 기원했기 때문이다. 보르헤스는 책을 읽고 책을 쓰는 사람이다. 모든 시인들처럼 시를 읽고 시를 쓴다. 책이나 시가 나의 마음이나 느낌을 포착함과 동시에 처음 그대로 투영할 수 없는 것이라면, 시 속의 나의 느낌이란 것도 남의 느낌, 시의 언어의 느낌, 남의 시를 읽어 아는 느낌일 수 있다. 나의 시 속의 나의 느낌이라고 하는 것은 시를 쓸 때는 이미 지나간 느낌일 뿐이어서 시나 글은 나의 살아 있음의 어느 호흡도, 세포의 움직임도, 지금 숨이 넘어가고 있음도 체크하지 못한다. 나의 시에 그런 살아 있음의 현실감이 잡힌다면 그건 실감나는 현실일 뿐 현실 자체는 아니다.

언어가 관습의 산물이고 문학·철학 또한 이런 관습의 소산이라면 지금 내가 쓰고 있는 이 글도 나의 사고이기 이전에 관습의 것이다. "해 아래 새로운 것은 없다"라는 구약성서의 말을 시학으로 구현한 '해체주의 시인'이 바로 보르헤스다. 대부분의 시는 성서에서 따온 것이다. 그는 시 속에서 다시 한번 '그'다. 즉 '타인'(el otro)이다. 보르헤스는 시를 쓰다 말고 묻는다. "그 둘 중의 누가 이 시를 쓰고 있는가/그 복수의 나, 아니면 단 하나의 그림자?/말이 무슨 상관이랴, 내게 오는 이 말이,/결국은 구분할 수 없는, 똑같은 저주……" 그 '복수의 나'는 역사 속에서 나처럼 인생을 살았고 그 삶을 책으로 남긴, 그리하여 나로 하여금 그 책을 읽고 내 가슴을 움직인, 그 많은 지나간 삶 또는 앞으로 올 삶들을 점지해 가는 단수가 아닌 여러 사람의 나다. 그러나 이들 나를 이루고 있는 삶이나 문화의 흔적들은 모두가 허상 즉 "단 하나의 그림자"임에서 일치한다. 신으로 태어나지 못하고 세상이라는 알 수 없는 책을 읽었고 읽어가고 있는 중생들은 그 알 수 없는 그림자라는 점에서 일치한다. 그러나 그 알 수 없는 저주받은 영토도 동시에 지금 나의 삶이 숨쉬고 있는 은혜의 터다. 바벨탑 이전의 언어, 신의 언어는 우리에게 용납되지 않는다. 우리에게 주어진 삶은 미로이며 미궁이다. 그러나 그 부서지고 흐트러진 형상 속에 또한 참 삶의 모습이 숨쉬고 있는지도 모른다.

타 인

청동으로 새긴 6각운의 시
수천개의 길고 긴 시구 맨 처음에
그리스 시인은 기원한다
그 어려운 뮤즈, 혹은 신비한 불꽃에게
아킬레스의 분노를 노래할 힘을 달라고.
호메로스는 알고 있었다, 타인이——어떤 커다란 신이——
우리의 어두운 작업을 사나운 불빛으로
상처내고 있음을; 몇세기가 지난 뒤
성서는 말하리라, 성령은 마음내키는 대로
불어닥친다고. 이름을 알 수 없는 무정한 신은
반드시 선택받은 자에게만 완전한 도구를 준다:
밀턴에게는 사방에 어두운 벽을,
세르반떼스에게는 추방과 무명의 아픔을.
세속의 시간의 기억 속, 영원한 것은
신의 목소리뿐. 그 찌꺼기만 우리 것.

그렇다. 불멸의 작품은 이름모를 신의 뜻이다. 이름을 모름은 신이 없다는 뜻이 아니다. 신은 오히려 부재의 모습으로 지금 나의 인생과 나의 시의 됨됨에 참여하고 있다. "무정한 신은/반드시 선

택받은 자에게만 완전한 도구를 준다.” 이해할 수 없는 우연과 고
난과 불멸의 영광을 말이다. 롱기누스(Longinus)는 우리가 고전을
읽어야 함을 시쓰기의 방편으로 제시하면서, 고전 속에는 뮤즈로
부터 받은 혼이 숨쉬고 있다는 소리를 한다. 그 혼은 글을 읽는 독
자를 매혹하고 또다른 시를 쓰게 한다는 것이다. 플라톤의 영감론
을 재해석한 롱기누스의 창조적 모방론은 보르헤스에게도 통한다.
고전이나 보르헤스의 시에는 시인의 체험이나 의도를 넘어선 신비
스러운 힘이 숨쉰다. 위대한 작품은 한 시대의 평론가의 판단이나
인기를 넘어선다. 시대를 넘어 나라와 언어를 넘어 많은 사람에게
감동을 준다. 고전의 영원성은 밀턴이나 세르반떼스의 의도를 넘
는다. 뮤즈나 성령의 변덕이 그런 삶을 주고 그런 글을 쓰게 한다.
그러나 그런 글에서 우리가 이해할 수 있는 것은 그 영원성의 “찌
꺼기”들일 뿐이다.

　보르헤스는 그의 시집 중에서 『다른 사람, 똑같은 사람』(1964년)
이 가장 마음에 든다고 고백한다. ‘다른 사람’ 혹은 ‘타인’은 역사
를 사는 나, 책을 읽고 책을 쓰는 나에 대한 인식이다. 역사 속과
책 속에서는 어쩌면 나와 같은 사람이 그리 많은가. 에우헤니오 도
니스(Eugenio D'Onis)는 “모든 위대한 시인은 나를 표절한다”고 말
했다지 않던가. 내가 겪는 사랑의 고통은 어쩌면 하이네나 헤세가
살았던 고통과 똑같은 것인지도 모른다. 다만 내 살을 꼬집어야 아
프듯이, 내 아픔만 제일 크다고 생각하는 것은 가장 유치한 편견이
다. 낭만주의를 휩쓴 루쏘의 고백 “나는 나의 느낌 속에서 아무와
도 같지 않음을 느낀다”라는 말은 거짓이다. 개성이나 독창성의 신
화는 보르헤스 앞에서 유치하다. 보르헤스는 말한다.

　“인간의 언어는 어떤 숙명성을 내포한 전통이다. 개인적 실험성
이란 사실상 극히 미세한 것들뿐. 예외가 있다면 한 혁명적 시인이
사는 것을 포기하고 물러앉아 박물관용 제품을 만들어낸다든지,

문학사를 연구하는 학자들에게 논란거리를 제공하겠다는 장난을 지어낸다든지, 아니면 단순히 스캔들을 일으켜 재미를 보는 경우들 정도……”

보르헤스는 말라르메와 함께 ‘말이 시를 쓴다’고 생각한다. 그 말은 전통 속의 말일 수밖에 없다. 즉 나의 말이 아니라 남의 말, 남들의 말이다. 따라서 나의 시는 ‘다른 사람’ 즉 남이 쓴다. 그것은 나의 시 앞에서 나의 절망을 뜻하지는 않는다. 나의 시가 내 것이 아니듯이 남의 시도 남의 것이 아니다. 다 똑같이 ‘어둠의 자식들’이다. 어차피 우리는 같은 말을 쓰지만 같은 냄새, 같은 체험, 같은 뜻으로 쓸 수는 없다. 이 시를 쓰는 나는 내 시 앞에서 타인이지만, 다른 사람의 시를 읽으면서 내 시로 공감할 수 있다. 내가 내 시의 작가가 아니라는 말과 내 시의 시인이라는 말은 똑같은 소리, ‘똑같은 사람’의 어두운 발성일 뿐이다.

그러나 내 시가 남의 시인 것은 그것이 특히 독자들의 읽음을 통하여 살아가는 숙명을 지녔기 때문이다. 일단 쓰고 나면 나는 내 시의 하나의 독자일 뿐이다. 나의 시는 독자의 시다. 내 시를 쓰는 나도 내 시 앞에서 타인이며, 내 시를 시 되게 하는 시를 읽는 독자도 타인이다. 내 시는 타인의 시다. 모든 타인의 시는 동시에 나의 시다. 모두 똑같은 사람의 시다.

보르헤스는 영감을 ‘타인’이라고 부른다. 그리스의 다신교적 신이나 뮤즈나 성령이나 속세에서는 모두 신령함이다. 플라톤은 『이온』이라는 책에서 영감론을 편다. 시는 신들림에서 오며, 호메로스는 뮤즈로부터 신들림당하여 『오디세이』를 쓴다. 낭독자인 이온 또한 호메로스의 시로부터 신들림을 받아 낭독을 한다. 청중들은 이온으로부터 신들림을 받아 감동에 취한다.

롱기누스는 플라톤을 기억하면서 고전 모방성을 주장한다. 그는 「좋은 글에 대하여」(Perl Hupsous)에서 문학은 고전을 모방하는 것이며, 고전 속에 살아 숨쉬는 영감으로부터 신들림을 받아 시를 쓰게 되는 것이라고 말한다. 롱기누스는 동양 시학의 "기를 받아 글을 쓴다"는 문학론과 유사한 주장을 편다.

보르헤스는 위 시에서 시를 진정한 시 되게 하는 것, 영원성을 갖게 하는 것은 어떤 신묘한 힘이라고 이야기하고 있다. 위대한 작품은 신이 쓴다. 신이 나의 손과 나의 마음을 통하여 시에 내린다고 생각한다. 그래서 창생은 유한하지만 예술은 영원한 것이다. 다만 "무정한 신은/반드시 선택받은 자에게만……"이라는 구절은 우리 모든 시인들의 원한(?) 섞인 목소리를 대변하고 있다. 그렇다. 나의 시를 진정한 시 되게 하는 것은 낭만주의가 말하듯 나의 깊은 내부 체험(릴케)이라기보다 나의 시에 내리는 새벽이슬 같은 '사나운 빛'의 덕이다. 나의 시쓰기엔 나보다 남이, 어떤 신 같은 타인이 숨결을 불어넣고 있다.

보르헤스는 영감을 믿는 시인인 점에서 낭만주의자다. 그러나 영감의 자유를 믿지 않는 숙명론자인 점에서 비극적 감성주의자이자 회의주의자다. 아니면 안또니오 마차도처럼 나그네 삶의 '우수를 가르치는 선생'이다. 보르헤스는 그의 시가 그의 생명도 삶도 그 어느 것도 대변하거나 살릴 수 없음을 안다. 그는 시를 믿지 않는다. 그는 시 없는, 책 없는 인생을 믿지 않는다. 보르헤스는 시를 쓰지 않는 인생, 아니 시를 쓸 수밖에 없었던 무명의 삶의 위대성에 각별한 애착을 갖는다.

사화집의 한 무명시인에게

지상에 오직 너만의 것이었던, 우주가
오직 너만을 위해 존재했던, 그 고통과
행복으로 짠 비단, 그 아름다운 날들의 기억은 어디 있는가?

손가락으로 헤아릴 수 있는 강물의 나날들
그들이 모든 것을 잃어버렸다; 너는 이제 사화집 목차 속의 한 이
름.

신들은 남들에게 끝없는 영광을 내렸다.
비문이며 공적문이며 기념비며 정확한 역사가들까지;
자네에 대하여 아는 유일한 것은. 희미한 친구여
어느 하오에 두견새 울음을 들었다는 사실.

어둠의 수선화 사이, 자네의 희미한 그림자는
신들이 너에게만 깍쟁이었다고 하겠지.
하지만 세월은 하찮은 빈곤의 그물 같은 거지,
망각으로 짜여진 잿더미의 평화보다
더욱 훌륭한 결론이 있을 수 있을까?

다른 사람들에게는 신들이 녹슬지 않는 영광의
빛을 던졌지, 마음의 내장을 비추고 그 균열을 하나하나
들추어낼 수 있는, 그러나 그 영광 또한 그토록 경애하는
장미를 끝내 송두리째 으스러뜨리고 말게 하는……
자네에게만은 신들이 비교적 자비로웠던걸세.

아직 밤이 아닌, 밤일 수 없는 어두운 하오의 황혼 속에서
자네는 아직 테오크리토의 두견새 울음을 듣지 않는가.

보르헤스는 백화사전 출신, 도서관 출신 시인이면서 반독서주의
자다. 고전처럼, 유명시인의 시처럼 많이 읽히는 시인이 진정한
시인이라고 생각하지 않는다. 시는 신의 일이다. 시의 영광과 패

배는 타인의 일이다. 신들이나 타인의 장난은 알 수가 없듯이 더러 시인은 성공하고 실패한다. 그렇다고 시를 살지 않고 삶을 사랑하지 않는 시인은 없다. 오늘 독자에게 영광을 얻지 못한 시와 시인은 내일과 신에게서 더욱 영원한 독자를 만날 수 있다. 이딸로 깔비노(Italo Calvino) 말처럼 독자는 미래를 안다. 시는 독자의 것이며 신의 것, 망각의 것이다.

보르헤스의 '무명시인' 혹은 '작은 시인'(poeta menor)이라고 번역할 수 있는 아래의 시는 위 시의 해석이 된다.

종착점은 망각
나는 조금 빨리 도착했을 뿐

위 두 시에서 보르헤스는 시와 시인의 길은 어차피 파멸과 망각을 향해 있음을 안다. 로마 시인 호라티우스(Quintus Horatius Flaccus)가 그 유명한 『시론』(Ars poetica)에서 "죽음은 시와 시인을 잡아간다"라고 했던 것을 아르헨띠나 시인은 기억하고 있는지 모른다. 결국 어느 영광도 장미도 부서지고 으깨어지는 숙명일밖에, 그래서 차라리 "망각으로 짜여진 잿더미의 평화"가 오히려 먼저 도착한 미명의 영광인지도 모른다고 말한다. 미리 영광이니 명예를 주지 않은 '무명시인'에게는 신이 오히려 떨리는 슬픔, 무너지는 아픔을 면제해주는 자비를 베푼 게 아닌가.

보르헤스는 노자의 '무명(無名)'을 배운 것 같다. 그의 시에는 유달리 무명시인·작은 시인에 대한 애착이 두드러진다. 무명시인은 시와 시인이 가야 할 길에 미리 와 있는, 그 망각의 강가에 미리 도착해 무상의 마지막 햇살을 즐기고 있는 득도의 맛을 풍긴다. 득도의 경지이기에는 아직 서글픔과 우수가 얼룩지는 라틴계의 핏기가 있지만…… "아직 밤이 아닌, 밤일 수 없는 어두운 하오의 황혼 속에서/자네는 아직 테오크리토의 두견새 울음을 듣지 않는 가." 그렇다. 망각의 강을 건너기 전 강가에서 듣는, 예나 지금이 나 똑같은 두견새 울음에서 황홀감을 느낀다. 그의 또다른 무명시 인에 관한 시를 보자.

1899년의 어느 무명시인에게

하루의 가장자리쯤, 숨어서 우리를 기다리는
서글픈 시간을 위해 시를 남긴다는 것,
황금빛 반짝임과 희미한 그림자의 아픈 날짜에
너의 이름표를 단다는 것. 그것이 네가 원했던 것.
하루가 기울고 있을 때, 또 너는 얼마나 열심히
그 이상한 시구를 쓰고 다듬고 했었을까!
우주가 흩어져 사라질 때까지, 여기 이상한 푸르름이
존재했음을 알리려는 그 이상한 시구!
네 뜻이 성공했는지, 심지어 나는 네가 실제 존재했는지조차도
나는 모른다, 세월 속의 희미한 이름의 힘아,
하지만 나 또한 홀로 남았다. 그래서 나는 망각에게
세월 속에서 너의 가벼운 그림자를 다시 찾아오도록
부탁한다, 땅거미가 지는 순간에, 이 지친 나의
안타까운 말벗이라도 되어주도록.

보르헤스는 시가 황금 월계관을 위해 존재한다고 믿지 않는다. 살아 있음은 곧 망각을 향하여 가는 길임을 안다. 다만 땅거미가 질 무렵의 푸르름, 그 작은 위안을 위해 시가 있다고 믿는다. 영원 한 것은 무명에 가까운 작아짐의 형태에서만 또렷해진다. 그것은 세월 속에 너도 나도 살아 있었음의 더러는 슬프고 더러는 행복했 었음의 마지막 증표다.

시 학

세월과 물로 된 강을 바라보는 것
그리고 시간은 또다른 강이라는 것을 기억하며,
우리는 강물처럼 사라져갈 것을 알며
얼굴들 또한 강물처럼 떠내려가는 것을 보며

눈을 뜨고 본다는 것도 또 하나의 꿈임을 느끼며
꿈을 꾸고 있지 않다고 꿈꾸는 꿈, 그래서 우리의
육체가 두려워하는 죽음 또한 밤마다 꿈이라고 부르는
그런 죽음밖에 아무것도 아님을 알며

하루의 한 해 속에 사람의 나이와 세월들의
상징을 읽으며, 세월이 앗아간 인생의 아픔을
음악으로, 소음으로, 상징으로 바꾸어가는 일.

죽음 속에 꿈을 보고, 석양에 하나의
슬픈 황금을 보는 일. 이것이 시
영원한 가난의 되풀이: 시는 여명처럼
석양처럼 늘 되돌아온다.

이따금 하오가 되면 거울 한가운데서
한 얼굴이 우리를 빤히 쳐다본다;
예술은 바로 그런 거울 같은 거,
우리 스스로의 얼굴을 밝혀주는.

이야기를 들으면, 율리시스는 그 위대한 업적에도
지치고 지쳐, 고향 이타카에 돌아와 마을을 바라보며

너무 사랑스러워 눈물을 흘렸다고 한다, 그 초라하고 파란
마을을 보며…… 예술은 위대하지 않다: 이타카 마을, 그 파란 영원.

또한 그것은 끝없는 강물 같다
흘러가고 남고…… 만물은 흘러간다는
헤라클레이토스의 수정거울; 모든 것은 다 똑같다
그리고 다르다, 끝없는 강물처럼.

『우파니샤드』에 나오는 이야기다. 인생은 흐르는 강물, 구태여 헤라클레이토스만을 기억할 필요는 없다. 동서가 세월의 흐름을 알고 있다. 그 흐름 속에서 율리시스나 보르헤스나 우리는 똑같다. 보르헤스 앞에서 낭만주의의 독창성은 갈 길이 없다. 강물은 흘러가지만 강은 길게 누워 있다. 수많은 철학자와 시인들이 흘러가고 흘러오지만 도서관은 여기도 저기도 있다.

어디 그뿐인가. 나는 지금 여기 살지만 죽은 사람들을 읽고 또 나의 죽음을 창조한다. 거울 속에 비춰보는 나는 나지만 모든 사람의 얼굴을 닮았고 같은 인간이다. 나도 똑같은 사람이지만 다른 사람과 다르다. 나는 때때로 나만의 삶을 살고 있다고 느낀다. '나의 인생! 나의 공적! 나의 시!' 그러나 목소리를 낮춰라. 모든 것은 부서지게 되어 있다. 마침내 우리는 모두 파란 이타카 고향 마을, 그 파란 영원에 다시 만나리라. 시는 그 가난과 파란 언저리에 돋는 풀이다. 보르헤스 시의 주제는 거의 모두 지나간 다른 작품, 다른 시인들에 관한 것들이다. 똑같은 작품에 보르헤스의 숨결과 눈빛을 덧입힌 되읽기·되쓰기·풀어쓰기에서 나온 산물이다. 보르헤스의 시 작업은 제상처럼 숭엄하고 경건하다. 그는 하나도 새로운 것을 쓴 일이 없다고 말한다. 그는 죽은 사람들의 목소리를 듣고 쓰고 또 죽어갈 사람들에게 읽힌다.

지금 내 시를 읽고 있는 분에게

당신은 무적이다. 당신의 운명을 지배하는
법칙을, 먼지의 확실성을 느껴본 적이 없는가 ?
다시 돌이킬 수 없는 당신의 시간은 바로
헤라클레이토스의 거울 속 세월의 무상함의 상징
그 강물의 시간이 아니고 무엇인가 ? 당신을
기다리는 것은 당신이 읽지 못할 대리석 비문,
거기, 날짜와 도시 그리고 기록이 이미 적혀 있다.
다른 사람들도 역시 시간의 꿈들.
견고한 청동도 정교한 황금도 없다.
우주는 당신처럼 변덕쟁이 바다의 신 프로테우스 것.
그림자여, 당신이 가는 곳은 당신을 기다리는
또하나의 어둠, 거기 어둠이 숙명처럼
당신의 여정이 끝나기를 기다리고 있다.
생각하라, 어떤 행태로든 당신 또한 이미 죽어 있다는 것을.

제 3 의 호랑이의 황금

그러나 보르헤스는 진짜 살아있는 더운 피의 사나이다. 보르헤
스는 시를 쓰며 불멸의 작품을 남기며 지상에 영원한 이름을 남김
으로써 영생을 구한 것이 아니다. 시를 쓰는 작업이 끝없이 허구를
만드는 작업, 예술과 상징을 만드는 작업임을 보르헤스는 누구보
다 잘 안다. 그가 시를 쓰는 것은, 살아서 시를 쓰고 있는 것은,
살아서 꿈꾸고 희망을 갖고 시를 움직이고 있는 것은 '제3의 호랑
이의 황금'을 찾기 위함이다.

또다른 호랑이

And the craft that created a semblance
(그리고 닮은꼴을 만들어내는 기술)
Morris: SIGURD THE VOLSUNG (1876)

호랑이 한 마리를 생각한다. 어둠은
이 크고, 수고로운 도서관을 더욱 황량하게 만든다
책 선반들까지 더욱 멀어지는 것 같다:
그러나 그는 가리라, 힘차게, 순진하게
피투성이 되어, 늘 새 모습으로, 밀림과 아침을 헤쳐가리라
그리고 그의 흔적을 남기리라, 진흙투성이
이름모를 어느 강가에
(그의 세계에는 이름이 없다, 과거도 미래도 없다,
오직 확실한 순간만 존재한다.)
그리고 그 야만스러운 거리들을 구해내리라
그리고 얽히고설킨 냄새의 미궁에서
늘 여명의 냄새와, 맛있는 사슴냄새를 캐어내리라:
대나무 줄기 사이사이, 나는 호랑이의
얼룩무늬를 읽는다, 그리고 그 떨리는
아름다운 가죽 아래 숨쉬는 뼈와 뼈를 느낀다.
부풀어오는 바다도 지상의 사막도
그의 발길을 막지 못한다:
아메리카 남쪽의 어느 먼 항구, 이 집에서
나는 너를 따라간다, 너를 꿈꾼다,
오 갠지스 강변의 호랑이여.

하오의 기운이 나의 영혼을 파고든다. 나는 생각한다.

내 시구가 안타깝게 찾고 부르는 호랑이는
사실 상징과 그림자 호랑이일 뿐이라는:
백화사전에 나오는 그림의 기억과
문학적 수사법의 일환일 뿐이라는;
말하자면, 벵골이나 수마트라에서
해가 뜨거나, 보름달, 초생달 아래서도
태연하게 사랑과 쾌락과 죽음을 구현하는
그 불길한 보물, 숙명의 호랑이가 아닌……
나는 그 상징의 호랑이 대신 진실의
뜨거운 피의 호랑이를 택하기로 했다.
들소들의 무리를 박살내는 호랑이.
그리고 오늘, 59년 8월 3일도
초원에 호랑이가 서서히 그 발걸음을 드리운다.
하지만 그의 이름을 부르는 자체만으로도
그의 모습을 상상해보는 자체만으로도
그는 예술의 허구가 되고 만다. 땅 위를
밟고 걸어가는, 살아 숨쉬는 하나의 창생이 아닌……

제3의 호랑이를 우리는 찾아야 한다. 이 호랑이도
다른 호랑이들처럼 인간 언어의
한 구조물, 나의 꿈의 한 형태이리라,
진실로 척추를 가진, 신화를 넘어 저 멀리
땅을 밟고 가는 호랑이가 아닌…… 나도 알고 있다,
그러나 무언가 나에게 이 형언할 수 없는, 철부지의
그러나, 가장 오래된 모험을 요구한다. 그리고 나는
이 하오의 시간을 헤매며 그 또다른
호랑이를 찾는다, 이 시구에 없는 그 호랑이……

여기서 '제3의 호랑이'는 무엇을 뜻하는가. 이 '뜻'이나 상징이 아니어야 하는 호랑이 이야기를 찾는 시인의 갈망, 이것은 어쩌면 호랑이 등을 타고 서서히 산길을 돌아오는 우리의 신선들에게나 가능했던 현실이었으리라. 아니면, 율리시스처럼 오직 시구 속에서만 그 무서운 용기와 뼈와 살의 용솟음침을 보여주는 허구 속의 사실감일 뿐이다.

시인은 숙명적으로 모든 삶을 종이쪽지로 만드는 괴물이다. 가장 절절한 사랑도 시인의 붓끝에서는 이별이 된다. 죽음이 된다. 단떼의 베아뜨리체까지도 죽은 여자이다. 그러나 시인은 한 여자를 종이 위에 죽이고 또다른 여자를 찾는다. 구태여 도서관에서 찾아낸 베아뜨리체·로테·채털리 부인이 아니라도 내가 나의 생명을 바쳐 사랑한 여인까지 삶 속에서는 그리고 시 속에서는 낙엽이나 휴지로 만들어버린다. 비록 그것이 불멸의 작품이 되었다고 할지라도 말이다. 황금의 무덤도 무덤은 무덤이다. 살아있는 사랑하는 가슴에게는.

보르헤스는 책들 속에서 호랑이를 좋아한다. 호랑이 꿈을 꾼다. 그리고 자신의 피와 살로 그 꿈을 산다. 서사시 속의 영웅들, 죽음을 모르고 치닫는 무서운 말발굽소리, 인간 실존의 한계를 뛰어넘으며 한계 자체를 모르거나 무시하는 그 웅대함·태연자약함·호연지기…… 그러나 그들도 죽었다. 우리가 알기로 실제 죽었고 서사시 속의 허구적 현실로 그리고 그림자로 우리에게 전해져올 뿐이다. 죽음이 다가오는 발자국소리가 들리는 보르헤스의 하오에는 유난히 호랑이가 더 그립다. 죽음에 대한 두려움도 한계도 전혀 개의치 않고 태연하게 '사랑과 쾌락과 죽음'을 살며 이들 사이의 그 무서운 갈등과 거리를 무시하는(시에서는 '구현하는') 초연한 자태가 너무 아름다워 보인다. 보르헤스는 늙은 그와 우리에게 권고한다. 도서관 속의 호랑이가 아닌, 그 속에서 다시 박제되어가는 호랑이가 아닌, 지금 여기 너와 나의 삶을 용기와 초연함으로 이끌

호랑이를, 끝없는 호랑이 꿈을 권고한다.

내 시는 항상 남의 시다. 나의 죽음 또한 '나'라는 남의 죽음이다. 나는 나의 죽음을 알지 못한다. 우리는 모두 처음 죽으니까. 정작 무서운 것은 '나의 죽음'이라는 남의 죽음을 미리부터 나의 죽음으로 받아들이고 자꾸만 비겁하고 쇠약해가는 나 자신이다. 꿈과 희망을 잃고 서툰 이성('사람은 모두 죽는다'는 지식)으로 죽기 전에 삶을 포기한 혹은 돈에 팔아먹는 군상들…… 보르헤스의 '제3의 호랑이'는 삶에 대한 무서운 소망이 빚어낸 생명보다 강인한 꿈의 살덩이다.

보르헤스 생시의 마지막 시집 이름 또한 『호랑이들의 황금』이다. 시집 제목과 같은 시는 절규한다. "이제 오직 내게 남은 것은/희미한 불빛, 뚫을 수 없는 어둠 하나/그리고 최소의 황금, /오 석양이여, 오 호랑이여, 신화와 서사시의/그 찬연한 광휘여, /오 나의 가장 아름다운 황금이여, /오 가장 아름다운 황금이여, 이 두 손이/갈구하는 너의 머리칼이여." 여기에서 우리는 보르헤스의 '호랑이'가 승화된 생명성의 상징임을 본다. 최초의 생명은, 죽는 순간까지 부둥켜안고 있는 금싸라기 같은 살아 있음의 맛, 바로 '호랑이의 황금' 알알들이다. 보르헤스의 상징은 뜻보다 살갗이다. 의미보다 감촉이 앞선다.

인생은 비문을 낳는다. 삶은 상징을 낳는다. 그러나 보르헤스의 비문은 살아 있다. 보르헤스의 상징은 살냄새가 난다. 보르헤스의 시는 일상 냄새가 짙다. 따라서 우리는 위 시에서 그 당시 곧 결혼하려고 했던 일본계 중남미 여인 마리 고따마의 머리칼을 연상하게 한다.

죽기 한 달 전이었던가, 보르헤스는 오랫동안 비서였던 그녀와 결혼식을 올린다. 결혼 초야나 이루어졌을까? 보르헤스의 결혼은 그가 사용한 최후의 꿈, 상징 혹은 허구였다. 그러나 그의 모든 허구, 모든 상징처럼 그 결혼은 현실이었다. 이런 무서운 시인에게 우리는 어떤 것이 현실이고 어떤 것이 꿈이냐고 물어선 안된다. 시인이 갈구하는 머리칼이 어디까지가 '호랑이' 꿈의 머리칼이고 어디까지가 마리 고따마의 머리칼이냐고 물어서는 안되듯이, 심지어 가장 어리석은 과학자처럼 고따마는 동양계니까 머리칼이 황금빛이 아니었을 것이며, 고로 '시 속의 머리칼은……' 하며 주절거리다간 붓끝에 맞아 죽을 수도 있다. 보르헤스 같은 봉사 중의 봉사가 색깔을 보겠는가?

그렇다. 사람은 살아 있음으로 모두 서사시의 영웅이다. 더욱 열심히 더욱 맹렬하게 살수록 그의 의식 속에 죽음의 그림자는 들어가지 못한다. 비록 숙명은 피할 수 없다지만 우리 누구 하나 죽을 줄 알고 이 길을 걸어왔던가. 살아 있는만큼 우리는 호랑이다. 처음도 호랑이였고 내일도 호랑이일 것이다. 생명의 약동 속에 훈장처럼 드리운 황금 갈기, 호랑이의 황금. 살았음이, 살아 있음이, 살아왔음과 살고 싶은 소망의 피부 색깔이 황금빛이다. 황금빛은 결과가 아니라 꿈이며 희망이며 현실을 현실 되게 하는 유일한 빛이다. 그 빛이 아니면 지금 이 순간은 곧 과거다. 지금의 나는 과거의 나가 된다.

보르헤스의 '호랑이' 앞에서 사람과 영웅, 인간과 동물은 하나가 된다. 과거와 미래도 현재가 된다. 꿈과 현실도 그 분계를 잃고 '지금 여기 이것'이 된다. 보르헤스는 "비는 항상 어제에 온다"고 말한다. 그래서 우리 노래방 서정에서도 "비가 오면 생각나는 그 사람……"인가 보다. 비는 지난날을 끌고 온다. 아마 어제에 오기 때문이리라. 반대로 그리움은 항상 어제를 향한다. 어제로 쏟아진다. 그래서 보르헤스는 이렇게 말한다.

　　비가 온다

카르타고의 어느 마당, 어느 어제로
또 이 빗줄기는 쏟아지고 있는가?

보르헤스는 호랑이뿐만 아니라 맹수를 다 좋아한다. 격렬한 생
명력은 항상 보르헤스의 시선을 자극한다.

　　표　범

무쇠 철창 뒤에서 표범은
단조로운 길을 오고 또 가리라
불길하게 갇힌 검은 보석, 표범, 그것이
그의 (비록 그는 잘 모르지만) 운명,
지나가는 표범은 수천, 돌아오는 표범
또한 수천, 그러나 모두 하나, 영원한 하나의
숙명의 표범, 그리스 사람이 꿈꾸던
꿈속에서 영원한 아킬레스가 그린
그 직선, 똑같은 직선을 자기 굴속에서
혼자 그리고 있는 표범, 하나의 표범,
표범은 모른다, 푸른 초원과 산과
수많은 사슴떼들이 포동포동한 속살로
그의 눈먼 식욕을 채워줄 수 있었음을,
쓸데없이 세상은 넓기만 하다. 각자 따라가야 할
여정은 이미 정해져 있다.

이 소름끼치는 운명론자의 고독한 아이러니를 보라. 우리가 살
아가는 길은 태어났다 죽는 직선의 길이다. 결국 우리 인생은 그

사람의 인생도 아닌, 저 사람의 인생도 아닌, 꼭 내가 걸어온 대로의 내가 걸어가야 하는 길만 허용되어 있다. 인생은 사람마다 단조로운 외길이다. 여러 사람이 저수지에 앉아 낚싯대를 던져도, 여기저기 수시로 낚아올려지는 붕어·잉어가 시끄러워도 내 찌는 온종일 한번도 움직이질 않는다. 그게 나의 길이다. 그게 내가 타고 가는 시간, 내가 살아가는 인생길이다. 사람들은 이런 것을 '운명의 장난'이라고 한다. 아니다. 운명은 알 수 없지만 정확하다. 직선이다. 그것이 장난처럼 보이는 것은 우리 눈에 보이지 않는 선이기 때문이다.

그렇다. 쓸데없이 세상은 넓기만 하다. 미래는 무한경쟁 시대처럼 보인다. 미래는 영원한 자유의 무대처럼 보인다. 그러나 지나고 보면 나는 모든 다른 길을 두고 하필 그 가파른 외길만을 걸어온 것처럼 보인다. 인생은 두 번 태어나도 두 길밖에는 선택 가능성이 없다. 불행하게도 우리는 한 입, 한 몸, 한 사람이기 때문이다. 운명은 강철로 만든 무지개다. '무쇠 철창'이다. 우리가 걸어온 외길을 제외하고는 다른 어느 길도 우리 인생에 용납되진 않았다. 모든 가능성, 모든 우연은 필연으로, 지금 이 외길로 귀착되고 만 것이다.

잃어버린 것

내 인생은 어디 있을까? 나의 인생일 수 있었던
그러나 결국 이루어지지 않았던, 그 행복한 삶
아니면 그 소름끼치는 슬픔의 세월, 그 다른 삶
하나의 칼이나 방패로 결정지어질 수 있었던,
그러나 결국 이루어지지 않았던 삶…… 어디 있을까
길 잃은 페르시아의 선조, 아니면 노르웨이 바이킹 선조는?

눈이 멀지 않을 수도 있었던 나의 또다른 운명은?

어디 있을까, 그 닻과 바다? 어디 있을까, 내가 누구인가를

잊고 살 수도 있었던 나는? 어디 있을까, 문학 속에 나오는

그 순수한 밤, 무식하고 일 잘하는 대낮이 시골 농부에게 맡긴 그

밤은?

또한 나는 나를 기다리고 있던 그 여인을 생각한다

어쩌면 지금도 기다리고 있을지도 모르는.

그 많은 길을 두고 외길에 선 마음은 항상 우수에 젖는다. 행복할 수 있었던 많은 길을 두고 나는 왜 하필이면 보르헤스의 길을 왔는가. 시저나 율리시스 같은 길을 두고 왜 하필이면 아르헨띠나인, 작가와 시인의 길인가. 이런 생각은 가장 큰 행복이면서 그만큼의 불행감이다. 낭만주의처럼 멀리 있는 것이 아름답다는 이국취미에서 보면 나는 불행하다. 이것은 시간이 죽음을 향하여 놓여 있는 상황처럼 절망이다.

그러나 이런 실존의 한계는 반대로 오늘 이 순간 삶의 황금싸라기를 체감하게 하는 장치다. 순간순간 시와 삶이 살아 있게 하는 축복이다. 그것은 호랑이의 황금빛 갈기다. 호랑이의 그 무서운 발톱이다. 이 찬연한 삶의 용맹성·맹렬성은 그러나 삶과 사람을 죽인다. '나'라는 사람을 죽음으로, 먼지로, 망각으로 환원시킨다. 호랑이의 이런 역설적 아름다움, 맹렬한 삶의 황금빛 갈기는 곧 또 다른 어둠의 색깔이다. 호랑이의 발톱은 결국 한 사람을 죽인다. 모든 사람이 한 사람이다. 삶에 대한 나의 열망은 곧 나를 죽인다. 다만 삶에 대한 나의 맹렬한 의지는 자신이 죽었다는 것도 모르고 돌진하고 있었으리라.

단가 4

달빛 아래
어둠과 황금의 호랑이 하나
자기의 발톱을 바라본다.
그 발톱이 여명에 한 사람을 갈기갈기 찢어놓은 줄을
호랑이는 모른다.

제 10 장
빠블로 네루다
(칠레, 1904~1973)

빠블로 네루다(Pablo Neruda)에 이르러 스페인·중남미 시 개혁은 일단 그 대단원의 획을 긋는다. 그 획이란 세사르 바예호로부터 우이도브로로 이어지는 유사 아방가르드적 중남미 시가 확연하게 초현실주의적 색채로 정격화된다는 점을 들 수 있다. 네루다의 1923년 『스무 편의 사랑의 시와 한 편의 절망의 노래』, 1925년에서부터 1935, 47년에 걸쳐 각각 출판된 『지상에서의 주거』 3권은 중남미 특유의 열대성 초현실주의의 정점을 이룬다.

중남미를 중심으로 한 시 개혁은 스페인 시보다 훨씬 적극적이고 전통 단절의 기운이 확실하다. 스페인은 유럽 아방가르드의 한 주류인 '울뜨라이스모' 운동이 있었지만 그후 정치적 혼란이나 내란으로 이어지지 않고 '1927년대' 시인군들과 같은 신바로끄적 전통성으로 방향 전환을 한다. 비록 헤라르도 디에고나 비센떼 알레익산드레(Vicente Aleixandre), 세르누다(Luis Cernuda) 같은 개혁파가 없는 것은 아니었지만 스페인 시는 수정된 전통주의라 할 수 있는 질서와 좋은 시 혹은 순수시에 가까운 질서의식을 저버리지 않는다.

이미 스페인의 후안 라몬 히메네스 같은 대시인의 '순수시' 이데올로기에 반발하여 '비순수시'를 부르짖고 출발한 네루다는 인간 실존의 어두운 현실과 혼돈의 절망적 상황을 '물거품처럼' 내리쏟는다. 그의 시는 초현실주의·표현주의 등 갖가지 시 개혁의 냄새를 혼합한 독창적 시세계를 구축한다. 내가 '열대성'이라는 형용사로 그의 시를 쉬르리얼리즘과 접합시키려 한 것은 네루다의 이미지 홍수가 쉬르리얼리즘의 '자동필기법'과는 거리가 있기 때문이다.

남미의 다혈질의 사나이 네루다는 『지상에서의 주거』의 '어두운 황제'의 은둔처를 곧 버린다. 스페인 내란에 참여한 그는 『총가요집』(1950년)과 함께 세계의 대표적 민중시인이 된다. 백인과 제국주의에 의하여 수탈당한 원주민, 원시공산 천국의 잉카와 마야의 후예들, 그 선량한 민초들의 소박한 삶과 소망과 고뇌의 대서사시를 엮는다. 시대적 상황과 이데올로기를 초월한 이 걸작 시집은 '약속의 땅' 중남미의 영원한 비극과 희망을 피로 점철한 고전이다.

나는 이미 네루다에 대해서 기회 있을 때마다 많이 썼다. 진귀한 인연이었지만 대학교 2학년 때 청계천 고서점에서 주워든 첫번째 스페인어 시집이 공교롭게 『스무 편의 사랑의 시와 한 편의 절망의 노래』였다. 이 묘한 시집이 나로 하여금 스페인어를, 시를 읊조리게 한 장본인이기도 하다. 또한 『마추삐추의 산정』(열음사 1986년)이라는 이름으로 조그만 시선을 번역한 바도 있다. 나는 여기에서 그때 설명하지 못한 그의 명시들 몇편의 맛과 묘를 되새김질할 작정이다.

가슴 저미는 사랑의 시어

네루다는 그 뿌리에서 사랑의 시인이다. 이미 이야기했듯 그를 유명시인으로 올려놓은 시집은 『스무 편의 사랑의 시 …』이듯 그의 근본 시정신은 사랑이다. 인간을 절망과 좌절로 빠뜨린 『지상에서의 주거』의 세월이 사랑 부재의 실존적 몸부림이었다면 그의 민중시 또한 진정한 인간성 회복을 위한 울부짖음이었다.

사랑과 투쟁의 사연은 1952년 익명으로 출판된 『대장의 시구들』의 내용을 이루었고, 1959년에는 『100편의 사랑의 소곡』을 발표한다. 구체적인 사랑 시집이 이들 세 권이라면 그의 일생에서 쓴 모든 시집에는 반드시 몇편의 절절한 사랑의 절규들이 메아리친다.

그의 첫 사랑 시집의 많은 시들을 나는 외고 있다. 그중 내가 가장 애송한 시는 "네가 말이 없을 때 난 네가 좋아. 꼭 없는 것 같애./내 목소리는 멀리서 들리고, 어쩌면 내 소리가 네게까지 들리지 않는 것 같애……" 하는 구절이었다. 사랑하는 사이라도 옆에 말없이 앉아 있으면 문득 이런 착각이 든다. 사랑할수록 잃을까 두려운 마음은 더한 것. 그래서 너도 자꾸만, "날 사랑해?" 되묻지 않아. 그러나 되돌아보면 네가 거기 있고, 거짓말처럼 네가 내 곁에 있고, 그때 나는 부활해서 돌아온 너를 만나듯 이 기쁨! 이 기적처럼 평범한 사랑의 감정이 늘 나를 매혹시켰다.

네루다는 특별한 줄거리가 있는 사랑을 노래하지 않는다. 사랑하는 사람이 암으로 죽어야 좋은 시를 쓴다면 시인은 살인자다. 이별해야 눈물이 나온다면 불감증이다. 네루다는 우리가 모두 한번쯤은 깊이 사랑하며 느꼈던 절절한 감정의 무늬를 놀라운 정확성으로 풀어갈 줄 안다. 첫사랑 이후 사랑은 눈이 멀었다. 사랑의 감정 표현은 도저히 현실적일 수 없는 이미지의 날개를 단다.

시 5

너에게 내 말이 들리도록
내 말소리는 때때로

해변가 갈매기의 발자국처럼
가늘어진다.

가늘디가는 목걸이, 취한 듯 딸랑대는 종소리
포도송이 같은 너의 보드라운 손길을 위한.

나는 나의 말소리를 멀리 바라본다.
내 소리는 이제 나의 것이기보다 너의 것.
소리는 나의 오랜 고통 위를 담쟁이덩굴처럼 타고 오른다.
그렇게 젖은 돌담 위를 기어오른다.
이 피투성이 놀이를 만든 죄인은 바로 너.

나의 말들은 나의 어두운 글 속을 빠져나간다.
내가 그 글을, 그 모든 것을 채운다.

네가 오기 전 그 말들이 지금 너의 공간의 주인이었지.
그 말들은 너보다 더욱 나의 슬픔에 길들여져 있었지.

이제 나는 나의 말소리가 네게 하고 싶은 말을 전하길 바래
네가 내가 원하는 대로 내 말을 알아듣도록.
아직 때때로 고뇌의 바람이 내 말들을 휩쓸어가기도 해.
꿈의 폭풍들이 아직 그 말들을 뒤집어놓기도 해.

나의 고통스런 목소리 속에서 너는 이상한 소리들을 들을 거야.
오랜 입술들의 울음소리, 오랜 애소의 피눈물.
사랑해다오, 친구여. 버리지 말아다오. 나를
따르라, 친구여, 나와 함께 가자. 이 고뇌의 파도를 타고.

하지만 너의 사랑빛으로 나의 말소리는 물든다.

너는 모든 것을 가득 채운다. 가득 채운다.

나의 나의 모든 말소리로 하나의 끝없는 목걸이를 만든다
포도송이 같은 너의 보드라운 손길을 위해.

　나는 특히 이 시의 첫 구절들을 좋아했다. 지금 보면 간단한 감각 바꾸기 기법이다. "해변가 갈매기의 발자국"의 시각적 이미지와 간절한 사랑의 하소연의 목소리는, 그러나 빈 바닷가의 안타까운 정적과 애조 띤 갈매기 울음에 반추된 사랑의 갈망은 크게 설득력이 있었다. 거기, 너의 작은 귓바퀴에 들어갈 만한 작고 가는 목소리의 소망이 너무 예뻤다.

　사랑의 애소를 '목걸이'니 '딸랑거리는 종소리'로 표현한 것도 무서운 비약이다. 무형의 목소리를 구체적 사물로 접합시킨 육감성은 새로운 시도였다. 이 시는 애절한 사랑의 감정을 '젖은 돌담을 기어오르는' 담쟁이덩굴이라든지 길고 안타까운 애모의 순간의 고뇌를 적절한 이미지로 형상화한 묘를 엿볼 수 있다. 이 작품은 이런 수많은 무형의 감정의 매듭들을 순간순간 새로운 이미지로 구상화한 좋은 예다. 그러나 이 시집의 걸작으로 가장 많이 알려진 시는 다음 작품이다.

　　　이 밤 나는 가장 슬픈 시를 쓸 수 있으리

예를 들면, "밤은 별이 많다, 별들은 파랗게
떨고 있다, 멀리서, 파랗게"라고 쓸까

밤바람은 하늘에서 돌며 노래하는데

나는 이 밤 가장 슬픈 시를 쓸 수 있으리.
난 그녀를 사랑했었지. 때로 그녀도 나를 사랑했었어.

오늘 같은 밤이면 그녀는 내 품에 있었지.
끝없는 하늘 아래서 난 몇번이고 그녀에게 입맞추었지.

그녀는 나를 사랑했었지. 때로 나도 그녀를 사랑했었어.
그녀의 그 커다랗게 응시하는 눈망울을 어찌 사랑하지 않을 수 있었
으리 !

이 밤 나는 가장 슬픈 시를 쓸 수 있으리.
문득 그녀가 없다는 생각. 문득 그녀를 잃었다는 느낌.

황량한 밤을 들으며, 그녀 없이 더욱 황량한 밤.
풀잎에 이슬이 지듯 시구 하나 영혼에 떨어진다.

무슨 상관이랴. 내 사랑이 그녀를 붙잡아두지 못한걸 !
밤은 별이 많고 그리고 그녀는 내 곁에 없다.

그게 전부다. 멀리서 누군가 노래한다. 멀리서.
내 영혼은 그녀를 잃어버린 것만으로 가만있지 못하는가.

그녀를 더위잡으려는 듯이 내 눈길이 그녀를 찾는다.
내 마음이 그녀를 찾는다. 그러나 그녀는 내 곁에 없다.

이 많은 나무들을 하얗게 깨어나게 하던 그 밤, 그 똑같은 밤.
우리는, 그때의 우리는 이제 똑같은 우리가 아니다.

이젠 난 그녀를 사랑하지 않아. 사실이지. 하지만 참 사랑했었지.

내 목소리는 그녀의 귀에 이를 바람을 찾곤 했었지.

남의 사람이 되었겠지. 남의 여자. 내 입맞춤의 이전처럼.
그 목소리. 그 맑은 몸매. 그 끝없는 눈길.

이제 난 그녀를 사랑하지 않아. 사실이야. 하지만 참 사랑했었지.
사랑은 그토록 짧은데 망각은 이토록 길담……

오늘 같은 밤에는 그녀가 내 품에 있었기 때문이야.
내 마음이 그녀를 잃어버린 것만으로 가만있지 않기 때문이야.

비록 이것이 그녀가 주는 마지막 고통이라 할지라도,
이것이 그녀에게 바치는 마지막 시라고 할지라도.

너무 시 같지 않은 시다. 그러면서도 너무 감동적인 시다. 노래
방의 감동처럼 유치하리만큼 진솔하다. 진솔하다 못해 직설적이
다. 마치 네루다가 "비록 이것이 시가 안 된다고 할지라도……"
하며 아파하는 것 같다.

시인은 때때로 이렇게 모두 버리고 가장 시시한 서정시인이 되고
싶을 때가 있다. 모두 버리고 그냥 주저앉아 펑펑 울고 싶을 때가
있다. 시? 시 고까짓 게 뭔데…… 사랑하는 사람을 잃어버린 아
픔을 어느 수사학에 비하랴. 수식도 수사도 사설도 부질없다. 아
픔만 수학처럼 확실해온다. 센티하다고? 유치하다고? 고런 것은
시가 아니라고? 허어……

그러나 자세히 보면 직정은 아니다. 직정적 표현의 시는 아니
다. 아니, 이 시는 가장 성공하기 어려운 목소리의 복선을 이용하
고 있다. 첫째, 감정으로 보아 그녀를 잃었다는 의식과 잊을 수 없
는 마음이 싸우고 있다. 그녀를 사랑했으나 지금은 사랑하지 않는

다는 의지적 인식과 지금도 그녀를 사랑하고, 못 잊고 있는 자신의 감정이 충돌하고 있다. 여기까지가 유행가에도 흔히 나오는 감정이라면 이런 갈등이 시로 승화하는 장치가 있다. 사랑의 슬픔을 느끼는 자와 그 느낌을 쓰는 자의 목소리가 복선으로 깔리고 있다. "이 밤 나는 가장 슬픈 시를 쓸 수 있으리"라고 말하는 시인은 슬픔을 느끼는 자라기보다는 그 느낌을 바라보고 시화시킬 수 있는 가능성을 점쳐보는 자이다. "예를 들면, '밤은 별이 많다, …'" 그러고 보면 시를 쓰는 시인은 슬픔의 관조자이거나 슬픔을 객관화하며 일부러 슬픔을 감추는 자이다. 그러나 3연의 두번째 시구부터 또다른 목소리가 나온다. "난 그녀를 사랑했었지. 때로 그녀도 나를 사랑했었어." 이 말은 지금 시를 쓰는 자의 입장에서는 과거의 자신이다. 이 과거의 자신은 이별의 아픔이 강해지면서 지금 이 시를 쓰고 있는 자신과 동일시된다. 없는 그녀를 찾는 것은 시를 쓰는 자신이면서 사랑을 살았던, 그래서 아파하는 그 사람이다.

이 시는 자신의 사랑의 감정을 시로 쓰며 객관화하려는 사나이스러움이 있다. 밤하늘의 별을 보고 멀리 누군가 부르는 노랫소리를 듣는다. 그러나 이내 그 모든 객관이 바로 스스로의 아픔의 이미지인 것을 설득당하고 만다. 아무리 참고 이해하고 어른이 되려고 해도 눈길과 가슴은 가버린 것에 매달리는 어린애. 특히 이 시의 마지막 부분은 사랑의 아픔을 이성적으로 이해하려고 하는 안간힘과 복받치는 이별의 아픔이 진하게 행간에 묻어난다.

네루다의 사랑의 시는 우리 모두가 시가 되건 말건 꼭 쓰고 싶었던 직정적 표현이 스스럼없이 시화되고 있다. 무섭게 평범한 사설조와 승화된 고차원적 이미지가 아슬아슬한 곡예를 펼치며 눈과 가슴을 파고든다. 너무 길어 포기할까 했던 사랑의 시 하나를 조금씩만 빼고 보여드리자.

길에서 부치는 편지

안녕. 잘있어. 하지만 넌
나와 함께 할 거야, 함께 갈 거야, 내 속에
내 핏줄 속에 흐르는 핏방울 속에 숨어
아니면, 밖으로 온 얼굴을 타오르게 하는 입맞춤
내 온 허리를 휘감은 불의 띠가 되어
넌 나와 함께 갈 거야.
고운 사람아, 빵과 꿀의 섬들 속에서
길을 잃은 개척자처럼
고운 네 속에서 안주할 영토를 찾지 못하고

떠나는 생명의 큰 사랑을 받아다오.
〔중략〕
고운 사람아, 내 사랑아,
너도 나와 함께 싸우러 가는 거야, 몸과 몸으로
내 심장 속에 너의 입맞춤이
붉은 깃발처럼 살아 있지.
내 쓰러지는 날
나를 감싸주는 건 흙더미만이 아닐 터.
나를 여기까지 이끌어온 너와 나의 이 크낙한 사랑
내 피 속을 맴돌며 살아온 사랑이
나를 감싸줄 거야.
너와 난 함께 가는 거야

때가 되면 기다려
그때만 아니라 어느 때나
너를 기다리고 있을게.
혹시 내 그토록 싫어하는 슬픔이

행여 너의 방문을 노크하거든
말해, 내가 너를 기다리고 있다고.
행여 고독이 너더러 마음을 바꾸라고
내 이름 새겨진 그 반지를 바꾸라고 하거든
고독더러 말해, 그 이야기는 나하고 하라고,
그리고 나는 떠났어야 했다고.
나는 군인이라고……
〔중략〕
사랑하는 사람아, 지금은 밤이야.
검은 물이, 잠든
세상이 날 에워싸고 있어.
곧 여명이 오겠지.
우선 그동안 너에게 편지를 쓰고 있어.
"너를 사랑해", 이 소리를 하려고.
"너를 사랑해", 이 소리는
내 가장 가까운 사람아,
가꾸고 닦고 일으켜 세우고
지키라는 것
우리의 사랑.
씨를 뿌린 한줌 흙을 남기듯
난 너에게 사랑을 남기고 떠난다.
우리의 사랑은 싹이 틀 거야.
사랑을 마시고 새 생명이 자랄 거야.
언젠가 때가 오면
우리와 똑같은 한 남자,
그리고 한 여자가
이 우리 사랑을 어루만지겠지. 그때도 우리 사랑은
힘이 있을 거야, 어루만지는 손을
불태울 만큼.

우리가 누구였던가? 그게 무슨 상관이야?
이 불길을 만지겠지
그리고 이 불길은, 고운 사람아, 소박한 너의
이름을 전해줄 거야
그리고 내 이름도, 너 혼자만 아는
너 혼자만 알았던, 지상에서
내가 누군지 너 혼자만 아는
내 이름.
〔중략〕
내 사랑아, 내 너를 기다리고 있노라.

사랑이여, 안녕, 내가 너를 기다리고 있어.

그리고 이렇게 편지는 끝내마
한 자락 슬픔도 없이:
내 발은 꿋꿋이 땅을 밟고 서 있다.
내 손은 길 위에서 이 편지를 쓴다.
내 인생 한가운데
난 항상
적과 마주하고 동지와 함께 있으리니,
입에는 항상 너의 이름을 담고,
네 입술에서 한번도 떨어져본 일이 없는
입맞춤 하나.

　그러나 네루다는 감정을 직설적으로 표현하는 시인은 아니다.
사랑의 아픈 현실이 시를 이길 때, 시보다 그 아픔이 너무 구체적
이고 절실할 때 릴케(Rainer Maria Rilke)의 "말하지 않고는 죽어
도 못 배길 내심의 요구가 있을 때", 시인은 스스로의 감정이 이기

250

는 것을 호흡으로 깔고 있을 뿐이다. 이렇게 현실은 시보다 더욱 시답다.

네루다의 다혈성, 열대성은 보다 깊은 현실이나 실존의 상황을 구체화할 때 무질서에 가까운 이미지의 광란으로 변한다. 용광로에서 흘러넘치는 쇳물처럼 그 다양한 쇠붙이 혹은 경직된 이미지들이 뜨거운 한 물줄기를 이루며 내리쏟아진다. 사랑과 절망, 고독과 좌절, 알 수 없는 실존의 늪에서 아우성치는 소리들은 그 목마름과 절규의 온도에서 일치한다.

네루다의 네루다스러운 시학은 이렇게 사랑의 아픔에서 시작하여 존재의 고독한 몸부림으로, 사랑 부재, 그 통한의 몸부림으로 복합성을 띤다.

시쓰기

어둠과 허공 사이, 치장과 처녀 사이,
낯선 심장과 음산한 꿈들을 데불고,
철이른 창백함, 이마부터 시들어서,
내 생명의 하루하루를 여읜 홀아비, 그 성난 상복을 입고,
아, 잠속이련듯 마시는, 눈에 안 보이는 물방울들,
떨며 받아들이는 내 주위의 모든 소리에 대하여
난 항상 똑같은 목마름과 똑같은 차가운 열병을 앓는다.
문득 태어나는 귀, 문득 느껴오는, 형언할 수 없는 고뇌,
마치 밤도둑이나 귀신이 나타나는 밤 같은 날들.
거기 나는 응고된 깊은 체적의 겉껍질에 붙어서,
늘 굴욕당한 웨이터처럼, 약간 목쉰 종소리처럼,
낡은 거울처럼, 외딴집의 냄새처럼,
밤이면 고주망태가 되어 돌아오는 손님들을 받는다.
거기는 늘 방바닥에 내동댕이쳐진 옷 냄새와 항상 꽃이 없는,

(아냐, 어쩌면 보다 좀 덜 비참하게 이야기해서)
그러니까, 사실, 갑자기 내 가슴을 치는 바람,
나의 침실에 굴러떨어진 알 수 없이 영원한 밤들,
끝없는 희생으로 부질없이 불타는 하루하루의 목소리가
나를 안타깝게 슬프게 부른다, 나에게 어떤 예언자적 대답을 요구한
다.
거기, 대답 없이 소리쳐 절규하는 사물들의
주먹이 있다, 거기 휴전 없는 싸움 속, 늘 혼미스러운 이름 하나.

시쓰기란 무엇인가. 우리 주위에는 이해할 수 없는 존재와 목소
리들로 가득하다. 때로는 처녀와 꽃을 바라는 우리의 이 낯선 가슴
의 절규는 아랑곳없이 지겨운 일과와 밥벌이와 산다는 것의 굴종과
노고만 쌓인다. 밤이면 고주망태가 되어 돌아오는 손님들만 있는
외딴집, 우리 실존의 집. 거기, 이렇게는 살 수 없노라고, 인생에
는 무슨 뜻이 있다고, 의미가 있을 거라고 소리치는 목소리가 있
다. 끝내 의미를 알 수 없는 실존의 구렁텅이에서 그것은 차라리
주먹이다.
이 시는 「이 밤 나는 가장 슬픈 시를 쓸 수 있으리」에서 들리던,
이 시를 쓰고 있는 시인의 목소리가 괄호 속에서 들린다. (아냐,
어쩌면 보다 좀 덜 비참하게 이야기해서.) 이런 시법은 혁명적이
다. 시 속에서 말을 이어가는 목소리 외에도 그 말소리를 지휘하는
연출가의 목소리가 들린다. 시라는 무대에서 어떤 연기자가 상황
을 전개해나가는데 무대에 연출가가 등장하는 식이다. 이럴 때 우
리는 지금까지 실감나게 사실로 알고 즐겼던 허구의 세계를 넘어
다른 사실의 세계가 있음을 안다. 그러면서 이 시는 시쓰기를 위한
시가 아니라 바로 우리가 사는 현실 자체임을 더욱 강조시켜준다.
연극에서 브레히트의 '서사시적 기법' 혹은 '소외기법'이라고 하는

사실성 강조의 시법이 이렇게 시에서도 가능하다는 것이다. 이런 기법의 사용으로 이 시는 시를 위한 시라는 허울을 벗는다. 시보다 절박한 현실, 그 형언할 수 없는 실제 실존상황의 절박함을 몸으로 전해준다.

물거품처럼 쏟아지는 불연속성 이미지들

흔히 빠블로 네루다를 중남미 초현실주의 시인으로 부른다. 이미 이야기했듯이 그의 시어가 특히 『지상에서의 주거』 이후 자기 특유의 시법으로 정착하면서 초현실주의 겸 표현주의 색채가 짙은 새로운 '은둔시'가 나타난다. 쉬운 말로 어렵디어려운 시어가 무서운 설득력을 가지고 육박한다는 이야기이다.

그 시절의 시를 가장 잘 분석했다고 하는 아마도 알론소(Amado Alonso)의 『빠블로 네루다의 시와 문체』(부에노스아이레스, 1977년)라는 책은 이 어려운 현대시가 가진 미궁의 맛을 자세히 되새김질한다. 알론소는 이때의 네루다의 시학을 다음의 시구로 집약할 수 있다고 말한다.

> 나의 심장에서 물거품처럼 쏟아져나오는 꿈들,
> 검은 기사들처럼 달리는 먼지투성이 꿈,
> 속도와 불행으로 가득한 꿈들.

알론소는 "심장에서 물거품처럼 쏟아져나오는" 꿈인만큼 네루다는 낭만주의자며, 그 격정을 바탕으로 용솟음쳐나오는 변형의 이미지들인만큼 표현주의자라고 해석한다. 그러나 끝없는 실존적 불안감에서 보이는 영상들, 환상과 혼돈의 겉껍질을 그대로 쏟아내

는 무서운 질주, 혹은 그 비약과 속도감에서 네루다의 시체(詩體)
는 누구와도 다른 독창성의 산물이다.

하버드대학 교수이며 형식주의 시학의 대가인 아마도 알론소이
지만 네루다의 시를 분석하면서는 전통적인 시 분석방법인 그의 시
의 내용, 감정 분석에서부터 들어간다. 형식주의나 구조주의자들
처럼 시의 언어적 분석, 텍스트와 독자의 수용형태를 분석하기에
앞서 그는 낭만주의 시를 다루듯 시인의 감정과 사고로부터 텍스트
에 이르는 과정에 큰 관심을 쏟는다. 이런 방식은 네루다 시의 낭
만적 발상의 측면을 중시하여 채택한 연구방법이다. 아마도 알론
소와 이름이 비슷한 스페인 시인이며 구조주의 시학의 대가 다마소
알론소와 공통점이 있다면 이들은 다같이 문체나 형식을 중시하면
서도 연구하려는 시 혹은 텍스트가 방법론을 제시한다는 점을 중시
한다는 면에서 상당히 고전적이다.

탈구조주의 시대에 알론소의 차분한 시어발생론은 새롭다. 그는
모든 시 창작에는 먼저 미처 형상화되지 않은 감정이 있다고 말한
다. 워즈워스는 "시는 강력한 느낌의 자연스러운 넘쳐흐름"이라고
말했다. 낭만주의 이후 말라르메까지는 시가 감정으로부터 출발한
다. 그런 말라르메 이후에도 스페인어 시에는 네루다나 알레익산
드레처럼 가장 초현실주의에 가까운 시인들에게서까지도 이상하리
만큼 낭만적 극한감정이 표출해낸 격정적 무질서의 이미지 성격을
버리지 않는다. 속칭 스페인이나 라틴계 피가 유달리 더워서이기
때문일까.

네루다의 형상화되지 않은 시적 감정이나 긴장감은 표현을 향한
발동을 건다. 이 단계를 우리는 '직감'이라고 한다. 직감은 불투명
하나마 몇낱의 언어와 이미지들이 뒤섞인 상태다. 이때에 시인이
원래 느꼈던 시적 감정과 이미지들 사이에는 맞선보기 작전이 벌어
진다. 이 단계의 어려움을 보통 표현을 위한 투쟁이라고 말하기도

한다. 영감이 된 감정과 적당한 표현매체를 위한 싸움은 늘 성공하는 것은 아니다. 그래서 우리가 옮긴 「시쓰기」에서는 "(아냐, 어쩌면 보다 좀 덜 비참하게 이야기해서)"와 같은 독백이 들어간다.

시인은 늘 자신이 써가고 있는 작품의 최초의 독자이면서 평론가다. 어떤 시인은, 예를 들면 청록파 시기의 박목월 같은 분은 이 '표현을 위한 싸움'의 단계를 완전히 머리 속, 감정 속에서 화해를 시켜 종이 위에 완성된 작품을 내놓는 경우이다. 어떤 시인들은 우선 나오는 대로 써놓고 시간이 지난 뒤에 수정하는 경우도 있다. 빠블로 네루다는 우선 나오는 대로 내리 퍼부어놓고 그 과정에서 다시 수정해가는 그런 기법을 「시쓰기」에서 토로하고 있다. 네루다는 쓰고 다시 쓰는 작업을 독자가 보는 백지 위에서 재생해 보여준다.

「시쓰기」 같은 시작의 자기 고백 같은 경우가 아니더라도 네루다는 시적 직감 혹은 감정과 시쓰기의 과정은 그 시간과 질의 면에서 무척 짧다고 볼 수 있다. 즉흥시적 시작법이라고 하기에는 그 흥이 너무 어둡고 격렬하다. 쉬르리얼리즘의 자동필기법에 비해서는 아직 의식의 눈이 떠 있다. 즉 환상이나 잠재의식의 늪에서 튀어나오는 이미지들을 정돈하지 않은 채로나마 함께 보고 느끼는 시인의 눈이 행간에 살아 있다.

여기서 영감 혹은 시적 감정의 발생과 시작 과정이 짧다고 하는 것은 물리적 시간이라기보다는 의식적 시간이 짧다는 뜻이다. 네루다는 시작을 할 때, 말과 이미지를 퍼부으면서 시가 만들어지는 과정을 눈으로 동시에 참여하는 스타일이다. 그것이 그의 시에 비약이 심한 불연속성 이미지를 양산한다. 미처 연결성의 판단에 부쳐지지 않은 생경하면서 동시에 참신한 연상들이 물거품처럼 쏟아져내린다.

주검의 질주

잿더미처럼, 바다처럼 쌓여가며, 채워지며
서서히 가라앉는, 가라앉으며 형태를 잃어가는,
아니면, 길 언덕바지 높은 곳에서 들리는
뒤엉킨 종소리들처럼,
조금은 아직 쇳소리, 쇠붙이의
혼돈과 무게, 그 너무나도 먼 형태와 표현의 절구 속에서
먼지가 되어가는 것들,
생각은 나거나 아니면, 본 일도 없는 것들,
그리고 또한 땅에 구르며 시간 속에 썩어가는
그 영원히 파란 자두의 향기가 있다.

그 모든 것이 너무 빨라서, 너무 살아 있어서,
그러나, 제자리에서 맴도는 미친 팽이처럼, 부동자세의,
결국 발동기의 바퀴 같은 바쁨의 행진.
나무껍질에 낸 도끼자국처럼 살아가면서
말없이, 주변으로, 적당히
모든 가장자리를, 그 꼬리를 섞어가면서,
〔후략〕

이 시는 아무래도 여기서 끊어야겠다. '주검의 질주'라 무의미에
가까운 발걸음이 너무 빠르고, 특히 이걸 곱고 착한 우리말로 옮기
려니 붓끝에 팍팍한 먼지만 인다. 산다는 것이 죽음을 향한 질주라
고 보면 모든 사물은 그 해체의 먼지와 핏자국, 그 무의미한 바쁨
과 바퀴와 삐걱임의 합주인 점에서 통일성이 있다. 산다는 것은 죽
는 것 혹은 이미 죽었는지도 모르는 도끼자국과 아픔과 시체의 행
진이다. 실존의 본질은 끝내 알 수가 없다. 어느 나무도 왜 태어났

으며 왜 살아가야 하는지 알 수 없다. 우리는 실존이 겉껍질에 붙어서 그 생채기의 주위만 맴돌며 살아갈 뿐인 것이다.

표현주의 수사처럼 분열·파괴·해체의 양식으로 관찰되는 실존의식에서 분출된 이미지는 무형이거나 무질서, 시간의 움직임의 표상이면 모두 통일성을 갖는다. 피상적으로 이 시와 시어가 난잡하고 이해하기 어려운 것은 우리의 실존상황의 부조리한 현실을 표출하려고 애쓰고 있기 때문이다. 『지상에서의 주거』가 난해시의 극치를 이루는 것은 표현주의의 해석을 빌리면 그의 인생관·시간관이 극도로 부조리한 실존의식에 뿌리박고 있기 때문이다.

네루다는 그의 '비순수시'(poesía impura, 후안 라몬 히메네스의 '순수시'풍에 반대하는 말)의 시법 혹은 불연속성 이미지의 시학을 위와같은 표현주의 양식과 초낭만주의, 초현실주의로 설명할 수 있는 잠재의식, 격정적 절망감의 표출에 뿌리박고 있다. 시간에 의하여 산산이 붕괴되어가고 있다는 실존의식은 동시에 절망이며 우수다. 이들 통곡의 언어 또한 맹수의 포효처럼, 아이를 잃은 어머니의 울부짖음처럼, 용암처럼 퍼부어진다. 이들 뜨거운 언어는 모두 길고 질척거리고 무질서하여 거의 번역이 불가능하다. 그중 눈에 보이는 시 하나를 고르자.

밤의 구축물들

현실에 이름을 붙이기가 힘들다, 그저 개처럼 울부짖는다. 양반과 뱃사공의 대화를 이룩할 수 있다면 얼마나 좋으랴, 기린을 그리고, 아코디언들을 이야기하고, 벌거숭이로 미사를 올리며…… 나의 이 저항과 경악으로 가득 찬 허리에 또아리져 붙어 있는 뱀을 풀어내며, 그러나 이것이 나의 허리다. 내 몸뚱어리 모두는 길게 눈뜬 싸움의 현장, 나의 신장들은 귀를 가졌다.

　오 하느님, 이 많은 개구리들이 밤에 길들여져, 나이 사십의 인간의 목구멍을 하고 코를 골고 휘파람을 부는군요. 가장 먼데까지 나를 에워싸고 있는 이 굴곡은 얼마나 천체적이고 또 좁기만 합니까! 내 경우를 생각하면 이딸리아 가수들이나 통곡을 해줄까요, 이 어두운 여명에 에워싸인 천문학 박사들이나 울어줄까요, 이 날카로운 칼에 심장까지 규정지어진.

　마침내 종국에는 이 응결체, 이 밤의 요소의 통합체, 하나하나의 사물 뒤에 붙이는 이 짐작, 그리고 별들에 의하여 밝게 지탱되는 이 추위.

　눈이 없는 그 많은 주검들을 위한 저주를, 그리고 그 많은 알코올과 불행에 상처입은 자들, 밤야경꾼과 지성인, 나처럼 아직 하늘을 경망하고 살아남은 자에게 칭송을.

　우리는 네루다의 불연속성 이미지의 시학에서 때로 강력한 사고나 감정은 시어와 의미의 해방을 정당화한다는 비결을 배운다.

'아니다, 그건 아니다'의 새로운 시법

　이제 우리는 「시쓰기」에서 일차 언급이 되었던 네루다 특유의 시와 시인과 독자의 공동참여 시학을 배울 참이다. 이미 설명이 있었으니 이제는 구체적인 시부터 들어가자.

　　바다에 떨어진 시계

　공간에 너무 어두운 빛이 많다

너무 갑자기 노래지는 부피들,
바람이 지는 것도 아닌데,
이파리가 숨쉬는 것도 아닌데.

바다에 머문 어느 일요일 같은 날,
물 속에 잠긴 배 같은 하루,
투명한 물기로 맹렬하게 치장한
고기 비늘들이 공략하는 시간방울.

하나의 복장 속에 심각하게 쌓인 나날들, 다달들,
우리는 그 냄새를 맡으며 눈을 감고 울고 싶다.
단 하나의 눈먼 물의 기호 속
그 파란 저장 탱크 속에 갇힌 세월들.
어느 손가락도 빛도 더위잡지 못한 나이가 있다.
부서진 부챗살보다 더욱 값진 세월,

흙에서 파낸 발보다 더욱 고요한 세월,
물고기들만 덤벼드는 한 슬픈 무덤 속에
흩어진 날들을 모아 결혼시키는 나이가 있다.

시간의 꽃이파리들은 하늘처럼 희미한 우산들을 쓰고
광활하게 떨어진다,
주위가 점점 부풀어오르며, 뭐랄까
한번도 보지 못한 커다란 종?
홍수에 침몰한 장미? 하나의 해파리? 하나의 부서진

긴 심장의 박동?
아니다, 그건 아니다. 그것은 어떤 만질 수 있는, 만져도 닳지 않는
소리도 새도 없는 어떤 희미한 발자국,

향기와 민족의 소멸 같은

시계 하나 들판에, 이끼 위에 누웠다
그리고 그 전동장치로 어느 엉덩이를 때렸다
그로부터 시계는 그 무서운 물 밑에서 달린다
중앙에서 오는 물줄기에 떨며 출렁이는 물 밑에서.

죽음이다. 시계가 죽음의 바다에 머물렀다. 비극이다. 그러나 죽음은 피냄새가 없는 어둠이다. 그 많은 열망의 세월이 너무 차분하게 차곡차곡 비극화된 죽음이라는 현장은 어느 슬픔도 표현도 불가능하다. 그래서 위 시는 가장 어려우며 미완성이다. 죽음의 그 느낌처럼, 그 의미처럼 말이다.

첫 연은 산다는 것의 비극성을 보여준다. 산 희망(빛)이 죽고(어둠), 푸르렀던 것들이 갑자기 시들어(노래)진다. 산다는 것은 갑작스런 휴일을 만날 수 있다, 배가 침몰하듯이. 너무나 잘 아는 산다는 것(투명한 물기)이 적이 되어 삶을 마감하는(공략하는) 현실이 있다. 바다에 떨어진 시계나 문득 멈춘 삶의 시간은 존경할 만하다. 쓸데없는 삶의 흔적들, 슬픔들, 물고기들만 넘나들 뿐. 어느 인생의 희망도 예고를 두고 꺼지지 않는다. "한번도 보지 못한 커다란 종"이 와서 내 인생의 종말을 예고한다. 삶이 홍수에 침몰하는 장미처럼 어처구니없이 사라진다. 이해할 수 없다. 지금 숨결이 문득 부서질 수 있다는 것. 그것도 오랜 삶의 숙명의 몸짓이라는 사실.

"아니다, 그건 아니다. 그것은 어떤 만질 수 있는, 만져도 닳지 않는/소리도 새도 없는… /향기와 민족의 소멸 같은" 그런 가장 구체적이면서 어마어마한 경험적 체적의 변이다. 산다는 느낌, 그 느낌 위에 소리없이 시간이 가고 있다. 처음 이야기하려고 했던 것 같은, 어떤 하늘같이 커다란 체력의 서서한 무너짐이 아니다. 시간이 가고 죽음이 오는 것은…… 그것은 인생이 가고 시간이 멈춘 지점에서 보는 삶의 노화, 쇠망의 이미지일 뿐. 산다는 것의 의미를 생각해보면(인생의 의미는 삶을 살고 난 뒤의 느낌이지만) 생명의 이파리들이 알 수 없는 광막한 낙하의 법칙에 따라 땅으로 죽음으로 진행하고 있는 것 같다. 늙지 않으려고, 떨어지지 않으려고 받쳐든 "희미한 우산…" 그러나 삶의 순간의 어떤 찬란한 소망도, 기대도 "홍수에 침몰한 장미처럼" 여지없이 무너지고 만다. 절대 머물 것 같지 않던 지금 이 순간의 맥박, 숨결…… 그래서 길게만 영원처럼 느껴지던 삶은 그러나 문득 부서지고 멈추고 만다.

시작상 중요한 표현은 그 다음, "아니다, 그건 아니다. 그것은 어떤 만질 수 있는, 만져도 닳지 않는…"에서부터다. 이미 우리가 「시쓰기」에서 "(아냐. 어쩌면 보다 좀 덜 비참하게 이야기해서)"라는 구절을 보았듯이 이런 표현은 시의 말소리를 이끌고 있는 화자의 소리라기보다는 시 속의 화자의 소리를 이끌고 있는 감독 혹은 이 시 밖에 있는 시 쓰는 자의 목소리다. 이 서로 다른 두 목소리는 혼동될 수 없다. 예를 들어 김소월과 「예전엔 미처 몰랐어요」의 여자 목소리가 혼동될 수 없듯이(시인 김소월은 남자니까), 우리는 네루다의 시의 현장에서 예전까지 서로 융합할 수 없었던 시인과 시 속의 목소리를 함께 듣고 있다. 마치 소월의 시에서, "이제금 저 달이 설움인 줄은 예전엔 미처 몰랐어요" 하다가, "좀 더 남성적으로 이야기해서" 따위의 이상한 소리가 들어가는 것처럼 말이다. 이미 앞에서 나는 이런 기법이 연극상 서사시적 기법이라고 불리는 브레히트의 '소외기법'과 비슷함을 지적한 바 있다. 중남미에서는 세사르 바예호나 네루다가 시를 창작하는 순간의 사람의 감정이나 목소리를 시에 담는 이런 새 기법을 흔히 사용한다.

시가 이렇게 될 때 이 시를 쓰는 시인과 시를 읽는 독자는 다같이 함께 이 시간의 멈춤 혹은 삶의 시간으로부터 죽음의 시간에 이르는 느낌을 다른 이미지로 형상화하는 데 동참하게 된다. 이런 상황은 지금 이 시가 다루고 있는 실존적 현실이 정말 참이며 시인과 독자는 이 참스러운 현실을 구체화할 수 없는 안타까움, 그 성공과 실패의 공동책임을 갖는다. 마치 연극을 보다가 형언할 수 없는 죽음의 상황 앞에서 해설자나 연출가가 나와, "하지만 죽음이라는 상황은 이렇게 추상적인 것만은 아니잖아요?"라고 할 때의 찬물 끼얹음, 그런 충격처럼 청중과 연출가는 다시 다른 상황, 다른 표현을 찾기 위해 같은 작가, 같은 연출가, 같은 평론가의 입장이 되는 경우와 같다.

네루다는 우리의 삶 속에서 시간과 호흡의 멈춤의 묘사를 이제는 직접 너와 나의 삶의 위치에서, 그 피부에서 그려보려 한다. 우리 인생의 시간, 그 하루, 바로 이 순간은 사실 만질 수 있다. 우리 인생에서 하루 가고 이틀 가는 시간은 아무리 써도 닳을 것 같지 않은 무수한 시간인 것 같은 느낌이다. 그러나 우리 모두가 모르는 사이, 소리도 빛도 없이, 구체적으로 무엇을 잃어버렸다는 서글픔조차 갖지 못하고 우리는 세월을 날려버린다. 나이 들어 돌이켜보면 살아왔다는 것은 떨어진 구두짝같이 걸어왔음의 흔적뿐이다. 살아왔다는 대략적인 기억밖에 없고 언제 진짜 살았는지, 사는 순간순간을 느끼며 살아본 기억은 없이 주름살만 쪼그리고 앉는다. 내 주위를 스쳐간 그 많은 사람들(민족), 그 향그러운 추억들……그러나 그것은 오직 사라진 형태로서만 나에게 뚜렷하다.

이 시의 마지막 연에는 소름끼치는 비극성이 있다. 시계는 살아감의 기계적 박동이다. 그것은 들판에, 보드라운 '이끼' 위에서 발동을 시작한다. 나는 삶의 둥근 피부 혹은 '엉덩이'를 그 기계적 시간으로 만진 기억밖에 없다. 그리고 어느덧 늙음이 와서 (시계가 부서져서) 어디서 오는지도 모르는 우주도 시간의 법칙을 따라가 마지막 숨의 깔딱거림을 비춘다. 결국 이 시가 어려워도 그것은 우리 삶의 기호의 불분명성 때문이다. 결국 이 시가 무의미로 끝나도 너와 나의 삶에 대한 인식 불가능성 때문일 뿐이다.

'아니다, 그건 아니다' 스타일은 『지상에서의 주거』 곳곳에서 발견된다. 때로는 우리 마당굿이나 판소리에서 나오듯 청중들에게 건네는 말, 예를 들면 "내 말 좀 들어보소"라든지, "내 말 알아듣겠소?" 따위의 말을 써서 시의 허구성, 거짓 목소리의 독무대를 진솔성으로 물들인다. 아니면 표현 불가능한 우리의 실존상황을 독자와 함께 더욱 가까이 살아보려는 노력으로 초대한다. 다음은 우리 모두의 구미에 맞는 부드러운 시 하나가 이상의 기법으로 어떻게 새롭게 느껴오는가를 살피자.

가을이 돌아온다

상복을 입은 하루가 종소리 끝에서 떨어진다
어느 희미한 과부의 떨리는 옷소매처럼,
그것은 하나의 색깔이다, 땅에 묻힌 앵두알들의
하나의 꿈빛깔,

그것은 하나의 연기 꼬리, 물빛과 입맞춤의 색깔을
끝없이 바꾸러 오는,

내 말 알아들을지 모르겠다. 그러니까, 높은 곳으로부터
밤이 내려오면, 고독한 시인이 창에 기대어
가을이 달려오는 말발굽소리를 들으면,
그 발 동맥에서 공포에 짓밟힌 낙엽들이 으석이는 소리……
하늘 위에는 무언가 짙은, 황소의 혓바닥 같은
대기와 하늘의 혼란 같은 어떤 것이 있다.

온갖 것들이 제자리로 돌아온다,
꼭 필요한 변호사며, 손이며, 참기름이며,
빈 병들,
모든 삶의 흔적들: 침대는 특히
피투성이 물기로 가득하다,
사람들은 귀머거리 귀에다 속엣말을 저장하고,
살인자들은 계단을 내려온다,
하지만 아니다, 이게 아니다, 차라리 오랜 말발자국 소리
떨며 어김없이 다가오는 오랜 가을 말.

그 오랜 가을 말은 수염이 빨갛다
두 볼이 공포의 물거품에 싸여 있다
뒤따라오는 바람은 바닷바람
묻혀 있던 아련한 부패의 향기를 실어온다.

날마다 하늘로부터 잿빛 색깔이 내려온다
그 색깔을 온 땅에 나누어주는 것은 비둘기들:
망각과 눈물로 짠 밧줄이며
종 속에 오래 잠들어 있던 세월이며,
모두가,
이빨에 뜯겨나간 낡은 옷가지며, 눈이 오는 것을 바라보는 여인들이
며,
죽지 않고는 차마 볼 수 없는 새까만 장미며,
모두 떨어진다, 빗속에 치켜든
나의 두 손 위로.

스딸린그라드에 대한 사랑의 기수

이 땅에 민중시가 포효할 때 네루다가 있어야 했다. 그 공산주의
자가 아니라 그 혁명투사가 아니라, 그 정치꾼이 아니라, 네루다
처럼 생명의 수액을 나누어주는 고르고 깨끗한 그 손길이, 그 따스
함이, 그 절규가, 마추삐추의 지하의 깊은 토굴로부터 메아리쳤어
야 옳다.

우리 민중시의 사회성, 근대 민중 중심적 역사성에 비해 네루다
의 『총가요집』 혹은 '대송가'로 번역할 수 있는 『깐또 제네랄』
(*Canto General*)은 아메리카 대륙의 지축을 흔드는 대서사시이며
잉카, 마야 등 원주민의 흙과 쇠로 빚은 역사의 용틀임이다. 나는
그중 대표작 「마추삐추의 산정」을 이미 번역한 일이 있다. 이제
그 서시부터 살펴보기로 하자.

사랑이여 아메리카여 (1400)

가발과 연미복 이전
그것들은 강이었다, 대동맥 강물줄기:
그것들은 산맥이었다, 그 민둥한 물결 위
꼰도르 독수리나 설원은 움직임이 없어 보였다:
그것은 습기와 숲이었다, 아직 이름없는
우레, 우주처럼 광활한 평원.

사람은 흙이었다, 옹기였다, 떨리는 진흙덩이의
눈짓, 점토의 몸짓,
그것은 카리브의 물동이, 칩차(고대 중남미의 인디언 부족)의 돌,
제왕의 술잔, 혹은 아라우까나의 규토.

아직 보드랍고 피어린 형상이었다, 하나 그 물기 젖은
수정 무기의 손잡이에는
이 땅의 첫 글자가
씌어져 있었다.

　　　아무도 그 글자를
기억하는 사람은 없었다, 그후로는: 바람이
글자를 잊어버렸다, 물의 언어는
땅에 묻히고, 비밀의 열쇠는 없어졌다
피나 침묵의 홍수에 휩쓸려나갔다.

생명은 없어지지 않았다, 목동 형제들이여.
그러나 야생장미처럼
숲에 빨간 물 한 방울이 떨어졌다,
그리고 온 땅의 등이 꺼졌다.

나는 여기 그 이야기를 들려주러 나왔다.
들소의 평화로부터, 마지막 흙의
두들겨 부서진 모래알까지, 남극의
빛으로 쌓인 물거품들 속에서,
베네수엘라의 어두운 평화로부터 흘러내린
짐승의 소굴들 속에서,

나는 당신을 찾았다, 나의 아버님이시여,
구리와 어둠을 산 젊은 투사,
아니면 당신, 한창 자란 풀, 길들여지지 않는 머리칼,
악어 어머니, 무쇠로 만든 비둘기.

나, 진흙탕 속 잉카인은

돌을 만지고 소리쳤다:
누가
나를 기다렸는가 ? 그리고 텅 빈
수정방울 한줌 위에서
주먹을 불끈 쥐었다.
그러나 나는 자뽀떼까의 꽃들 사이를 거닐었다
빛은 사슴떼처럼 다정했다,
그리고 어둠은 파란 눈짓이었다.

이름없는 나의 땅, 아메리카 없는 아메리카,
적도의 젖줄, 진홍의 창,
당신의 향기가 나의 뿌리를 타고
내가 마시던 술잔까지 올라왔다,
내 입에서 아직 태어나지 않은 말의
가장 가는 밑뿌리까지.

네루다의 민중은 사람 이전에 물이고, 산맥이고, 생명의 밀림이
다. 그리고 무엇보다도 흙이요 광맥이요 노동이다. 흙으로부터 눈
뜬 창생은 내 땅과 네 땅, 내 것과 네 것으로 빼앗고 뺏기는 피투
성이 싸움이 벌어진다. 콜럼버스로부터 백인에 의하여 짓밟힌 치
욕의 역사가 아메리카다. 네루다는 그 아버지의 땅의 굽이굽이를
짚어나간다. 1400년에서부터 1949년에 이르는 치욕의 땅덩이를 헤
치고 마추삐추의 산정에 묻힌 뜨거운 핏줄기에 손을 갖다댄다.
　흙은 흙으로 돌아가야 한다. 그 원형의 모두가 모두의 것인 흙으
로 돌아갈 때 생명은 파란 눈을 뜬다. 숲은 항상 복수다. 형제다.
물줄기는 항상 우리다. 산맥은 산과 산을 한데로 이어가는 도도한
물줄기다. 네루다의 절규는 '동포여, 형제여 일어나라 !' 식의 데
모 선동이 아니다. 그가 부르는 형제는 몇천 미터 지하에 묻힌 거

룩한 땀방울, 생명을 위한 노동의 향기다. 그의 목소리는 항상 보다 깊은 곳, 보다 따스한 곳을 향해 안으로 안으로 파고든다.

네루다가 이데올로기에 적극적으로 가담한 것은 스페인 내란에 참여하면서부터이다. 그 뒤 그는 적극적인 행동주의자가 된다. 그는 이때 「새로운 깃발 아래서의 모임」이라는 시에서 자신의 『지상에서의 주거』의 어두운 실존의 목소리를 버린다. "누구를 위해 나는 이 차가운 맥박을 찾았던가, /그것은 죽음을 위한 것이 아니었던가? /의지가지없는 어둠 속에서 나는 무슨 악기를 잃었던가, 그 아무도 내 말을 듣지 않는 어둠 속에서?" 마침내 네루다는 새 목소리를 찾는다. 아니다. "우리 모두 이 흐느낌 앞에 모이자! /지금은 땅과 향기의 높은 시간, /금방 무서운 소금에서 꺼낸 이 얼굴을 보라/마침내 미소짓는 이 쓰라린 입을 보라/그대들에게 인사하는 이 새 가슴을 보라/결정적으로 황금빛으로 흘러넘치는 이 꽃을 보라."

그 뒤 그의 시어는 어둡고 어려운 은유의 옷을 벗고 일상으로 뛰어든다. 소위 네루다의 민중시 전성 시대가 이때부터 열린다. 그는 수많은 시집을 내고, 수많은 싸움과 정치파동에 휩쓸린다. 그는 일자무식인 일반 노동자, 농민이 자기 시를 듣고 눈물 흘리는 모습에 감동한다. 『총가요집』을 끝낼 때까지 그의 시는 피투성이 절규로 일관한다. 그는 상아탑 속의 시인들을 저주하며 욕한다. 「하늘스러운 시인들」이라는 시에서는, "너희들은 도망밖에는 한 짓이 없다. /너희들은 산더미 같은 쓰레기들을 팔았다, /너희들은 하늘스러운 머리칼을 찾고/비겁한 풀들, 찢어진 손톱들" 순수한 아름다움 "…을 찾았다…/무덤의 썩은 꽃이파리들을"이라고 욕한다.

네루다의 민중시가 오늘 이렇게 소란스럽고 길게만 느껴지는 것은 이미 때가 가을이기 때문이다. 프랑꼬와 파시스트들에 대항해서 분연히 일어선 스딸린그라드의 사랑의 기수들의 포효는 한때 지축을 흔들었다. 네루다의 시는 '순수한 아름다움'을 찾는 죽음의 핏줄에게는 투쟁과 진흙과 피로 얼룩진 불순물 도가니였다. 그의 말은 짧을 수가 없었다. 되도록 많은 민중, 많은 형제, 많은 말을 모아야 했다. 너무나 많은 젊은 죽음들이 눈앞에서 꺾였다. 너무나 많은 사랑들이 눈앞에서 산화했다. 내가 타고 가는 이 좁은 차, 좁은 지면이 이 많은 아우성을 실어오기에는 너무나 비좁고 때가 늦었다. 가을에는 느티나무도 잎사귀가 줄어든다.

1952년 『기본 송가들』로부터 네루다의 시는 우리 일상 속의 하찮은 사물들, 한번도 시로 노래되지 못했던 삶의 누더기들을 주워 모으는 사랑의 넝마주이가 된다. 그의 시의 소재가 안 되는 사물은 없다. 그의 노래는 1954년 『새로운 기본 송가들』로 이어진다. 이들 사물 속의 프롤레타리아들에 대한 깊은 애정과 감동의 목소리는 타성의 불감증에 걸린 우리의 귀에 무척 신선하고 새롭게 육박한다. 네루다는 지금까지 길고 질척거리던 목소리의 톤을 짧고 간략 간략하게 이어나간다. 때로 출판사로부터 원고료 늘리려고 페이지만 늘리느냐는 핀잔을 듣기도 했다는 이들 시 한 편에만 지면을 할애해보자.

　　　양말에 바치는 노래

　　마루 모리가 내게
　　한 켤레
　　양말을 가져왔다
　　목장 아가씨, 그녀의 손으로
　　손수 짠
　　토끼처럼

보드라운 양말 두 짝.
그 속에
내 두 발을 넣는다
마치
양의 털과
노을의 실오라기로
짠
두 상자에
발을 디밀듯이.

거친 양말이었지
나의 두 발,
양털로 만든
두 물고기,
먼 바다의
황금 머리칼을
휘감은
먼 바다 푸르름 속
두 마리 긴 상어,
두 마리 거대한 앵무새,
두 대의 대포:
나의 발들은
이렇게

이들 하늘스런
양말들로
휘장을 받았다.
양말이
너무 아름다워서

처음으로 내 발은
노쇠한 두
소방수처럼
죄송스러웠다,

이들 찬란한
양말들에
수놓아진 불길을
잡을 길 없는
소방수들.

하지만
난 유혹을 버렸다,
나는 그것들을 그대로
고이 간직해두고 싶은
유혹을,
마치 학생들이
반딧불을 모으듯이,
마치 학자들이
성스러운 자료를
모으듯이,
난 성난 충동을 버렸다,
나는 그것들을
황금
새장에 넣고,
날마다
신성한 풀을 주고
장밋빛 멜론 속살을 주고 싶은
이 충동을.

밀림 속에서
진기한 파란 사슴을
화덕에 넣는
탐험자들처럼,
화덕에 넣고
참회하듯
그것을 먹는
그들처럼,
나는
두 발을 펴고
용감하게
그 고운 양말들 속에
둘을 집어넣었다

그리고 구두를 신었다.
이것이 나의 노래의 도덕률:
아름다움은 두 번
아름다움이다
좋은 것은 두 번
좋다
두 짝의 양말일 때,
겨울 속
양털일 때.

맑스주의는 사람이 살지 않는 집은 집이 아니라고 한다. 그래서
아름다움도 입을 수 있는 아름다움, 먹을 수 있는 아름다움일 때
두 번 좋다. 같은 선행이어도 나에게도 좋고 우리에게도 좋을 때
두 번 좋다. 양말 한 켤레를 선사받고 느낀 이 깊은 애정, 감흥은

네루다가 아니면 이렇게 진솔하게 표현하기 힘들 것이다. 네루다 특유의 무서운 상상의 비약, 그러나 하늘과 땅이 무리없는 따스함과 진실스러움으로 하나가 될 때 우리의 일상이 곧 구름 속임을 실감한다.

네루다의 목소리는 이렇게 서서히 봄과 여름의 야단스러움을 벗고 가을과 함께 깊어진다. 일상의 뿌리로, 생명의 원형으로 차차 그의 숨소리는 깊어진다. 그는 삶의 씨앗 언저리에서 늘 머문다.

삶

납골당은 다른 사람이나 걱정하라고 하라……
      세상은
사과의 벌거숭이 색깔: 강물은
야생 훈장을 한아름 실어온다
곳곳마다 그 다정한 로살리아가 살고
그 친한 동지 후안이 산다……
       거친 돌멩이들이
성을 만든다, 포도송이보다 보드라운 진흙이
밀대와 섞여 내 집을 만들었다.
넓은 땅, 사랑, 느릿한 종소리,
여명에게 맡긴 전쟁,
나를 기다렸던 사랑의 머리칼들,
보석이 잠자는 창고:
집들, 길들, 꿈으로 씻긴 석상을 만들어가는
파도들, 새벽녘의
빵집들, 모래알에서 교육받은
시계들, 팔러 다니는 밀의
꽃들, 그리고 내 스스로의 인생의 밀가루를

주물러 만든 이 검은 손들:.
수많은 운명의 길 위에서
삶을 향해 달아오르는 오렌지들!
무덤 만드는 사람들이나 그 불길한
물질들을 파헤치라고 하라: 빛 없는 잿가루들을
날리든지, 구더기의 언어로 말하든지.
나는 내 앞에 오직 씨앗만 있다,

빛나게 자라오름과 달콤함.

마침내 사랑과 생명의 시인으로

네루다는 본질적으로 사랑의 시인이다. 초기부터 말기까지, 열기에 허덕이던 젊은 시절부터 투사, 혁명가 그리고 마침내 '검은 섬'의 주인이 될 때까지 그는 한번도 그의 더운 피를 거역한 일이 없다. 나의 사람에 대한 사랑은 우리의 사람에 대한 사랑으로, 더 크게는 우주의 생명체에 대한 사랑으로 늘 더욱 넓어가고 더욱 깊어갔다.

네루다는 생명의 시인이다. 니체와 함께 네루다는 죽음에 뿌리를 둔 삶의 구도에 대해서, 기독교나 순수주의에 대해서 저항한다. 살아 있음은 그가 밟고 있는 땅의 순수와 더러움의 절규를 함께 어루만지는 행위다. 이미 냄새가 나기 시작하는, 이 죽으면 썩을 살, 삶의 원형질을 아끼고 모시고 노래하는 것이 예의다.

네루다는 서양인이라기보다는 동양인이다. 열대지방의 뜨거운 열기를 빼면 그의 사랑은 항상 내 살로부터 남의 살로, 남의 살로부터 우리의 살로 향하는 유교적 사랑의 흐름을 실천한다. 죽음의 원리, 최후의 심판을 계율로 해서 삶의 원리, 살의 권리, 생명의 약동을 제도하려는 모든 서양 사고는 네루다의 저항을 받는다. 그래서 그의 시는 뜻하지 않은 곳에서 노장의 냄새까지 풍긴다.

부동의 계절

아무것도 알고 싶지 않다, 꿈꾸고 싶지 않다.
누가 나에게 무위를 가르쳐주겠는가,
누가 계속 살지 않고 사는 길을 가르쳐주겠는가?

어떻게 물이 사는가?
물들의 하늘은 어떤 것인가?

철새들이 그 전성기를
멈출 때까지
마침내 그들이 그들 화살과 함께
차가운 섬들로 날아갈 때까지
부동자세로

부동자세로, 은밀한 삶을 누리며
쏟아부을 수 없는 물방울 같은
나날들이 미끄러지는 대로
지하에 숨어사는 도시의 삶:
우리의 부활의 순간까지,
무너져 누워 있던 것으로부터
묻혀 있던 봄의
차분한 발걸음으로 돌아올 때까지
닳지 않고 죽지 않는
끝없는 부동자세로,

마침내 무생, 무위로부터
금방 꽃가지 되어 올라오는.

  네루다의 언어는 서구적이다. 그러나 그가 갈구하는 인생의 고
향은 노자나 이태백이 꿈꾸던 '산중문답'이 들려오는 곳. 물론 네
루다에게는 지하 벙커에서 봄을 기다리던 투사의 핏기가 있다. 피
의 어두운 열망과 우수의 척척함이 있다. 그러나 그 젖은 목소리가
향하는 곳은 무릉도원 언저리. 이미 때는 늦었지만……
  후기의 네루다의 시는 다시 자연으로 돌아간다. 자연의 영원한
생명성으로 복귀한다. 민중의 목소리로 어우러지던 잎사귀들이 이
제 색깔을 벗고 원래의 물빛으로 반짝인다.

    오 흙이여, 기다려다오

  오 태양이여, 되돌려다오, 내게
  나의 농부는 길 위에
  그 오랜 숲의 비들을.
  되돌려다오, 그 향기와
  그 하늘로부터 떨어지던 칼들을,
  풀밭과 돌멩이의 고적한 평화,
  강 언저리의 촉촉함,
  떡갈잎 냄새,
  가슴처럼 살아있는 바람,
  아라우까나 대평원의
  사람냄새 없는 무리 사이
  뛰놀던 맥박.

  흙이여, 너의 그 순연한 선물을 되돌려다오,

너의 뿌리의 숭엄함으로부터
올라온 침묵의 탑을 돌려다오:

나는 내가 아니었던 사람이 다시 되고 싶다,
그 깊은 곳으로부터 돌아갈 길을 배우고 싶다,
모든 자연 사물들 사이
살 수 있는, 살지 않을 수 있는
삶: 무슨 상관이랴
거기, 돌 하나 더, 어두운 돌 하나,
강물이 쓸어갈 순연한 돌 하나.

이만하면 빠블로 네루다가 동양으로 돌아왔다는 이야기를 믿겠
는가. 아니다. 그가 마오 쩌뚱 시절에 중국에 왔다는 이야기만은
아니다. 중국을 노래하고 동양을 노래했다는 소리가 아니다. 아니
면 그가 일찍부터 인도 근방에서 영사로 근무했다는 영향론도 아니
다. 네루다는 원래 우리 모두처럼, 나처럼 고향이 시골이었다. 고
향을 빌딩숲에 둔 사람이 어디 있는가. 마음은 모두 시골로, 자연
으로 달리고 있는 것을.
　　장자의 『소요유』 같은 네루다의 시집 『외유』(*Extravagario*)는 다
음과 같은 재미있는 시를 서두에 내보인다. 따로 제목은 없다.

　　　　　　　　　것은
　　　　　　　　필요한
　　　　　　　위해서
　　　　　　올라가기
　　　　　하늘에

두 날개,

바이올린 하나,
그리고 몇가지
이름없는, 번호없는 사물들,
길고 찬찬한 눈 증명서,
벚꽃 손톱에 비명 하나,
아침 풀잎 학위증들.

　네루다는 시를 마력이나 매력, 자력을 가진 메시지로 보았다.
이 점에서는 초현실주의자들과 다를 바 없다. 시가 꼭 무슨 내용을
전하는 광고문일 수는 없다. 그래서 네루다는 자신의 위의 시를 마
름하는 시학을 차력술이 아니라 자석의 '자력술'(Arte Magnétioa)
이라 이름하고 이렇게 쓴다.

　많이 사랑하고 많이 걷다 보니 책이 나온다.
입맞춤과 땅이 없으면
손바닥 가득 사람이 없으면
물방울마다 여자가 없으면, 여자와
배고픔과 욕망과 분노와 길이 없으면
아무것도 방패나 종이 될 수 없다:
눈이 없으니 누가 그 눈들을 뜨게 하랴.
수사학의 죽은 입일 뿐.

　잎가지의 생식기들을 사랑했다.
피와 사랑 사이 나의 시들을 파 새겼다,
굳은 땅에 하나의 장미를 일으켜 세웠다,
불과 이슬의 시새움 속에서.

　그래서 나는 노래하며 길을 갈 수 있었다.

로르까에서 네루다까지

스페인·중남미 현대시의 이해 1

초판 1쇄 발행／1995년 1월 10일
초판 2쇄 발행／2007년 6월 25일

지은이／민용태
펴낸이／고세현
펴낸곳／(주)창비
등록／1986년 8월 5일 제85호
주소／413-756 경기도 파주시 교하읍 문발리 513-11
전화／031-955-3333
팩시밀리／영업 031-955-3399 · 편집 031-955-3400
홈페이지／www.changbi.com
전자우편／literat@changbi.com

ⓒ 민용태 1995
ISBN 978-89-364-7020-3 03890
ISBN 978-89-364-7983-1 (전2권)